Tastes Like War: A Memoir

[美]格蕾丝·赵 著　　　陈磊 译

她是幸存者

九州出版社

图书在版编目（CIP）数据

她是幸存者 /（美）格蕾丝·赵著；陈磊译 . -- 北京：九州出版社，2024.6

ISBN 978-7-5225-2805-2

Ⅰ.①她… Ⅱ.①格…②陈… Ⅲ.①回忆录—美国—现代 Ⅳ.① I712.55

中国国家版本馆 CIP 数据核字 (2024) 第 071693 号

Tastes Like War : A Memoir by Grace M. Cho
Copyright © 2021 by Grace M. Cho
All rights reserved.
Published by arrangement with The Feminist Press, New York.

著作权合同登记号：01-2024-2737

她是幸存者

作　　者	［美］格蕾丝·赵 著 陈 磊 译
责任编辑	陈丹青
出版发行	九州出版社
地　　址	北京市西城区阜外大街甲 35 号（100037）
发行电话	（010）68992190/3/5/6
印　　刷	天津中印联印务有限公司
开　　本	880 毫米 × 1092 毫米　32 开
印　　张	9.875
字　　数	212 千字
版　　次	2024 年 6 月第 1 版
印　　次	2024 年 6 月第 1 次印刷
书　　号	ISBN 978-7-5225-2805-2
定　　价	58.00 元

★ 版权所有 侵权必究 ★

献给我的所有母亲，
她们每一位都以自己的方式养育了我，
也献给每一个声音未被听见的人。

为保护个人隐私,部分姓名与身份细节有改动。

目录

TASTES LIKE WAR

被禁忌的，被抹除的
——中文版序   001

序言   009
华盛顿州奇黑利斯市，1976   009

第一部分

1. 战争的味道   021
新泽西州普林斯顿市，2008   021

2. 美国梦   031
韩国，1961   031
华盛顿州奇黑利斯市，1980   033
新泽西州普林斯顿市，2006   038
华盛顿州奇黑利斯市，1977   040
华盛顿州奇黑利斯市，1987   045

3. 友好城市   049
华盛顿州奇黑利斯市，1977   049
1978   053
1980   055
1983   058
1986   060
纽约市，2016   063

第二部分

4. 妈妈 — 071
华盛顿州奇黑利斯市，1976 — 071
2008 年 3 月 9 日 — 080

5. 思念泡菜 — 099
纽约市，2008 — 099

6. 蘑菇女士 — 117
华盛顿州奇黑利斯市，1979 — 117
仲夏，1979 — 122
黑莓季，1980 — 125
新泽西捷运，2001 — 130
新泽西州普林斯顿市，2006 — 131

第三部分

7. 精神分裂发生学 — 139
华盛顿州奇黑利斯市，1986 — 139
纽约市，2018 — 163

8. 布朗大学 — 169

9. 1 月 7 日 — 193
罗得岛州普罗维登斯市，1994 — 193

10. 馅饼皮女孩 — 213
新泽西州普林斯顿市，1994 — 213
苹果馅饼 — 216
黑莓馅饼 — 218
混拌碎肉馅饼 — 223

第四部分

11. 只盛一次,不算爱   231
华盛顿州奇黑利斯市,1980   231

12. 奥吉   243
纽约与新泽西,1998   243

13. 皇后区   257
纽约市杰克逊海茨,2001   257

14. 清点幽灵   273
新泽西州普林斯顿市,2002   273

15. 芝士汉堡季   285
新泽西州普林斯顿市,2002—2008   285

尾注   297
版权信息   304
致谢   305

被禁忌的，被抹除的
—— 中文版序

用我的挚友、本书人物之一的话来说，《她是幸存者》是为我母亲举办的一场"文学葬礼"。直至朋友说出这番话，我才完全意识到，在母亲六十六岁时突然不明不白地去世十三年后，我写作这本书，是在回应内心难以平复的伤痛，这伤痛不仅源于失去了母亲，还源于因未能恰当悼念她而产生的整体性挫败。是否该将母亲的一生公之于众呢，家人和我无法就此达成一致意见。"不需要为她举办葬礼，"一位家人说，"因为没人认识她。"的确，在人生的最后十四年，母亲几乎不曾和家人以外的任何人有过交流。而在那之前，她的人生真相也曾被其他许多方式遮盖。她过去一直生活在阴影中，对我来说，这就更有理由让她的生命重见天日。

在母亲刚去世的那段日子里，本书记叙过的一些场景涌上了我的心头——在我的童年，母亲是个才华横溢、魅力超凡的人，这都是我们的生活被母亲的疾病彻底改变之前的记忆。悲痛之中，我开始记录这些记忆，以寻回那位我早已失去的母亲的一些往事。将零碎记忆整理成回忆录的过程，是公开悼念她的未竟事业，也是对"没人认识她"这种论断的一种回应。

从某种意义来说,《她是幸存者》这本书的写作过程始于母亲去世的那一刻,而从另一种意义来说,它的创作历经了三十年岁月。在我的整个人生中,母亲过去未曾言说的创痛早已悄然渗入我的现在,但也有一些时刻,过去会进入此时此地,标记出其他有可能的开端,以及我写作中悼念的其他死亡。

这样的时刻一次是在1986年,我的少女时代,当时母亲的病症已变得明显,这也象征着我儿时所了解的那位母亲的死亡。另一次是在1994年,当时我开始应对一个家庭秘密的显露,也即我母亲曾在国家支持的为驻韩美军提供性服务的系统中工作。这一刻,关于我父母如何相识的家庭虚构故事终结了,我的纯真年代结束了。这些死亡催生了全新的探索和知识。

二十三岁时,我开始了一项计划,试图将母亲的生命经历作为她所遭受的精神痛苦的背景进行了解,这痛苦主宰她的人生和我们共同生活的岁月如此之久。不久后,我进入哈佛大学攻读研究生学位,为了给母亲一个活下去的理由,她一直梦想着有个孩子能拿到哈佛学位。在哈佛,我第一次接触到女性主义理论家贝尔·胡克斯*的作品。她在论文《作为解放实践的理论》的开篇写道:"我之所以会选择理论,是因为我很痛苦——我内心的痛苦太强烈,甚至到了我无法继续生存的地步。我在绝望中选择了求助于理论,希望能够理

---

* 贝尔·胡克斯(bell hooks,1952—2021),美国作家、女性主义者,常小写名字的首字母来弱化自身作者身份、突出作品内容。——译者注(如无特别说明,本书脚注均为译者注)

解——弄懂我周围及内心所发生的事……"读到这些字句的那一瞬间,我的研究开始呈现全新的意义。

也是在《作为解放实践的理论》这门课上,我接到了一项写政治自传的作业。有生以来第一次,我开始写作母亲在美军营地的工作历史,以及我这个韩美混血儿在美帝国主义统治下的韩国出生的身世。调查她在韩国生活时期的社会状况,是我理解自身痛苦的一种途径。

用语言来表达我的困惑,开始摸索她的历史与我的心理如何交织,这样的过程,加上阅读胡克斯作品的经历,的确构成了一种解放实践。借助理论(以及研究和写作)来理解我自身的状况,是我摆脱家庭耻辱桎梏的第一步,也让我明白:耻辱本身就是一种用于迫使受压迫者闭嘴的政治工具。

我成了贝尔·胡克斯的狂热读者,并且在一年后搬到纽约,拜她为师。在她的世界里,我接受了深刻的教育,不仅看清"白人至上的资本主义父权制"对我们的文化和社会所造成的影响,也了解到写作可以成为抵抗这种父权制的一件武器。她鼓励我深入探索我的家族历史,成为一名作家,勇敢生活。

她还在另一篇题为《选择将边缘作为激进开放性的空间》的文章中写道:

> 我们的生活,取决于我们构想替代方案的能力,这类方案往往是临时构想出来的。从审美和批判性角度将这种经验进行理论化,是激进文化实践的一项议程。对我来说,这个激进开放性的空间是一个边缘地带——一个影响极大的边缘。将自身定位在这个地带,虽困难却必要。这

里并非"安全"地带。人总是处于危险中……边缘性也是激进可能性的发生之地,是一个抵抗的空间。

这些观点使得我能够将自身的痛苦及疏离经历视作可能性,而不是缺陷,从而将之转化。在边缘寻找可替代的归属空间,并将其改造得更适宜居住,这成了我作为学者与作家的核心实践。

两年后,我继续攻读博士学位,这不仅再次让母亲感到开心,也为我做家族历史研究提供了结构性框架。我的好奇心受愤怒、悲伤和被背叛感驱动,我将情感上的不适视作我的智性向导。一些教师对我的研究所呈现的私人化和"过于情绪化"的特质表示怀疑或不屑,但我拒绝服从社会科学领域的"客观"准则。

攻读博士学位期间,这个特殊的边缘地带让我备感孤独,直至我在另一位女性主义思想家,即帕特丽夏·克拉夫的课堂上找到一个激进开放性空间。她向学生们介绍了自传式民族志这一方法,说,其"目的在于对观察者进行个人描绘,这在传统社会科学领域的写作中通常是不被认可的……这样做是为了将民族志作者作为观察的主体—客体,从民族志作者的生活内部来探索经验"。从这个角度来看,书写我自身的家庭创伤,不仅是正当的社会科学研究,还能够使我们对社会的认知去殖民化。

我为与博士论文做的研究,后来成了我的第一本书,也为本书奠定了基础。我将重点放在"洋公主"这一人物形象上,字面意思即"西方公主",但经常被译为"美国佬的妓女",这群人成了萦绕在散居海外的韩国人心头的幽灵。这个形象在韩国可谓过分可见*，但由于性工作所关联的羞耻感，或者由于其存在有损韩国和美国为自身及对方构建的叙事，她被一次又一次地抹除，或者被推入阴影中。无论是讨论朝鲜战争及其影响的地缘政治话语，还是与移民及美国韩裔相关的社会学论述，都抹除了她的存在，尽管她在其中意义重大。她往往是家人移民美国的第一环，因此也是美国韩裔的中坚力量。可即便是在这些没有她就不可能存在的社区中，她也是人们躲避的对象。美国韩裔家庭通常将这些女性称为"可耻的家庭秘密"。事实上，家庭正是抹除这些女性的最大力量之一。

我认为，这个人物形象会被阴影笼罩，是由层层叠叠的集体幻想导致，但她所代表的，是从1945年到20世纪90年代末期为美国军队提供性服务的约一百万真实存在的韩国女性，还有嫁给美国男人并且移居美国的十万万韩国女性。作为这一系列抹除动作的对象，"洋公主"的形象，以及和我母亲一样的女性被压制的历史，留下的幽灵般的踪迹将会潜伏于下一代心中。

我的第一本书用了亚伯拉罕与托洛克**作品中的一个概念，即跨代困扰，作为理论框架。这两位出生于匈牙利的精神分析学家曾对纳粹大屠杀幸存者的成年子女进行研究，此概念指出，一代人无法言说的创伤，会变成幽灵留存在下一代的潜意识中。困扰人们的并非创伤本身，而是人们对创伤

---

* 原文为"hypervisible"，指边缘群体的成员因为种族或其他身份而被过度关注，导致其独特的技能和个性被掩盖，反而不被看见。

** 即尼古拉·亚伯拉罕（Nicolas Abraham，1919—1975）和伴侣玛丽亚·托洛克（Mária Török，1925—1998），两人为匈牙利裔法国精神分析学家，代表作有《外壳与内核：精神分析学的复兴》（*The Shell and the Kernel: Renewals of Psychoanalysis*）等。

所秉持的沉默。"统治整个家族历史的话语"禁忌,给养了幽灵。

亚伯拉罕和托洛克认为,驱除幽灵的最佳方式是"将禁忌搬上舞台"。说出这些禁忌话语,并将其从能对一个家庭的潜意识造成严重破坏的秘密地窖,搬到公共舞台上进行表演,由此秘密的重量就会被分散给所有观众,这样一来,不管是经历过初始创伤的父母一辈的意识,还是继承了这些无法言说的秘密的子女一辈的潜意识,都能够卸下重担。幽灵也便丧失了伤害的能力。通过写作,我相当于在举行个人的驱魔仪式。

这份工作解放了我,最终也解放了母亲。在我开始向母亲分享第一本书的那一刻,母亲也开始表达将书拿去出版的愿望。也就是说,她表达了她想卸下自己长久以来蒙受的沉重耻辱,减轻自己承受的秘密负担的愿望。但对于那样一种自由,我的家人并没有都做好迎接的准备。

我希望用出版作品的方式,来"将禁忌搬上舞台"演出,但也为此付出了代价。我和那些想继续掩埋过去,尤其是我母亲的过去的家人失去了联系。他们还希望继续隐瞒我母亲当下的秘密,也就是她的精神分裂症。2005年前后,在我写作第一本书之时,某位家人向我保证,如果以后他们的孩子通过我的作品了解到我母亲的真相,他们就会四处宣扬我"是变态,是骗子,是神经病"。我若是想出版,那他家就不再欢迎我,我也不能再和他家孩子有任何联系。我面临的选择是,要么沉默,要么断亲。我选择的是断亲,甚至改掉名字,进一步与他们拉开距离,退到离原生家庭更远的边缘地带。在那里,母亲是唯一支持我书写的人。我最重视的，也是她的意见。

虽然写作的后果为我带来了终生痛苦，但做这个选择对我来说并不困难。羞愧与耻辱已经主宰了我家族中如此多的人，但我不会再为其所困了，坚定地说出并感受到这一点，赋予我极大的力量。除此以外，我也不会再被那些要求我粉饰母亲生活的人挟持。

将近二十年前反对我出版第一本书的家人，现在又继续否认这本书所依据的最基本、最容易核实的事实：我母亲在韩国曾经是一名性工作者，父亲曾是一名美国商船船员，母亲被确诊患了精神分裂症，我在她人生的最后几年为她做过韩国菜。也正是这些家人，希望不要为我母亲举办葬礼。我们早已被分隔在鸿沟的两岸，该如何纪念母亲，真相该揭露到何种程度，在这些问题上，我们永远存在分歧，但我不需要获得他们的同意。

这本书，以及我以学者身份出版的前作，都是我个人探索的一部分：我想要剥开包裹家族历史的层层幻想，纪念母亲，她比加诸她身上的矮化标签伟大得多。这本书是我将痛苦理论化的毕生结晶，这里的痛苦，不只是个体经历，也是深陷其中的个体与世代、地缘政治暴力与系统性压迫的历史残留。

曾经，我只能孤军奋战，但《她是幸存者》在美国与韩国出版后，母亲在韩国的一些亲人读到了我的作品，都站到了我这一边。这让我有机会和一些人建立起联系，他们对我母亲的了解是我从未有过的，而这本书也为世界各地的读者搭建了一个仍在不断扩大的网络，读者们现在能够将我母亲作为一个复杂的人来认识，从她身上看到自己、他们所爱之人,或者他们自身所处的更为壮阔的历史图景。我希望你也能从这个故事中发现自己的影子。我希望,通过阅读这本书,你也能和我一起,认识、缅怀和悼念那些社会认为不值得为之流泪的人。

2024 年 1 月

序言

华盛顿州奇黑利斯市，1976

我今年五岁，正同家人一道走在主街上。平时总冷冷清清的市中心，此刻到处都是气球和彩旗，一支军乐队轰鸣而过。"今天是美国的两百岁生日。"一位留着短鬈发的老妇人说着，递给我一根红白蓝三色的冰棒。我想，给一个国家过生日真有意思，不过我太小了，不明白爱国是什么意思，也不明白身为美国人和美国亚裔意味着什么。我不知道在东南亚发生的激烈战争、在朝鲜半岛发生的僵持战，也不知道亚洲移民同美帝国主义及打着反共产主义旗号屠杀了七百万无辜者却被严重错误地命名为"冷战"的那场战争有着怎样的紧密联系。

我只想着舌头上冰甜的化学味道、顺着手指滴落的黏稠糖浆。一路推挤着穿行在狂欢人群之中时，我用干净的那只手紧紧抓着父亲的手——我父亲，一个农民出身的商船船员的五十七岁盎格鲁-撒克逊白人，出生和成长于奇黑利斯。他娶了我母亲，那个外国女孩、瓷娃娃、战争新娘、他从第三世界韩国拯救的美丽莲花。

她留着及腰的黑发，这透露出她在努力将自己打扮成西方女人，她穿的是露背上衣、短裤和平底凉鞋。在全是白人的人群，她那被阳光晒过的棕色皮肤尤为显眼。母亲很突出，因为她是东方人。

接下来，有那么一瞬间，她从欢庆的氛围中抽离出来，周围的喧闹或刺眼的阳光令她露出稍显痛苦的表情。虽然时年五岁的我尚不懂得身为外国人意味着什么，但也能看出她的格格不入，那或许是因为她觉得自己并不属于这场派对。

我这一生中至少有过三位母亲。

第一位是童年时期的母亲。我崇拜和敬佩她，我美丽的妈妈。她是一位富有魅力且悟性很高的社区政治家，总在不知疲倦地努力，以争取在我父亲乡下的故乡获得认可，而在这个过程中，她也让她的孩子们过上了更有价值的生活。食物是她的第一道防线，用以抵御我们身处的白人工人阶级社区的集体无意识中那无所不在的对他者深刻而持久的恐惧。她拥有成为社交变色龙的天赋，既是一位魅力超群、令人向往的派对女主人，能向美国乡邻介绍韩国的异国风味食物；也是一位能让每个踏入她厨房的人都吃饱的热情厨师；还是一位为整个镇子提供野生食物的坚强无畏的食材采掘者。

为他人提供食物是她的一种谋生手段，也是她学着在那些总是而且只将她视为外国人的乡邻中生活的一种方式。这既是一种照顾他人的姿态，也是一种反抗的行动。而在重复这些行动的过程中，她创造了自己的价值。

到20世纪80年代初，母亲已经开始蜕变，就像蚕蛹长出了翅膀那般。她把曾经光亮的长发剪得很短。她每次剪头发时，就像有黑色的雪片落在我们的白色餐桌上，她总会说,"剪短发方便多了"。省事的发型搭配自制的宽肩西装,这个造型表达了她对于成为职业女性的渴望,不管她的实际工作报酬和地位有多低。她用自己赚的钱资助亲人来美国,同时支持留在韩国的其他亲人。这期间,我父亲每年有六个月要在太平洋上航行,她只能当一个半工半薪的单亲母亲。出于需要,她已成为我们家庭的支柱。

之后,她精神崩溃了。

她对地方和国家政治的兴趣迅速发展成"夸大妄想"和"偏执"。她脑子里全是罗纳德·里根的阴谋诡计,没有余力去想食物的事。储藏室中存货的缩减或许是第一个信号,是精神躁动的前奏。在未来的几年里,这种躁动将让我们的花园变得荒芜,让我们的橱柜一片空荡。

1986年,我十五岁,她患上了精神科医生所说的"炫彩精神病"。"炫彩"。用这么美丽的一个形象来形容这种恐怖病症。我的第二位母亲是从一片花田里绽放出来的。

这是我青春期和成年后早期的母亲,她在我的意识之中赫然耸现,都盖过了我童年的另一位母亲,让我蜷缩在角落里,倒不是因为她有暴力行为,而是因为我虽然从没见过任何疯子,却不知何故内化了那种将疯狂等同于危险的刻板印象。[1] 因为精神分裂症患者被视为最不正常的社会成员……无家可归……不能预测……[2]

我害怕自己的母亲,但更害怕自己有可能会失去她,因为她成了幻听的囚徒,幻听让她不再去做过去习以为常的事:不再与陌生人说话,不再接电话,不再出门,不再做饭,不再进食,不再活动,不再生活。

而我确实失去了她,她陷入某种死亡状态——在那种状态下,她退出了社会,在那种死亡中,社会让她变得毫无价值、可有可无。抹除她的人格,尤其是母亲身份的,是一种刻板印象。因为精神病患者被视为没有爱与被爱的能力。

我这位已从社会上死亡的母亲一连好多年都坐在沙发上,窗帘紧闭,与外部世界完全隔绝。这位母亲幻听到的声音告诉她,她要隐形,要将自己变得小小的,坐在黑暗中,尽可能地减少进食,不要被外面的任何人看见。这就是我成年后的母亲,围绕着她,我才得以发展出成年人心理,是我不能任其消失,但也尚不能完全接纳的母亲。

她像是听从了排外主义者"滚回你的国家"的叫嚣,但因为她的来处并不那么容易找到,也就相当于她没有来处。她是个出生于帝国时代*的日本的朝鲜人,父母都是被强迫劳动的劳工。战后,她回到了半岛,那时半岛已一分为二**,被日军占领,战争已将它蹂躏得千疮百孔。后来,她又因与我的美国父亲睡觉获罪,流亡到了海外。她向内的退缩似乎将她带回到那些冲突的发生之地,这让她想消除自身的存在,消失于虚无之中。

但我们移民前往的小镇不是避难所,而是另一个存在专横暴力的地方,在那里,被拯救的人必须持续为所谓的获救付出心理代价。让她成为美国人的城镇也是导致她成为精神分裂症患者的地方。

我十五岁那会儿为母亲的精神分裂症寻求解释时,找到

---

* 指日本历史上从 1868 年明治维新到 1945 年二战战败之间的时代,这一时期天皇是实权掌控者,日本以帝国为国号。1894 年,中日甲午战争爆发后,日本强迫清朝废止与朝鲜王朝的宗藩关系。1897 年,朝鲜国王称帝,建立大韩帝国,1910 年,《日韩合并条约》签订后,半岛成为日本殖民地。

** 1945 年,日本投降后,朝鲜半岛一分为二,分别为美苏接管。

的答案都说她的脑子坏了，说那不过是基因缺陷造成的。即便在那时，我也知道她的疯狂不光有一种成因，尽管我还无法理解其他成因是什么。七年之后，我开始寻找造成这种疯狂的确切成因，而这项探寻将推动我以博士论文的形式展开的研究。

开始通过写作让母亲复活这一项目时，我只有两位母亲，即罹患精神分裂症之前的母亲和罹患精神分裂症之后的母亲。虽然我知道自己永远都不可能找回第一位母亲，但我希望至少能理解是什么力量杀死了她。

我研究与写作的十年历程，始于我攻读博士学位之初，终于我第一本书的完成，正好与我为她做饭的那段时间吻合。我当初之所以会选择用学术方法来研究个人，是因为我感觉这是个可供冒险的安全与熟悉的领域；另一方面，做饭却一直是我的禁地，是一种偏航，远离了母亲为我设想的成为学者的真正使命。但最终，做饭成了我关于过去的教育中一个同等重要的组成部分。

每当饥饿感得到满足，她都会向我展示养育过我的第一位母亲的闪光点。这也反过来滋养了我的希望。我继续在我阅读的每一本书、烹煮的每一顿饭里寻找她的影踪。在试着了解她是如何从第一位母亲变成第二位母亲的过程中，第三位母亲诞生了。

第三位是我三十多岁时的母亲，她逐渐接受了我为她做饭，开始教我做外祖母曾为她做过的食物。慢慢地，通过吃这些食物，她找到了回家的路。通过烹煮她儿时的食物、了解她的早年生活，我也找到了一条路。

我不再被把她当成疯女人的想象所束缚，而能够将镜头拉远，从更广阔的角度来看待她。这位母亲允许我调查她一直向我隐瞒的过去，这也使得我能够想象她在成为我母亲之前的样子——少女时代的她，生活在朴正熙政权统治的战后韩国，那是美国军事霸权崛起的年代，她在一处美国海军基地工作，向美国军事人员兜售饮品，可能还有性。虽然促使我开始研究的动力是第二位母亲，但支持我完成研究的其实是第三位母亲。

在开展学术工作的过程中，我听到了许多声音——学者、活动家、平民和参战者皆有的朝鲜战争幸存者，处于被迫与自由选择之间不同位置的性工作者。与母亲一起做饭和分享食物时，我开始倾听她的声音，那些人的声音也由此被放大了。

为她做吃的拉近了我与她的精神分裂症的距离，让我听到了她幻听到的声音。我渐渐开始明白，这些声音对她来说并不陌生，而是她的一部分，它们或许源于一段被压抑的暴力家族历史，这段历史正在寻找一位证人。它们可能自始至终都在第一位母亲的心中。缄默不语，饥肠辘辘，蛰伏在她心中，准备在未来留下破碎历史的痕迹。通过与她幻听到的声音交流，我学会了不再害怕它们，开始倾听它们必须要说的话。

完成第一本书后，我没有想过自己会再写一本关于母亲的书，但她的早逝唤醒了新的记忆，这需要我把它们变成文字。正如玛吉·尼尔森[*]在谈论讲述她姑姑的谋杀案的诗集

---

[*] 玛吉·尼尔森（Maggie Nelson, 1973— ），美国当代诗人、非虚构作家，著有《阿尔戈》《蓝》《简：一桩谋杀案》等作品。

《简：一桩谋杀案》时所说："我不仅写了那本诗集，还意外写了一本续集《红色部分》，由此才解开了这个心结，把条条线索交给了风。"[3] 这本书，也是一本意外的续集。

矛盾的是，让母亲重新出现在我生命中的，正是她的缺席。我悲痛不已，许多早已被遗忘的记忆都被唤醒了，这些记忆被埋葬在她的疾病重压及我花了十年去研究的创伤性历史之下。在这些记忆中，第一位母亲迷人、能干且惊人地高效，或许与刻板印象中的精神分裂症患者截然不同。在这些记忆中，食物总是居于最显著的位置，无论是作为快乐之源、收入之源，还是更为基本的谋生手段。在回溯吃饭场景的过程中，我不仅发现了让她精神崩溃的原因，也找到了让她活下去的动力。

我想把母亲的碎片收集起来，编织成一个关于她幸存的故事。我想通过写作让她复活，让她的遗产留存在书页上，并以此来发现我自己的遗产。

第一部分

PART 1

我们这些
被打上恐惧烙印的人,
仿佛额头中央有一道浅浅的皱纹,
喝着母亲的乳汁就学会了恐惧。
因为强权者希望
用这种武器,
这种能给他们些许安全感的幻觉,
让我们闭嘴。
我们这些人,
这一刻,这场胜利,
生存从来就不是天注定。

太阳升起时,我们害怕
它可能不会常在。
太阳落山时,我们害怕
它早晨可能不会升起。
肚子饱着时,我们害怕
消化不良。
肚子空着时,我们害怕
再不能进食。
被爱时,我们害怕
爱会消失。
独处时,我们害怕
爱会永不归来。
说话时,我们害怕
话语无人听见,
也不受欢迎。
但沉默时,
我们依然害怕。

所以还是发声吧,
记住
生存从来不是天注定。

——奥黛丽·洛德,《生存的连祷文》*

* "A Litany for Survival." Copyright © 1978 by Audre Lorde,摘自《奥黛丽·洛德诗集》,奥黛丽·洛德著。经诺顿公司许可使用。——原书注

1. 战争的味道

新泽西州普林斯顿市，2008

我最后一次走上楼梯，走进我母亲那间她非"绝对必要"决不离开的单间公寓。

她不在的时候，我从来没有进入过她的公寓，也很少看到里面窗帘拉开的样子。阳光透过阳台的玻璃门倾泻而入，照亮了房间里的每一样物品。她真的走了。

奶油色的沙发变成了灰色，坐垫中央的部位磨损了，她的皮肤接触过那里的布料。

沙发上的污渍，是她突然离开所留下的明显印记。阳台苦涩地提醒着，她没有能力走出去呼吸一口新鲜空气。

这间公寓是爱与孝顺的结果。2001年，我哥哥和嫂子将家中车库楼上的办公室改造成了一套奶奶公寓，这样一来，我母亲就能拥有一个永久家园。

母亲的一生由一系列流离失所组成，始于殖民统治和战乱，终于精神分裂症和几近无家可归的状态。虽然她从来没有一天无房可住，但她的情况很不稳定，总是辗转于一个个临时住所，没有自己的居所时，就与哥哥或我同住。

他们制订了细致入微的装修计划。建筑法规不允许增设完整的浴室，他们便装了一台淋浴器，带一个小木凳，好让她能坐下来。法规也不允许设立厨房，但他们安了不锈钢水槽、大理石台面、小冰箱和案台电器，将那个不是厨房的区域改造成了一个能实际运转的做饭空间。

他们用了十几种深浅不一的白色家居用品来布置和装饰公寓——沙发、墙壁、地毯、床上用品，还有厚重的落地窗帘，窗帘外是风景如画的阳台，从那里能俯瞰一片占地一英亩的草坪，周围被树林环绕。她最爱的一直是中性的大地色系，如米色、象牙色、灰褐色——那些颜色让我想起曾在父亲那边的美国远亲家餐桌上见过的砂锅奶油蘑菇。对我母亲而言，这些颜色是"高级"的，是她一直向往但从来未能抵达的一个地位。

她搬去那里的时候，是她抱病在家的第八个年头。如果她真的永远不会离开那地方，那她至少会喜欢那里。

我不知道她是否真的喜欢那里，虽然她的确说过那里"还不错"。无论如何，那里肯定比我纽约公寓里的客房要好得多，我的公寓装修期间，她在客房住过七个月。我的公寓外面没有田园风光，里面也没有漂亮的配色。相反，里面都是明亮的撞色搭配，还有别人用旧的二手家具，外面则是布鲁克林-皇后区高速公路上拥堵的交通景象。

我嫂子对那个阳台赞不绝口，好几次她告诉我，那间公寓空间上的不足，在魅力上都将得到弥补。

"我们要在外面放一个喂鸟器，外加一套漂亮的小桌椅。"她说着，将一绺金棕色头发拢到耳后。她在东北部住了十年，拉长调子的阿肯色州口音依然很明显。

"她不会出去的。"我说。

"那可说不准。至少她可以看孩子们在后院玩耍。"

她的笃定让我对自己的悲观产生了怀疑。也许吧。也许,我想,如果有人拉开窗帘,她会往窗外张望。

我母亲只拉开过那扇滑动玻璃门一次,但她其实并没有踏足而出。搬进那间公寓后不久,她将我当时八岁的侄女挑的作为乔迁礼物的一盆花放在了阳台上。整个冬天她都将花放在那里,让它们等死。

"那可是孙女送她的礼物!她为什么要那么干?"我嫂子生气了。她认为那是一种不尊重或粗心大意的行为,或者至少也是她精神状况不断恶化的另一个信号。

"很难知道她在想什么。"我说。但我对母亲的动机感到好奇,下次见她时,我问起了花的事。

"妈,你怎么会把那些花放在外面?是不喜欢吗?"

她看起来恼了,冲我摆了摆手,像是要把我的问题赶走。但停顿良久后,她给出了回答。

"因为名字。我恨那个名字。"

"为什么?那是什么花?"

"仙客来。听着像'循环'。"*她皱着脸,像是很讨厌的样子,但当她重新开口时,声音听起来仿佛就要哭出来了,"我厌倦了同样的事情一遍又一遍地重演。我希望事情能够改变。"

恶性循环。暴力的循环。我一下子联想起自己的研究及

---

* 英语中,"仙客来"(cyclamen)与"循环"(cycle)发音相近。

想象中的家族历史。

我的记忆闪回到几个月前发生的一件事,当时我们吃完晚饭正一起看着电视。这时正在播放一则香皂广告,画面中有个淋浴的女人在涂香皂泡沫,镜头对准了她的手和裸露的肩膀。我母亲别过脸去,不看电视,还用手捂住了眼睛。她眼中有一种空洞、疏离的神情,反应早已迟钝。但即便是可能出现裸体的暗示也会让她感到不安,不忍观看。

后来,我将发生的事情告诉了一个在攻读心理学博士学位的朋友。"一则香皂广告而已?"她说,"那其实是某种心理创伤。"

我看着外面的阳台,想起了那盆仙客来,想起了循环。

也许所谓的循环,指的是她孤独年月的无情重复,生活被缩减到只剩尽可能少的几项内容:

早上六点下床,站在水槽边吃早餐,包括原味吐司、苹果汁和速溶咖啡。服药。去卫生间、冲马桶、洗手洗脸、刷牙。坐在沙发上,看日光开始照进窗帘的缝隙。打开厨房的百叶窗,只为向我嫂子传递信号,她需要某件物品。如若不然,就一直关着。看时钟的指针慢慢旋转,直至中午十二点。起身吃午饭:如果嫂子或我放在冰箱里的饭菜吃完了,就吃泡面或花生酱三明治。重新坐在沙发上,发着呆任更多的时间流逝。下午五点起身,晚餐吃同样的食物。洗碗。再坐一会儿,等到太阳下山。重复浴室的例行程序。躺在床上,一动不动直至午夜时分入睡。

重复。

她每星期洗一次澡。除此以外,打破这种单调生活的只有一件事，即某个孩子或孙子来看望她。在没有访客的日子里，她幻听到的声音是仅有的陪伴。

尽管她的死让我感到无限悲痛，但我告诉自己，至少她再也不用那样多熬一天了。

2001年12月，母亲搬进那间公寓时，几乎已经不再进食了。她的胃口越来越小，这么多年来，一时变好一时变坏，那年的初秋，与我一同住在皇后区时，她的食量变得小得不能再小了。

在我那儿的大部分时间里，她都坐在房间里的床垫上，每天早上让电视开几个小时，有时只是作为背景音。

9月11日的早上，我出门去拉瓜迪亚社区学院之前，将头探进房间向她道了别，那是我作为写作研究员上班的第二天。她垂着头，边听当地新闻，边盯着地板。电视音量很小，我没注意到屏幕上闪过的内容。第一架飞机已经撞击了大楼，但我出门时，母亲什么也没说。

那天晚些时候，在地铁站关闭、电话线路堵塞的情况下，我沿着罗斯福大道跑了几英里，歇斯底里地回到家中，逼问她为什么没有提醒我，为什么不给哥哥打电话，他可是在世贸中心对面的街区工作。

她只简单地说了一句她没做到。她任由我出门工作是因为，她认为自己有能力阻止事情的发生。而且不用担心我哥哥，因为她不会允许他发生任何事情。

"妈妈，这和你没有任何关系！这件事不是你能控制的。"

接着她让我认清了自己的处境。

"为什么哭得这么厉害？你以为你有多特别吗？世界上

经历过这种事的人不止你一个。"

我和我所拥有的第一世界特权,从来不知道竟会有如此灾难。

我想起她在战争中失去的家人,她是不是觉得自己在某种程度上应该对他们的死负责。我想知道,在事件发生之后,纽约成为战区的影像一遍又一遍地回放,对她原本就已伤痕累累的心灵造成了怎样的影响。

几个星期后,她开始抱怨胃不舒服。她对着一个金属碗吐了两天胆汁,于是我做了一个重要决定。

"妈妈,必须送你去医院。"

"我哪儿也不去。"她说。

"但是你病了!或者说,你如果还是不吃饭,会生病的。听我说,可能就是去做些简单的治疗,像是溃疡什么的。"

"溃疡?你如果这么担心我得溃疡,为什么还给我吃辣的?啊?"她死死地瞪着我的眼睛,像是在喷射毒液。青春期结束以后,那还是我第一次对她感到害怕。

如果她不愿意,我就没法强迫她去任何地方,我能让她吃饭的唯一办法就是,告诉她我要扔掉某样食物,然后将之放到她门外。那句话一定唤醒了她体内沉睡的清扫工特质,她与我一同生活的那几个月里出现的那个清扫工。

一天结束时,食物总会不见。

我哥哥和嫂子似乎认为,一旦母亲有了属于她自己的住处,情况就会有所改善。我觉得这是个合理的假设。

但在最初的几个月里,她依然不肯进食。他们尝试了她在皇后区住时我用过的技巧,比如抱着她会进食的希望给她留食物，因为他们知道她痛恨浪费。

他们还在她的小厨房里储存了大量袋装食品，除加水或开罐外无须更多处理的那种。据我嫂子说，母亲会吃泡面和水果鸡尾酒，但几乎不碰奶粉。虽然我知道她没有挨饿后感到了些许欣慰，但也为她的饮食如此缺乏营养而觉得羞愧。

"妈妈，你能吃饱吗？"我问。

她点点头。

"那蛋白质呢？"

她又点了点头，然后嗤了一声。"他们给我准备了奶粉。"

"哦，是吗？"我假装惊讶地说。

她安静下来，像是已经没有了思路，深陷于某种幻想之中。

"我受不了它的味道，"她说，"像战争的味道。"

那是她第二次在我没有问起的情况下主动提及战争。她的话让我陷入沉思，我的研究碎片开始在脑海中翻滚。有的是画面：婴儿坐在土路上，旁边是他们死去母亲的尸体；被凝固汽油弹轰炸过、包扎得宛如木乃伊的妇女。有的是言语，一位从老斤里大屠杀*中幸存下来的女人，她在美军的飞机轰炸中失去了自己的孩子，她说：那一天我看到了美国的两副面孔；[1] 一位战争新娘回忆起美国支援的食物时说：我听说过"美国佬"，知道他们是来这里拯救我们……我们都期待能领到稻米或大麦，想到有这么多吃的，我们就流口水……可最终领到的却是无限量供应的奶粉，所有人喝了之

---

* 又称老斤里良民虐杀事件，指朝鲜战争初期，1950 年 7 月 26—29 日，美军第七骑兵团第二营向韩国忠清北道永同郡老斤里村难民开火射击及轰炸事件。该事件于 1999 年首次被披露。

后都拉了好几天肚子。[2]

2002年2月,哥哥和嫂子打电话叫了救护车,母亲终于去了医院,他们以她想把自己饿死为由,将她送进了一家精神病院。

住院后,她重新开始服药,开始进食,但食量依然不大,也并非什么都吃。她的抵抗形式依然是拒绝食物,不过她不能或不愿吃的食物非常具体,比如奶粉。

阿诺德·施瓦辛格当选加利福尼亚州州长后,她要求我不要再给她买阿诺德牌面包。

"妈妈,你知道这个品牌和他没有关系吧?只是碰巧同名而已。"我说。

她微微一笑,又轻笑了一声,仿佛明白这听起来很荒谬。

她在选择吃或不吃某种食物时,似乎总是花了很大的心思。随着时间的推移,我认识到这些选择是在表达一种独立选择的能力,是对巨大权力结构的微小反叛行为。

重要的不只是一个人吃什么的这个"什么"……最重要的是,吃东西的诸多"原因"——饥饿、需要、愉悦、怀旧和抗议的不同要求——才能决定进食的意义。[3]

母亲从来没想过要让我为她做饭,但这些年来,她仍会不情不愿地教我做韩国食物。也许是因为她吃腻了方便面和罐装水果鸡尾酒。她想换换口味,吃一碗热气腾腾的松软白米饭,搭配鲜明太鱼锅,这是一种传统风味的明太鱼和萝卜炖菜,铺上满满的大蒜和红辣椒粉,又辣又烫。她吃下第一勺就感叹说:"我已经四十年没尝过这个了。"

她在那套公寓住到第二年时，会给我列要买的韩国物品的杂货清单，并吩咐我下次探望时该做什么食物，这种模式成了常态。

我最后一次见她时，她要我去韩国市场买鱼肉煎饼和一些法莫替丁，因为胃病一直困扰着她。她那段时间还出现了腹泻症状。哥哥发现她倒在地板上已没有生命迹象后的几个月里，杂货清单是困扰我的几件事情之一。

正式公布的死因是"心肌梗死"。

我试着根据嫂子的描绘，想象母亲遗体的模样。"她蜷缩在地毯上，双手托着头，像是睡着了。她看上去很安详。"我曾见过父亲心脏病发作，知道那不可能是平静入睡的样子。

母亲去世的几个星期前，一次我去探访她时，她从沙发上站起身，走到了电视柜上摆放的黑色螺钿小花瓶旁。

"这是我放珍珠耳环的地方。万一我出了什么事。"

她从花瓶中轻轻拿出一沓厨房纸巾，将之展开，捧起里面包裹的一对珍珠耳环，冲我打了个手势。

"给你的。别忘了。"

我内心有点狐疑，她是不是又在计划自杀了，但这个想法刚一产生，我就将它打消了。她已变得不大相同。十四年过去了，她已完全不是我二十岁出头时有自杀倾向的那位母亲。再加上她说那句话时心态似乎很乐观，我便没有多加理会，权当这是她长期养成的泛化灾难性思维习惯，随时在准备应对紧急情况。

她去世后，我想起那对耳环和法莫替丁，并与哥哥讨论了她是否更有可能死于用药过量，或者隐瞒了某种严重的疾病。我哥哥的猜测是:"谁知道那些药物对她做了些什么?"

那对珍珠耳环仍在那里,被层层邦提牌纸巾包裹着,放在花瓶里。我将这个小小的包裹放进背包,一种撕心裂肺的感觉攫住了我;她当时就知道自己行将离世了。

我最后环顾了一下房间,让自己去理解那种感觉。这是我母亲神秘死亡的场所,是她孤独、乏味人生的终场之地,但也是她的救赎之地。她在这里度过了精神分裂症发作后最美好的时光,她在这里学会了重新享用食物、索求她想要的东西。在这里,我们分享了她自年轻时代就未再吃过的饭菜。

她在谈论年轻时吃过、想吃或被剥夺的食物的间歇,也分享了自己过往的细枝末节,面包屑标记的小路*将领着我走向自己的家族历史。

---

* 出自格林童话《汉塞尔与格莱特》,一对被继母遗弃的兄妹用面包屑标记回家的路,不想却被鸟儿吃掉迷失在森林中。"面包屑小路"后用来代指被忽视的细节。

2. 美国梦

韩国，1961

到母亲年满二十岁时，她的一半家人都已去世。1922年至1941年，我的外祖母生下了至少四个孩子：一个男孩和三个女孩。我母亲是最小的一个。就算外祖母生了不止四个孩子，也没有人说起过。

所有孩子都是在朝鲜半岛仍属日本殖民地时出生的，母亲一家生活的庆尚道因为靠近日本，遭受的破坏最为严重。在日本的殖民统治下，朝鲜人被剥夺了土地和家园，被迫从事各种形式的劳动。年轻的妇女和女孩被带去日本，充当帝国军队的性奴。绝大多数都是十几岁的孩子，有些甚至只有十岁。

朝鲜人被勒令只能说日语，否则就有可能被割掉舌头，因此，我的外祖父母教育孩子们要说压迫者使用的语言。

母亲和她的哥哥姐姐们熬过了被殖民的童年时代，但四个孩子中的两个，以及我的外祖父，将在朝鲜战争及随后的岁月里丧生。我母亲和她的长姐幸存下来。

1945年，日本殖民统治的结束并不意味着朝鲜半岛被占领命运的终结，而是意味着占领者的变更。

1945 年 8 月，美国轰炸了广岛和长崎，成为有史以来唯一使用过核武器的国家，后来还用一个名为"V-J 纪念日"的节日来纪念这一事件。V-J 日即对日作战胜利纪念日的缩写。

原子弹杀死的不只是被美国视为敌人的二十万日本人，也包括约两万朝鲜人，一个美国声称已解放和拯救的民族。二战期间，我母亲的家人在大阪，因而得以幸免于难。但美国将继续杀害朝鲜人，以使他们不被自己的同胞所害。

二战结束时，我母亲四岁，日本对朝鲜半岛的占领一结束，美国和苏联的占领就开始了，韩国成了美国第一个"遏制共产主义的实验室"、第一个"冷战剧场"，在那里将展开大规模的杀伤性试验。死者、伤者、丧母或丧父者、无家可归者、边境关闭时被永久拆散的家庭——这些类别中每一类人口的数量都有数百万。

朝鲜战争期间，在被夷为平地的城镇的灰烬之下，在统计出高达三百万的可辨识的尸体这一令人警醒的事实之外，还埋葬着其他难以计数的伤亡人员。那些永远无法找到，只能被算作死亡的尸体。那些严重腐烂以至于无法辨识的尸体。整个家族在一次打击中被抹除，没有幸存者来认领尸体。国家满目疮痍，无法维持剩余人口的性命，人们似乎都死于自然原因。恶劣的环境导致幸存者大批离去。

我母亲关于过去的讲述，分散在过去二十年的岁月中：

我哥哥在战争中失踪，当时我九岁。

我父亲在战争中去世，当时我十岁。

我姐姐春子（Chunja）[*]——哦，她是我的最爱！她与我年

---

[*] 本书所有韩文名字均为音译。

纪最接近，你知道。我姐姐去世时我二十岁，那是 1961 年。

我将花费二十五年时间，在废墟之下寻找我的家人。

华盛顿州奇黑利斯市，1980

我第一次对家族历史有些许了解，是因为上三年级的时候老师布置的一个画家谱树的作业。

父亲当时在某个遥远的港口——马尼拉、关岛或新加坡，我打算只采访我母亲。她讨厌谈论过去，但为了我的教育，她几乎愿意做任何事。

我见过外祖母和姨母，暑假去釜山旅行时也见过姨母的两个孩子，所以我以为自己了解母亲那边的家族情况。

我坐在客厅里高高的吧台旁，从那里能看到厨房。分隔两个房间的白色木制百叶门开着，这让我能面朝着忙碌中的母亲。这是我在家里最喜欢的位置，因为我坐在黄色乙烯基旋转式酒吧高脚凳上会感觉自己很高，而且旁边就是高飞狗脑袋形状的陶瓷饼干罐。我打算等画完家谱树作业后就吃一块饼干，不过，眼下我打开有加菲猫图案的笔记本，专注于手头的作业。

"外婆叫什么名字？"我问话间，想象着外祖母的双手在流水下面唰唰淘米的样子。母亲刚喂了家里的两只猫，这会儿开始在水槽旁的拉出式砧板上切葱。

"赵成元。赵拼作 C-H-O，成元可以拼成 S-U-N-G-W-O-O-N。"

"你的父亲叫什么名字？"我不叫他外公是因为我甚至都

没见过他的照片，没能建立起他是我外祖父的情感联系。

"河朱乙（Ha Jum-ewl）。"说完她也拼读了这个名字。

"你的爷爷奶奶叫什么呢？"

"嗯，我不知道。"她摇摇头说，"韩国人不直呼老年人的名字。"

"好吧，那……孩子们都叫什么名字？"我给母亲和她的姐姐，即我的姨母画了两条线。

母亲拼读了姨母的名字，然后是她自己的。接着她从砧板上扫掉一些葱花，倚靠在砧板上。她的目光集中在身前两英尺外的墙上，说："我还有一个哥哥和另外一个姐姐。"

我目瞪口呆地看着她，吓得铅笔差点掉落。

"我哥哥在战争中失踪了。我不知道发生了什么。我只是再也没有见过他。"

"你当时多大？"

"啊，大概和你差不多年纪。"她说话间目光依然盯着墙壁。

我试着想象突然间再也见不到哥哥该是怎样一种感觉，尽管我那时就不怎么能见到他了，因为他是个大孩子，已经在准备念大学了，但"再也没有"这个词还是压垮了我。一种冲动涌上心头，我想把自己的家庭作业撕成碎片，但又担心这会让父母和老师失望，他们信任我，并为我的教育投入了许多。

母亲好像迷失在了梦中。

"那你的那个姐姐呢？"我问。

"我姐姐春子……她当时是我们三姐妹中最漂亮的一个。她是我的最爱……"

"她怎么了？"

"她在你出生前就死了。"她的目光终于和我的连接在一起，我们两个默默地注视着彼此，墙壁上安装的荧光灯管发出的嗡嗡声让那一刻显得越发寂静。"哎呀！Dap-dap-eu-rah。"

"Dap-dap-eu-rah"——意思是"我快窒息了"——是想表达一种令人窒息的悲伤。

我母亲的哥哥，即我外祖母的第一个孩子，也是唯一的儿子，在1950年战争开始时就失踪了。他的尸体没有被人发现过，家人无法正式宣告他的死亡，他们也不愿相信他已永远消失。历史记录后来将他的消失归入"失踪或受伤"这一模棱两可的统计类别，属于该分类的人数为两百万。

1953年签署停战协定时，美国与朝鲜协定，将以和平条约的形式结束战争，分裂的国家将在六个月内统一。超过三分之一的幸存人口被分隔在分界线的两边，与亲人失散，停战协定承诺他们将很快团聚。

这就意味着，一旦分界线重新开放，我失踪的舅舅就有可能重新出现。但这些承诺均未兑现，停战协定的签署方自此以后一直处于僵持状态，我母亲的家人从来没能确定：我舅舅是死亡了、叛逃了，抑或只是在1953年7月27日去错了地方。

其他家庭——足够幸运，活得足够长久的那些——将等待四十、五十、六十年，才能在受国家监督的探访中与失散的兄弟姐妹团聚几个小时。家庭团聚将在停战协定签署后的第四个十年里开始，每隔几年举行一次，以作为南北双方善意的表示，每次只有少数申请者能获得探亲许可。

举例来说，2018年8月，在分开超过六十五年的岁月后，57000名申请者中仅有89人能见到失散的家庭成员。九十二岁的母亲李金纤（Lee Keum-seom）自1950年以来第一次得以见到自己的儿子，母子二人在战乱中失散。我不知道该怎么办，只能喊着他的名字，哭了整整一年……他当时才只有四岁。[1]

但是，20世纪50和60年代，我母亲还在半岛生活时，韩国家庭却只能表现得仿佛失踪的亲人已经死亡。如果政府怀疑他们与北部有任何联系，即便是意外的联系，他们也可能被当作国家敌人而遭受迫害。因此我的家人再也不提我舅舅的名字了，外祖母收留了舅舅五岁的儿子振浩（Jinho），将他当作第五个孩子来抚养，而振浩只是数百万在战争中失去父母的孩子之一。

自然原因：并非由外部力量直接引起的身体疾病或内部故障。

多年来，关于外祖父，母亲唯一能讲的事是，"他死于朝鲜战争时期"。我最终得知，外祖父并非死于炸弹或子弹，而是死于胃癌。

让外祖父病情复杂化的原因是，战争发生的前六个月里，所有医院都被烧毁了，这是美国摧毁民间机构政策的一部分，他们在官方文件中称之为"军事目标"。外祖父得知自己罹患癌症时，已经没有能够治病的地方了。

基础设施的匮乏，食物的不安全，幸存者在战后所受的折磨将贯穿整个50年代，并将延续到60年代。

母亲的姐姐春子也在1961年死于胃癌，时年仅二十六岁。

我不仅要质疑春子患病时的健康状况，还想知道是什么原因导致这么年轻的一位女性患上了胃癌。我记得自己在研究中发现的那些韩国人的故事，他们靠从美军基地的垃圾桶里捡拾吃剩的热狗和汉堡包幸存下来，我想知道春子的病在多大程度上与恶劣的饮食有关。我记得母亲给我讲过，她的家人在战争（后）岁月吃过的那些东西：我们过去经常抓蜘蛛和蚱蜢，有时也抓小鸟，然后架到火上烤熟。蜘蛛的味道相当不错，不过小鸟几乎都没有肉。几乎犯不上拔毛和做清洁，因为我们差不多会一口吞，连骨带毛！

母亲最早的一张照片拍摄于1963年她二十二岁时，照片中的她魅力十足，梳着蜂窝头，披着一条露肩人造毛披肩，画着黑色的烟熏妆眼线，对着镜头露出灿烂的笑容和酒窝。而在此之前，无论是我死去的姨母，还是其他任何家庭成员，都没有留下一张照片。我已经将母亲的那个形象内化成了女性美的缩影，因此我很难想象一个比她还要迷人的姨母。我幸存下来的姨母后来证实，死去的那位姨母超凡脱俗，足以把任何女人都衬托得平凡无奇。

她也证实了故事的其他部分，用一个词就回答了我蹩脚的韩语："Geu-reh。"意思是"正确"。

"春子姨母死于胃癌？"

"正确。"

"你大哥在战争中失踪了？"

"正确。"答完她也会加上自己的问题，"你觉得他还活着吗？他活到现在的话，差不多得有九十岁了。他有可能还活在朝鲜吗？"

新泽西州普林斯顿市，2006

母亲和我坐在她的公寓里，吃着用生菜叶包的烤肉和米饭。在吃东西的间歇，她透露了一个有关她死去的美丽姐姐的秘密。

"我姐姐有两个孩子，你知道。都是男孩。"

"啊，我不知道！他们现在在哪儿？"

"没人知道。他们就那样消失了。"她咬一口菜包饭，然后开始咀嚼。

"你说'他们就那样消失了'是什么意思？"我等着她咀嚼和吞咽，再吃一口，再次咀嚼和吞咽，直至一口气吃完整个饭包。

"你知道，在韩国，孩子们属于父亲。"她说着开始做下一个饭包，"没有人知道姐姐死后，那个男人是怎么对待他们的。"

我脑海中浮现出这样的想法：他们被抛弃了，后来被人收养，现在生活在美国的某个地方，叫安德鲁、克里斯托弗之类的名字，或者也可能在法国，那就叫安德烈和克里斯托夫。

我想到成长过程中认识的几个被领养的孩子，他们被改了名字，叫作凯西、科迪和罗伯特。他们的韩国名字被遗忘和替换了。他们的生日也被改写成他们被领养的日期。官方记录宣告他们的韩国家人已经死亡，孩子们被告知再也不能提他们的名字。

得知自己有两个失踪的表兄时，我刚研究过自己的家族历史与跨国领养历史之间的关系。跨国领养是韩国于1954年作为一项救援任务开展的，以期为朝鲜战争的孤儿寻找美国领养家庭，但很快它就沦为社会福利的替代品，以及政府为摆脱不想要的人口所制定的一项政策。

韩国第一任总统李承晚以"一民主义"为座右铭，公开谴责"嫁给美国佬的女性及混血儿"是一项"社会危机"。他签署了一道总统令，将这些孩子都安置在跨国收养机构，以解决"美国大兵婴儿问题"。美国的宣传将被社会排斥的贫穷混血儿描述为最容易落入敌对阵营魔爪的人，因此美国人将通过拯救他们来履行自身的爱国职责。

与此同时，韩国的社会工作者也发起了激进的运动，以说服在军营工作的母亲：国家不能为她们的孩子提供任何有价值的帮助，那些孩子就应该待在他们父亲所属的国家。的确，法律也正是如此规定的。韩国母亲与外国父亲所生的孩子将不被允许入读公立学校，也不可能登记成为韩国公民。早在我出生很久以前，李承晚的政策就已经决定了我们的流亡命运。

韩国的领养计划，美国从敌对阵营及"亚洲人对人类生命的漠视"中拯救韩国儿童的运动都很成功，到60年代时，韩国的社会工作者不得不将招募范围扩大到其他边缘人群。[2] "纯种"韩国人后代中的单身母亲和贫困家庭成为新的目标。领养机构不再为有需要的儿童寻找接收家庭，而是开始寻找可供安置的儿童，以便源源不断地向西方提供韩国待领养儿童。一位韩国社工曾公开谈论这种行为：我误解了自己的工作，以为我应该强迫亲生母亲放弃她们的孩子。[3]

在许多韩国人心目中，美国成了一个神话之地，那里没有贫穷和种族主义问题，任何人都能成就一番大事业。一位将自己的两个美韩混血孩子交给收养机构的妇女讲过这样一个故事：有一次我的大儿子回到家中，裤子被他自己的尿浸透了，而且被冻住了。孩子们欺负他，说："你的阴茎一定很大，让我看看。"……我找他们谈了大约一个月，说："我们等你们的父亲已经很久了，但他一直没回来。你们如果留在这里，将持续面临歧视。但在美国就没有这种事。"[4]

华盛顿州奇黑利斯市，1977

那是我一年级时的一个和煦秋日，我刚在家附近的公交车站下车，邻居家的金发女霸凌者便在身后叫住我。

"等等！等等！我想给你看样东西。"

我转过身，看见她蹲下身子，朝一小片橡树林下的阴凉草地望去。我停下脚步，试探着朝她的方向走去。等我走到差不多能越过她的肩膀看清那边的东西后，她一跃而起，手里拿着一把生锈的锤头冲我挥舞起来。我跑了起来，本以为自己甩掉她了，结果却意识到，她只是停下来，将锤头放进一坨刚拉的狗屎里浸蘸。之后她又开始追我，用那把蘸满屎的武器瞄准我的脑袋。公交车站的另一个孩子也加入进来，一起对付我。他将我按倒在地，金发女霸凌者把锤头举到我脸上，但我不知怎的竟然挣脱了，并跑了起来。

我的身体里涌动着恐惧，我感觉自己踩到了一团稀泥，滑进了一条水沟。我仰面着地，透过光影斑驳的金色和绿色树梢，能看到蓝得罕有的天空。涓涓冷水沿着我的脖子流下，浸透了红色灯芯绒夹克的背部，母亲早上才刚帮我洗干净。这么快就弄脏了，我想象着她该多难过，眼泪流了下来。我紧紧地闭上眼睛，好让那个金发女霸凌者看不见我在哭，但我听到她在水沟上面咯咯地笑。

"吃狗肉的家伙！"她高喊着，将锤头扔到我旁边的水里，泥巴和粪便溅落在我的夹克上。

在十五岁到二十一岁之间的某个时间，母亲从祖辈居住的昌宁郡来到港口城市釜山寻找工作。这件事我是通过拼凑两条证据知道的：据我在韩国的表亲说，母亲在昌宁郡上过一两年高中；二十一岁时，她在釜山怀上了我哥哥。只有第二条能得到证实。

母亲从未清楚地讲述过她成年后的任何故事，不过在她人生最后十年的晚餐谈话中，她的确留下了一些信息碎片。有时候，她会详细描绘记忆中战后韩国的某个人物或场景，在这个过程中，她让我了解了故事的大概。

母亲虽然失去了半数的家人，却似乎仍然心胸开朗。她满怀同情地说起生活中的其他幸存者。因为战争的破坏性影响，整个国家依然风雨飘摇，但在她周围，各个年龄的人们都在努力谋生：将一捆捆沉重的白菜搬到城中市场售卖的外祖母、退学到工厂里长日劳作的女孩、偷狗并宰了卖狗肉的男人。她不能承认自己对狗肉贩子心怀怜悯，因为那些人被视为社会的渣滓，任何高尚的人都不会为他们这份工作的肮脏和不诚实辩解。她自己的一只狗甚至也被他们谋害，变成了狗肉。她痛恨他们抢走了自己的宠物，还把狗肉贩子不值得关心这样的大众观点内化了,尽管如此,她仍然忍不住想知道,是什么让他们走上了这条道路。从某种层面来说,她也同情他们。

她有个邻居,一个小男孩,她特别温柔地观察着他。男孩是个卖红豆冰的小贩,大约八九岁。盛夏时节,他即使把篮子盖起来也挡不住阳光,冰块融化成污水的速度比他卖货的速度快得多。在那些酷热的日子里,男孩蹲在路边沮丧地大哭,红豆糖水在尘土中汇成一条条小河。我母亲只要还有足够的零钱,就会买一两块冰,让他免受失败的耻辱。

这些是母亲与我分享过的一些碎片经历,不过,她从没谈论过自己的工作。我一直想知道,她是搬去釜山时就已经知道自己要在那里做什么,还是说她过去时另有目的,只是被引诱进入了另外一种不同的职业。也许她之前就看见过当地女孩和美军士兵在美国海军基地里手拉手的情景,美国士兵送了大量糖果和香水给她们作为礼物,她惊叹于军营环境的舒适。士兵们一定表现得一无所求。她从一开始就知道她要成为那些女孩之中的一员吗?

幸存下来的那位姨母比母亲大十六岁,就像是她的另一位母亲。其实姨母的孩子们只比我母亲小几岁。因此在姨父去世之时,姨母家的两个儿子都已经长大了,她得以有更多时间来照顾我母亲。不过,即便她为她的小妹妹操碎了心,也仍然无法保护她免受一切伤害。

母亲梦想着能接受教育,但她是个女孩。女孩们帮家里的兄弟支付教育费用,自己却无法上学。母亲在釜山工作时,振浩正准备念大学。

20世纪60年代，战后重建、城市化和快速工业化发展让韩国正经受大规模转型的阵痛。乡村的人搬进城市，在新兴的工厂中寻找工作。1963年，朴正熙掌权后，实施了一系列经济计划，将工业放在第一位，社会福利排在最后。他告诉人民，他们的任务是多干活少挣钱，以此来重建国家。苦难将成为衡量优秀公民的标准。

美军基地周围建起了酒吧和夜总会，如此一来，士兵们就能够感受女性的抚慰。有抱负的表演者们唱歌跳舞，漂亮女孩们在酒吧里卖酒以赚取佣金，同男人们聊天。韩国人成群结队地前往基地，哪怕只为了乞讨残羹冷炙、在垃圾堆里搜寻剩饭。对一些妇女来说，从在垃圾中觅食到用服务换取食物，是一个小小的飞跃。用性换取餐食。在黑市售卖食物，用售得的钱购买更多食物。随着债务与日俱增，便有人在夜总会出售性服务以购买比食物更昂贵的东西。这些都是人们为了生存而做过的事情。

由于朝鲜战争一直未能结束，美军基地及满足他们需求的服务业蓬勃发展，但公众对于美军驻兵韩国的态度依然是矛盾的。发展初期的韩国在国家和经济安全层面都依赖美国，基地提供了普通人生存所需的大部分货币。韩国人对工作机会心怀感激，但愤恨情绪依然高涨，因为美国人享有绝大多数韩国人从来无法想象的特权——宽敞的住宿条件、源源不断的食物供应、有保证的妇女陪伴。

有两个专为非精英家庭出身的年轻女性提供岗位的场所，即工厂和军事基地。我想，母亲作为一个有着远大抱负的人，选择了后者。她或许被美军基地吸引了，因为那里有着丰富的异国食物，因为那里的日常生活充满了奢侈的小物品，有时还有登台演唱的机会。与工厂相比,营地里的大部分工作工时更短,潜在收入更高。更重要的是,它预示着美国的魅力,承诺了有一天能通过与美国士兵共同建立生活而搬到美国的可能性。这些情况实际发生的可能性很小,但我母亲,以及其他和她一样的数百万女性,都打了一个赌。

我不知道姨母是否尝试过让母亲相信,那样的地方会在一定程度上毁掉她。或者我母亲也许已经知晓这一点,而且吸引她的正是毁灭的可能性本身。也许,对于进入营地之前的生活,她并没有什么是想保持原样的,在一个不计后果的时刻,她一头扎进了美国小镇的未知水域。说到底,她又有什么可失去的呢?

涌入美军基地的女人们不可能预见这样的后果。酒吧女招待、俱乐部女老板、歌手、舞女、妓女、女服务员、为士兵提供便利物品的商店店主、为娱乐人员梳头的美容师、买卖营地福利商品的黑市商贩、留意路边口哨声的行人——所有这些女人都被打上了"西方公主"和"美国佬妓女"的标签。她们与不被家人接受的男人随便搅和在一起,而且是在肮脏的环境中,这本来就已经够糟糕的了,更糟糕的是,那些男人还是美国人——韩国人感激和服从的美国人。这是对国家的一种侮辱。尽管韩国从美国军队那里获得了巨大的利益,甚至连政府都在大力推动营地周围性产业的发展,将之作为一种"外交"形式,但女性性工作者们却逐渐被剥夺了权利。韩国社会激烈地辱骂这些女人,以至于她们不可能在"正常"社会中生活。父亲们与靠劳动来偿还家庭债务的女儿断绝关系是合法的。有些女人甚至在施虐者手中丧了命——施虐的男人,却从未受到惩罚。

美国的诱惑力掩盖了这份工作的危险性——拥有治外法权保护的醉酒士兵可能会做出致死的暴力行为。俱乐部老板派"狡猾的小子们"去猎捕不守规矩的女孩。她们生下的孩子将成为无国籍的人。她们很快就会在流沙中沉沦，只有两条出路——死亡，或与美国人结婚。

华盛顿州奇黑利斯市，1987

这是我高中二年级那年的春天，我正在上历史课。一个名叫约翰的男孩坐在我后排，正小声叫着我的名字。我努力不去理会，因为他的言论往往隐约与性相关，会让大家去关注我正在发育的身体，但与此同时，他也是学校最聪明的学生之一，有时还是与我一起对抗每日无知浪潮的盟友。这一次，他说的话让我猝不及防。

"嘿，格蕾丝？你妈妈是战争新娘吗？"他说这话时，语气中稍带嘲讽。我没有回应。他又问："你妈妈是战争新娘吗？"

我不明白这个问题，脑子里开始思考，朝鲜战争发生在50年代，但我父母是在1971年结的婚，那我母亲怎么可能是战争新娘呢？

"我听说她是。"他说。

我想让这个问题平息下去，便说："我妈妈来自韩国，不是越南。"

我这时尚未意识到，韩国仍处于战争之中。

我父母从未谈论过他们是如何及何时相遇的，但从父亲死后留下的战争纪念品来看，我知道他1968年驻扎在越南。到1970年，母亲已经怀上了我，于是决定结婚。

据姨母说，母亲整个孕期总有一种无法餍足的饥饿感。她想吃很多东西，但有些东西又弄不到，因此很难开口。于是她会开口要那些她知道自己能得到的东西。她会对姨母说："姐姐呀，请为我做饭吧。"母亲会在所有能吃到的食物中特别挑出一道菜。"姐姐呀，请给我做一些绿豆粥。"她几乎每天都点名要吃绿豆粥，如果姨母提议换换口味，母亲就会坚持："但是宝宝想吃的是绿豆粥。"即便是还没有怀孕的时候，母亲也会有搜寻她馋的东西的习惯，然后沉溺于其中。

她那时是一位单身母亲，不顾万难抚养着时年六岁的哥哥。在那个年代，直至今日也仍是如此，婚外性行为都是严重违背韩国女人文化规范的行为，家里的男人有时会伪造领养文件，把单身母亲所生的孩子送走。女性如果表现出性越轨的身体证据——以孩子和怀孕的形式——将会被排挤到社会边缘。我母亲也不例外。唯一比单身母亲更受鄙视的韩国女人，即那些"与外国人混在一起的"女人，因为她们是妓女，也是叛国者。

尽管不断有人提醒我母亲，她正在将孩子推向一个绝望的未来，但她依然不肯放弃我哥哥。相反，她下定决心要和他在美国建立一个家庭，而我父亲打算让那个梦想成为现实。母亲即将与父亲结婚的事实可能让姨母和外祖母松了口气，但这并没有为母亲赢得其他韩国人的一丝尊重。

当时五十一岁的父亲是称职的，他承诺到远方重新开始，这给了我母亲一些安慰。他的存在提醒着美好的日子即将到来，不过在他们关系的早期，大部分时间他都住在美国，而母亲在韩国等待。父亲在家里有重要的事情要处理——与第一任妻子离婚，以便与我母亲结婚。

母亲在等待期间变得很孤独。我不知道她是否也开始担心，他会像其他许多美国士兵一样消失，只在身后留下一串孩子。没有结婚证，就没有任何东西能保证父亲的归来。除了她在美国开始新生活的美好梦想，还有一个噩梦般的阴影——另一个混血儿即将诞生，她要么被迫将之送走，要么将其带入一个无国籍的无助境地。

为了振奋精神头，她有时会去美容院，但她对西方发型和服装的偏爱却成了她是美国佬女友的标志。有一天，她把头发做成了外翻型，步行回家的途中，晃动的头发和高跟鞋敲击路面的声音为她的步伐增添了一种别样的活力。一个男人在她身后喊道："嘿！嘿！韩国小姐！你要去哪里？"他跟了她一条街，一直喊着："嘿，韩国小姐！你以为你要去哪里？"

正如母亲告诉我的那般，这个故事到此结束，但在我的脑海中，这段插曲却引出了另一个故事。也许那个男人朝她的头发吐了口水，或者抓住她的胳膊将她推倒在地。或许他强奸了她，用以象征从美国人手中夺回土地。或许是这次强奸造成了她在怀上我之前的那次怀孕，也就是她流产的那次，为此，我父亲把她打到耳膜破裂。我在对作为美国军事人员性伴侣的韩国女性做研究时看到的暴力事件激发了我的这些想象。同样起到推动作用的，还有我对童年父母之间冲突的记忆。来啊，再来把我的耳膜打破呀，你这个一无是处的家伙！

怀我的时候，她会经常打电话叫姨母过来探望自己。姨

美国梦

047

母每次过来,都会给母亲按摩脚掌,梳理头发,给她的肚子擦药膏。有一天在打牌的时候,母亲跟姨母说了一个会让所有偷听者都感到震惊的秘密:"我希望这次能生个女孩。"

她已经生了一个儿子,这个事实让她希望第二个孩子能是个女孩。此外,这个孩子将在美国长大,母亲已经了解到,在美国,女人能干大事。

我在她体内长大,她的孤独也日深。每次到了姨母要走的时候,母亲都会变得很绝望。她会把姨母的鞋子藏起来,恳求说:"请多待一会儿啊,姐姐。你不必非得现在就走。"她们的分别变得越来越惆怅,次年,我父母结婚后,当母亲即将带着哥哥和我乘坐飞机离开时,变成姨母恳求母亲不要走了。

这样的场景每年夏天都会重演,并在1976年我们最终离开时达到了高潮,那是我对韩国最后也最持久的童年记忆。

在金海国际机场的一个登机口,空气中充斥着浓烈的烟味和8月的潮气。姨母跪在地上,紧紧抓着我母亲的胳膊,哭号着喊她的"小妹妹"。"小妹啊!小妹啊!小妹啊……小妹啊……"姨母穿着韩服,被拖曳着前行。母亲感到羞愧,挣脱了出来。姨母抓着母亲烫过的短发。她用颤抖的声音喊道:"别走,小妹啊,别走。"

3. 友好城市

华盛顿州奇黑利斯市，1977
人口：5727
韩裔数量：3

"中国人，日本人。"一个孩子先是将眼皮向上拉，再往下拽，做眯眯眼状。"脏膝盖，小咪咪。"他用拇指和食指捏着自己的乳头，将胸前的衣服拉起来，模拟女人的胸部。[*]

一开始我愣在那里，哑口无言，然后才想到反驳之词。"我不是中国人，也不是日本人。"

这样的场景每隔几天就会在课间休息时重演一次，因为我总是独自在小学操场那些一直很潮湿的木头玩具上玩耍。嘲笑我的往往是一个男孩或者一群男孩。每发生一次，我的回答速度都会变得快一点。"我不是中国人，也不是日本人。"有时还会加一句，"我是韩国人。"

随着次数的增多，我的答案也在不断变化。"我是半个韩国人。"我希望远离那些让吊梢眼和女人的胸部显得很可耻的话语，但为时已晚。羞耻感已经深入我的内心。

---

[*] 美国青少年针对亚裔的一种种族歧视性喊话，"脏膝盖"源于亚裔劳工跪地劳作的形象，最后一句意在嘲笑亚裔女性的胸部。

中国人，日本人……

"我是半个美国人，"我说，"我父亲是美国人。"时间够久之后，我学会了不提我母亲。

开车沿 5 号州际公路从西雅图前往波特兰的途中，在茂密的常青树过渡到广袤牧场的地方，你会看见路旁有一块双面广告牌，上面是山姆大叔的画像。两个方向的路人都能读到他的话语：孟加拉国有干净的空气，但你想住在那里吗？以及艾滋：把水果变成蔬菜的神奇疾病。[1] 这块广告牌属于阿尔弗雷德·汉密尔顿的孩子们，伯德夫人*的公路美化法案禁止在州际公路上打广告，身为农民的汉密尔顿却无视禁令，于 20 世纪 60 年代初竖起了这块广告牌。这块指示牌的目的在于"用大写字母的形式传播他的保守观点"。[2] 拒绝墨西哥奥林匹克运动队？所有跑步和游泳运动员都在这里！

就在你开始消化山姆大叔呈上的右翼爱国主义时，你会看到"76 号出口：华盛顿州奇黑利斯市 13 街"的标识牌——那是我父亲的故乡，我长大的地方。1972 年夏天，我一岁半、哥哥八岁时，我们随母亲一道从釜山移民到奇黑利斯，与父亲一起生活。

我们是最早定居那里的亚洲人，几十年里的第一批移民。

我的父母从未谈论过我们为什么要搬去美国，但是在 20 世纪 70 和 80 年代的成长岁月，我还是形成了自己的一套说辞：这里比韩国好。虽然不了解我们移民的原委，但不知为

---

* 即克劳迪娅·约翰逊（Claudia Alta Taylor Johnson，1912—2007），美国前总统林登·约翰逊之妻，伯德夫人为其昵称。她一生致力于环保事业，积极支持并推动了美化法案的通过。

何,我却知道我们应该感恩。

父亲的家族在奇黑利斯渊源很深,可以追溯到19世纪初。他的祖父母是自耕农,从田纳西州和新斯科舍省向西行进,在从原住民那里偷来的土地上,靠着太平洋西北地区的丰厚收成为生,奇黑利斯这个名字就源于原住民的族名。在美国历史上,像我曾祖父母这样的人被誉为帮助开拓西北地区的勇敢先驱,而奇黑利斯人作为一个族群,甚至未获承认——他们的名字脱离了实际含义,沦为一个外语单词。根据小城官方网站,这个印第安词的意思是"流动、闪耀的沙子"。

像我母亲这类人的故事,也被排除在那段历史之外。她的勇敢没有得到承认,而且不同于我父亲的祖父母,她的迁徙是独自进行的。20世纪70年代,在没有韩国男人陪同的情况下独自出行的韩国女人会被打上不得体的标签,而韩国女人若是前往美国,不管是同美国男人一起,还是奔赴一个美国男人,都会因为太过肮脏不再被视为韩国人。和所有同美国丈夫一起逃离的韩国女人一样,我母亲也被当成了一名死亡人口。这些女性一旦到了美国,就再也不可能真正返回。

她可能对我父亲及她即将居住的新世界有疑虑,但她一定也知道,她在韩国已经一无所有,已经不可能再开辟一个有价值的未来。所以她坐上了那架飞往美国的飞机,打算在一个她听说能接受跨种族婚姻与混血孩子的地方开始新的生活。但在1972年,美国尚未经历新闻中所谓的"美国褐变"。取消对非白人移民进行限制的1965年移民法案才通过没多久,要到若干年后才有大批韩国移民前往洛杉矶、纽约、芝加哥和西雅图等城市，我们比他们要早。而且他们的目的地不是我父亲家乡这个只有五千人口的经济萧条的小城。

在我母亲搬来之前，奇黑利斯的绝大多数人都从未在生活中遇见过真正的活生生的移民。如果他们能穿透表面，或许会发现，我母亲并非那种坚守自身外国生活方式的移民，不会像瘟疫一样传播这种生活方式，并且从合法的美国人手中夺走一切。那样的移民在我们的小镇并不存在，他们只是一个抽象概念，是右翼媒体各种想象的集合：黄祸、外来人入侵、美国社会结构被外国人之手打破。

是的，母亲想成为美国人。她努力成为美国人，顺应她所学到的每一种新习俗。除了别人不想做的工作，她什么都不要，她只拿最低工资，或者在半夜工作。仇视移民者即便是在与她面对面打过交道之后，依然不能真正看见她，于是她成了他们口中有血有肉的稻草人。

然而，在我们第一次抵达奇黑利斯时，76号出口的标志却是充满希望的，仿佛在说：欢迎来到友好城市。

奇黑利斯是一个邻里关系和睦的地方，在这里，你可以不打招呼就登门拜访，如果是认识的人，他们会邀请你进屋喝杯咖啡、软饮，吃些饼干。

父亲是我们家里唯一一个镇上绝大多数人都真正认识的人。不管我们去哪里，人们似乎都喜欢他、尊敬他。有时他们还会将我拉到一边，说："你爸爸是个了不起的人，你知道吗？"

但母亲的熟人却总是在变化，因为她倾向于同其他外来人及在她之后到来的移民交往，但那些人大多在奇黑利斯待的时间都不长。有过一个叫奥利的黑人男人，还有一个我不记得名字的菲律宾人。母亲倒是也和一个长期生活在当地的女人建立起了亲密的友谊，是位白人女性，年纪足够当她的祖母。这位白人女性名叫埃塞尔，住在圣海伦公寓，镇上图书与美术用品商店"图书与画笔"部的楼上。母亲定期去看望埃塞尔，直至其在80年代中期去世为止。也就是在那段时间前后，母亲开始出现精神分裂症的迹象。

我不确定哥哥是什么感觉。因为年龄的差异，我们生活在不同的世界。我二十岁出头时，他告诉我，他觉得奇黑利斯没有我说的那么糟。"那是因为你是男孩。"我说。"韩国的种族主义问题更严重。"他反击道。两种说法可能都是对的。但不管怎么说，他在高中阶段似乎的确拥有一些社交生活。

至于我呢，我只有一位真正的关系持久的朋友。

1978

现在是课间休息时间，我一个人在木头玩具上玩，一只手抓着滑竿，围着它转圈。班上的一个金发女孩抓住我旁边的滑竿，开始模仿我的动作。我看了她一眼，对她要说的话感到担忧。我们绕着滑竿继续安静地转圈，气氛越来越紧张。终于，她打破了沉默。

"你是韩国人吗？"

我对她的问题感到惊讶。"你是怎么知道的？"我立刻就喜欢上了她，她是第一个没有称呼我为中国人或日本人的孩子。

"我父母接待过一家从韩国来的人,他们也去过首尔。"她说。

几十年后,我将会感到惊叹,一对美国小镇出身的白人夫妇竟然会在20世纪70年代去韩国度假,这是多么罕见的一件事。

我们互问了名字——她叫珍妮——然后继续围着平行的圈子转圈。第二天课间休息时,我们开始一起玩,第三天也是,很快我们开始在每天放学后见面。在她家,我们吃自制的芬兰小豆蔻酥皮糕点和加了奶油干酪粒的瓦萨牌面包。在我家,母亲会提前结束午睡,给大餐桌铺上她亲手缝制的橙色亚麻餐巾、水晶盘子和小银叉,以供我们吃午茶点心,一般是新鲜水果:草莓、蘸过糖粉的大块蜜瓜。珍妮成了我最好的朋友,我应对未来冲击的精神盔甲。

与我家人有直接往来的人们——学校老师、隔壁邻居、父亲的朋友和亲人——一般都很友善,对我们都很好。而在奇黑利斯六平方英里镇区以外生活的,是乡巴佬、红脖子、屎壳郎,我们高中的孩子们这样称呼他们,他们有时也这样自称。他们因为与汉密尔顿农场广告牌上的山姆大叔持相同观点而闻名。不过城镇与乡村的分界线是敞开的,那就等于,我们既生活在包容移民的人群之中,也生活在想让我们"滚回家"的人群之中。

为了在父亲的家乡生存,我们有时不得不把自己隐藏起来。我母亲试着只讲英语,以尽力消除口音中的外国人色彩,除了韩国食物的名字和没有对应翻译的物品之外。甚至在家里的时候,她和她的韩国小孩在一起也只讲英语。于是我成了局外人，不光针对我成长的小镇而言，也针对我出生国度的语言而言。我将永远被排除在"woori mal"——意为"我们的语言"，是韩国人对韩语的称呼——所指的这个"我们"之外。暑假时，我会在首尔没有窗户的教室里学习韩语，让我的发音符合标准口音，但几十年后，我在对韩国人说起"我们的语言"时，依然会受到盘问。你是哪儿的人？你为什么说不好韩语？你母亲和父亲都是韩国人吗？不，他们会断定，你不是韩国人。

1980

四年级。这天，我刚来到珍妮家，这是我们如马拉松一般悠长的玩耍约会中的一次。她看到我来了，不像往日那般话多和兴奋，而是沉默不语，避免与我目光接触。

"怎么了？"我问，之后她才讲了起来。

"邻居问我妈妈，你真正的爸爸是谁！"她的脸涨红了，她哭了起来，"他们不相信你爸爸真的是你爸爸。我妈妈非常生气，告诉他们那不是真的，但他们不相信！"

我情绪激动，备觉脆弱，同时又感受到了珍妮家人的保护——珍妮母亲的愤怒反映了她的正义感，那或许是因为，她自己是一个芬兰移民的女儿。最重要的是，我很震惊。我第一次意识到，我的家庭是一个丑闻，我第一次有机会能通过当地成人的眼睛来看待自己。

他们怎么可能看不出我和我父亲有多像？我们有着同样分明的下颌线、同样饱满的脸颊、同样呈丘比特之弓状的唇谷；我母亲几乎每次看我都会为这些相似之处感到惊叹。但白人却看不到这些。他们能看到的，只有我的韩国特征。被他们称为"中国佬"和"日本佬"的韩国人。

如果没有我父亲，那我是谁？但现在我和他的关系却受到了质疑，这样一来，我在这个镇上就更像个外国人了。从根本来说是不合法的。

奇黑利斯的种族歧视与肤色无关。除白色以外的所有肤色在这里都非常扎眼。你用两只手就能数清这里非白人人口的数量，黑色、棕色和黄色皮肤的都只是各有几个人。虽然我生活在那里的几年间，非白人人口的数量在缓慢增加，但这并不是一个线性发展的进程。有时候，因为某桩悲剧，有色人种的数量会急剧下降。我哥哥所在的高中班级，有个名叫克里斯的黑人男孩自杀身亡，我不记得是吊死还是枪杀的。一个被领养的韩国女孩割腕后幸存下来，她的伤疤成了其他人取笑或怜悯的对象。她在我所在的高中念了一年左右，然后就消失了。我读初中时，班上有个叫卡丽的墨西哥女孩，她十二岁怀孕后就离开了。

然后是希娜，1987年过来的一个柬埔寨女孩。我们在同一个体育班级，她总是在更衣室找我说话："你是这里唯一对我好的人。"

有一天，珍妮来找我，她为打字课上希娜的遭遇感到难过。希娜每天都坐在她旁边，这天希娜在键盘上噼里啪啦地打出了"每个人都恨我"这样的句子。他们骂我丑骂我蠢。他们叫我婊子。一行接一行的谩骂之词。

"麦克弗森小姐就不打算做什么吗？"珍妮问，"还是说，她打算把希娜的作业发下来，只在上面注明希娜每分钟打字的字数？"

到 1987 年，一些仇恨移民的人已经习惯了我家，但他们依然将定居在太平洋沿岸的亚裔视为威胁。有时候，他们对他者的恐惧一浪高过一浪，比如针对希娜这类新来的移民时；但也有时候，他们的恐惧只表现为小小的涟漪，是一种尚未成为公众议题的微型攻击。

我恨日本佬。他们正在接管一切。哦，但我不是在说你！你很好。你不一样。

这是一些我认为是朋友的人说的话。

一部分的我也认为自己是不同的，是一个美国化了的半美国人，但另一部分的我却完全能感受到这种侮辱所带来的刺痛。我拥有美亚混血儿的双重意识。

我自我贬低的那一部分无法处理这种无情的敌意。这里的环境对我来说充满敌意，但对我母亲来说则更加严重，多年来，在父亲出海的时候，她都只能独自一人在不友好的水域航行。她对成为美国人这件事抱有巨大的期盼。

在我八九岁的时候，有个上学日的早晨，我醒来发现母亲上完晚上十一点到早上七点的夜班回来后没有换上睡衣，而是换上了一套蓝色的涤纶套装，正对着镜子擦口红。

"妈妈，你要去哪儿？"

"西雅图。"她边说边抚平裤子上的褶皱。我很吃惊，没有人提前告诉我这件事。西雅图是我们参加文化活动和办"重要事情"的地方。

"真的吗？做什么？"

"我要去参加公民入籍测试。"

"那是什么?"

"是为了妈妈能在今天成为美国公民。我把麦片给你放在桌上了,去吃吧。"

她开车九十英里去了西雅图,在移民归化局待了一天,下午又开车驶了九十英里返回,到家后就开始做晚饭,几乎没有时间休息就又去接班了。

"测试怎么样?"那天晚上看到她后,我问她。

"什么都没发生。"

"你说'什么都没发生'是什么意思?"

"你问我'什么意思'是什么意思?就是什么都没发生。我就是参加了测试,现在我要成为美国公民了。"

如此简单的一句事实陈述,但这个新身份将赋予她哪些新的特权呢?它会以什么样的具体方式让她的生活变得更好?也许换一个地方,我本可以发现个中区别。

1983

我今年十二岁。母亲来接我放学,我们驾车回家时,她开始怀疑有辆车在跟踪我们。她突然转向,试探那位司机。"我甩掉那个狗娘养的了。"她自言自语道,但片刻之后,男人又出现在后视镜中。恐惧攫住了我,我开始惧怕我们是不是他的猎物。《十三号星期五》和《月光光心慌慌》系列电影的画面填满了我的脑袋,我看见一个戴面具的杀手经过长时间的恐怖追逐后杀死了我们。接着我回到了现实。如果他要杀死我们，那他可能会用枪。我母亲加速，他也加速。母亲的每一个动作，他都会有样学样。这样的猫鼠游戏持续了一路，一直到母亲把车开到路边，停在前院边缘那棵爬满常春藤的橡树前面，而没有开进车道。那辆车就停在我们车后。我想母亲把车停在街上一定是不想让跟踪者知道这里就是我们家，尤其当家里只有我们母女两个人住，哥哥去念大学了，父亲远在太平洋上的某个地方时。

她下了车，冲到那个陌生人的车前，用拳头捶击挡风玻璃。"下车。"她厉声说。

我吓坏了，不敢离开座位，但我扭头想看清楚跟踪我们的是谁。车上有四个年轻的白人男子，他们的车窗都摇了下来。那个司机没动。

母亲又开始捶击挡风玻璃。"下车！"这一次她是在吼。

那人打开车门，从方向盘后面走了出来。是个十六七岁的瘦男孩，顶着一头蓬乱的棕色鬈发。他比母亲高一头，但母亲死死地盯着他，他在来回换脚，踢路边的小石子。

"你们为什么跟踪我？"

男孩转身看向车内的朋友们。

"我问，你们为什么跟踪我？"她口齿清晰地将每个音节都发得非常夸张。

"你们为什么跟踪我？"男孩重复了一遍，嘲笑她的口音。他的朋友们也都笑了起来。他又看了看他们，然后看着我母亲，开始发出愚蠢的声音，模仿一种假的亚洲语言。车上的男孩们捧腹大笑。

我绷直身体，因为我看到母亲的眼睛鼓了起来，她的鼻孔张得很大。她进入了战斗模式，不打算退缩。她向男孩走近一步,抻着脖子看他,拳头紧握在两侧。她的脸离他大约有六英寸,她大吼道:"离我和我的孩子远点!听清我的话了吗?"她的声音是如此之大,吓得他再也笑不出来。"你们立刻给我滚蛋!我发誓,再让我看到你们,我绝对要杀了你们。"

跟踪者没有再还嘴,也没有再嘲笑她。他只是回到车上,驾车离开了。

三年后,我母亲将会受够感恩那一套,转而开始公开指责人们对她做的所有坏事。她将说出被跟踪、骚扰、迫害的经历。这个镇上的每个人都想袭击我。一开始,这似乎完全是出于理性,完全立足于现实。不是疯话。不是精神分裂症。

1986

那是我高二开学前的夏天,我暗恋了一年的男孩邀请我去他家。高一那一整年,我一直跟他和他的朋友们一起玩,觉得他们是一群酷炫的另类人士。终于,他注意到我了!从他发出邀请,到约会日期真正到来之间的时日里,我几乎每时每刻都在想该穿什么,还幻想着他会爱上我。

我到了他家,因为期待而头脑眩晕,我穿的是一条新买的品红色筒裙。十分钟后,他邀请我去"嗨到飘"。

我一回到家,母亲就大声呼唤:"格蕾丝呀,快跟我说说!"我依然处在恍惚状态,害怕她知道我都做了些什么。她深情地看着我,抓着我的手,叫我纯姬,那是她为我取的传统韩国名字,意思是"最纯真的女孩"。"纯姬呀,你是我最纯真的女孩,是不是呀?"此刻她对我说这些,在这个特殊的时刻,我感到惊慌。更严重的是,愧疚与羞耻吞噬了我。

多年以后,我将会明白,纯真是她尤其希望我能拥有的另一样品质,因为她被剥夺了纯真。我的愧疚与羞耻将转化成愤怒。

一个月后,我开始了高二学年。我在练习网球,一边对着墙壁击球,一边等着轮到我上远处的球场发球。这是夏末完美的一天——天空是蓝色的,气温为23.89摄氏度,这种天气提醒你,你与某些更大的东西连接在一起,心痛是会过去的。我听着网球发出的砰砰声和嗖嗖声,让节奏抚慰我。

那男孩的三个朋友不知从哪里冒了出来,围着我,将我逼到了墙边。他们奚落我。其中的一个抓住了我的球拍,另外两个将我按在地上。

我抬起头,所有人——教练也好,其他女孩也罢——似乎都没有注意到这场于众目睽睽之下发生的袭击。我试图寻找珍妮,发现她在远处的球场,远到看不真切。但教练,现场唯一的成年人,就在离我最近的球场,和七八个女孩一起。他们连看都不看我一眼,哪怕在我挣扎着从地上站起身,拂掉校服上的尘土,一瘸一拐地捡起男孩们扔在围栏旁的球拍时。我在想,他们是不是故意选择不看的,因为这就是奇黑利斯经常会发生的事。

那年秋天晚些时候,十五岁的我冲动之下差点自杀。因为一件微不足道的小事,我和父母发生了争吵。我,因为第一次性经历所遭受的创伤,尚不能说出那次性暴力事件。随着喉咙里发出的一声响亮哭声,我将极度的痛苦释放出来,随后冲进厨房朝刀架跑去。"我要杀了我自己!"我大喊着抓起菜刀。父亲从我手中夺走了刀,母亲站在后面连连喘气。我满脸是泪地瘫在地上。

"我恨这个地方!"我冲父亲喊道,"你为什么把我带到这里来?"

他看上去很震惊。"如果把你留在韩国,情况会更好吗?"

"韩国?这一切和韩国有什么关系?"我吼道,"我们为什么不能在西雅图生活?"

我深陷在自己的个人地狱之中,看不见在母亲所深陷的地狱里,烈火烧得更旺。

几个星期之后,我将发现她那时一直能幻听到声音,但家里没有人信我。那将成为另一个几乎压垮我的原因,但我会等待足够长的时间,直到走出奇黑利斯。而且她会鼓励我走出去。有一天,当我坐在餐桌边为初级学业能力倾向测验*做准备时,她走到我身旁,在我面前摆上几盘水果和馒头**,用手指为我梳理头发。"哈哈,乖孩子!努力学吧,去最好的大学,走得远远的。在这样的地方,你什么出息都不会有。"

二三十年后,我将回顾1986年,那就是母亲开始走向死亡的年份。

---

* 初级学业能力倾向测验(PSAT),美国高中生为备考学业能力倾向测验(SAT)而参加的预备考试。
** 原文为"jjin bbang",为韩语"찐빵"的拉丁化拼写,指蒸制的面食,但有时也会包红豆等馅料。

纽约市，2016

这是总统选举之夜，我从曼哈顿乘地铁回布鲁克林的路上，收到珍妮从西雅图发来的信息："这发生了啥？"

"乡村白人选民的投票率高得异常。"我发信息回应。

"哦天哪。"她回复道。

接下来的几天里，我在纽约市那个小小蓝色气泡中的朋友和同事们将会发出疑问："给他投票的都是些什么人？"

对于自己童年遭遇的恶霸、强奸犯和仇外者，以及母亲面对过的所有不公，我心中压抑的愤怒将再度沸腾。有一件小事我将铭感于心，那便是我母亲永远都不必看见特朗普成为总统。这时候我母亲已经去世八年了。

珍妮和我又发了几条信息，讨论乡村的动乱，以及我们即将面临的恐惧形势。"抱紧你的宝宝们。"她说。除了努力生存，我们还能做些什么呢？

2016年大选之后，我开始阅读《我们最令人不安的疯狂：跨文化精神分裂症案例研究》。T. M. 鲁尔曼在前言中提出了一个很有说服力的论点，即被我们称为"精神分裂症"的系列经历，既是一种生理疾病，也是一种社会疾病。鲁尔曼概括了几种社会性因素，这些因素现在已被研究广泛证实，不容争辩，而我母亲的情况占了六条因素中的五条。其中有三条总是与精神健康恶化所致的结果有关，分别为童年时期的社会逆境、低社会经济地位、生理或性创伤。另外两条从表面看则不那么明显，即移民和身为白人社区中的有色人种。

我母亲原本不一定会患上精神分裂症的。

我内心一直清楚这一点,但在缺乏科学依据的情况下,我一直没办法做出合乎逻辑的论证。

这种风险是随着所谓的"种族密度"的增加而增加的:随着社区中非白人人口数量的减少,他们的精神分裂症发病率会上升。[3]

我想到了奇黑利斯,作为刘易斯县的县治所在地,那里有65%的选民都将选票投给了唐纳德·特朗普,自1972年我的韩国家庭搬去以来,那里就没有发生过太大变化。

移民和有色人种的数量从三个增加到几百个,大多数移民来自墨西哥,但白人和基督徒依然占据镇子总人口数量的87%。

20世纪90年代,偶尔从大学回家探亲的时候,我听说过亚裔和墨西哥裔在仇恨犯罪中被打或被杀的传言,也听说过从前的同学变成新纳粹分子的事。尽管90年代曾经有过多元文化论的美好说辞,但在接下来的三十年里,随着奇黑利斯移民数量的增加,种族主义情绪似乎有增无减。山姆大叔的广告牌将成为这种复燃的仇外情绪的反映:这是移民还是入侵?

2010年,城市议会担心"如果奇黑利斯市的负面新闻被曝光,当地媒体会用'友好城市'这个昵称来进行反讽",于是采纳了一个新的官方昵称。[4] 现在这里被称为"玫瑰城市"。

2016年,奇黑利斯毗邻的"双子城市"森特勒利亚登上了人均三K党成员数量前十名城市名单,但长期以来三K

党在刘易斯县也一直很活跃。1924年，奇黑利斯举办了一次地区聚会，有多达七万名三K党在集市聚集。《每日纪事报》1976年采访大巫师大卫·杜克[*]时，询问他是否有在奇黑利斯开设分会的计划，他答称该地区已有成员。[5]

特朗普就职后放大了"白人至上主义"的声音，那块广告牌又发布了另外一条极具争议的爆炸性声明："自由即危险！奴隶制即和平！"

在奇黑利斯，"生存从来不是天注定"。

---

[*] 大卫·杜克（David Duke，1950—　），美国白人至上主义者，前三K党领袖。

第二部分

PART 2

口腔既可将食物加工为可消化的物质,
又能产生感觉,
这种双重功能将口腔这个空间与家庭及公民的语言生产连接在一起,
将之与故事的讲述连接在一起。

——凯拉·瓦萨纳·汤普金斯,《种族消化不良》

4. 妈妈

华盛顿州奇黑利斯市，1976

"你长大后想当什么？"我记忆中母亲最早问我关于职业理想的问题是在我五岁时。她高亢、清晰的声音就像玻璃杯相碰发出的，那是她想从你嘴里套话的信号。她跪在地上，长长的头发拂过油毡，棕色的眼睛满含期待地看着我："啊，格蕾丝呀？"她勉强笑了几秒钟，酒窝消失在了圆润的脸颊之中。

"当厨师。"话说出口的那一瞬间，我就知道自己犯了巨大的错。

"当什么?!"她一跃而起，俯视着我。她的鼻孔张得很大，脸涨得通红，然后用短句愤怒地说出了正确答案。"你可以当，医生、律师，或者教授。"

那时的我真的想当厨师吗，或者考虑过自己的未来吗？我持怀疑态度，但就像孩子们经常会做的那样，我也会想象自己从事我所看见的成人做的那些事。母亲总是在做饭，但对她来说，那是一项义务，而非一份职业。

如果我当时年纪再大一些，我可能会意识到，她最近迷上了我编的一首歌，歌词是："我希望我是个铅笔头，铅笔

头，铅笔头。"我用的是一种缓慢而悲伤的语调，有时还会将"铅笔头"换成"吃笔人"。但不管怎样，我母亲却认为，这首歌意味着有一天我将成为一名伟大的学者，她还跟她认识的每一个人说我将自己的理想都记录在了歌曲中。她用韩语给亲戚打电话时，会在语速很快的老家庆尚道方言中插入慢速拼读的英语语句"我希望我是个铅笔头"。切回韩语后，她的声音中有一种轻快活泼的调子。那是我母亲微笑时所发出的声音。家里来客人时，她会给他们讲述我的大师之作，并要求我演唱。那首歌还有配套的美术作品——我用铅笔描画的铅笔图片，她也会骄傲地展示那些素描画作。

这预示着我将会成为一名学者。在韩国，小孩子过周岁生日时，家长会在她面前摆放预示着她未来的物件。如果她抓的是面条，那她将会长寿。如果她抓的是硬币，那她将会是个有钱人。如果她抓的是铅笔，那她将会成为一名学者。成年之后，我会和韩国朋友们开玩笑，说我母亲操纵了这个游戏的结果，因为她摆了三堆铅笔。格蕾丝呀，有一天你将成为非常——伟大的学者。她精心将这条信息植入了我梦想的最底层。那是我的命运。

"当厨师？那算哪门子的答案？"她对我父亲嘀咕。

父亲要她冷静点，然后说了些什么，这些话日后将为我了解他们之间的文化差异提供线索。父亲的母亲是爱尔兰裔加拿大人，他父亲是英裔美国人，而且比他母亲大二十岁。他会一期不落地购买《福布斯》和《国家地理》杂志，而且是公共广播公司的忠实听众。"她可不是说要当负责煎炸的厨师，"他说，"她是指要成为茱莉亚·查尔德。"

"茱莉亚啥？"

"茱莉亚·查尔德[*]，美国最著名的厨师。她的电视节目——"

"我不管！她不能当厨师！"母亲只要大声吼叫，浑身就会发抖。在美国生活的三年半时间，并未让她接受烹饪是一份值得尊敬的职业的观念，不管是不是在电视节目上做菜。烹饪是家庭主妇和工人阶级才干的事——这两种身份在很大层面上决定了我母亲的人生地位。有趣的是，这件事发生时，她一定正在做饭，因为我的记忆中突然出现了一把刀。

她将目光转回到我身上，手里紧攥着刀柄，手指关节都发白了，还随着说话的节奏摇晃起那把刀。"格蕾丝，这个世界有那么多职业可选，但你，却想要，当，一名厨师？"她愤怒得几乎要流下眼泪来了，"不，你不会成为厨师。你永远都不可能，成为，厨师。"她击碎了我的厨师梦，怒气冲冲地走到我们那座六室平房的另一头去了。

在我的童年记忆中，父母差不多是两个迥然不同的人——母亲大胆而活泼，父亲胆小而消沉，但他们却因为经济及地缘政治事件走到了一起，那些事件决定了他们各自的人生道路，而他们都对自己的人生最终呈现的样貌感觉到一种普遍的不满。

我父亲曾渴望成为一个农民，整个青年时代都在养猪。1937年，他开始在华盛顿州立大学学习农业科学，但那是大萧条年代，他没有能力完成学业，也无法通过当农民谋生。人生的曲折将他引向其他道路，他先是当了屠夫，后来当了泥瓦匠。60年代，他终于进入美国商船队，这为他提供了他

---

[*] 茱莉亚·查尔德（Julia Child，1912—2004），因为丈夫做外交工作，在法国学习了大量烹饪技巧，后成为著名的美食作家及节目主持人。

这个教育和能力水平所能期望的最优渥、稳定的收入。这也让他有了去韩国等异域国度旅行的机会,也因此才遇见了我母亲。祖父在我父亲出生一年后就失踪了,祖母格蕾丝做了十年单身母亲后才再婚。父亲之所以会被母亲吸引,既是为了疗愈自己过去所受的创伤,也是为了疗愈母亲。事实上,有一次我问他为什么会和母亲结婚,他告诉我:"她独自一人养育着你哥哥。我想给那孩子一个正常的家。"他几乎是含着泪说出这番话的。

母亲的职业轨迹并不那么明显,部分是因为她从来都不能公开谈论自己的处境,部分也因为在70年代,大家认为,女性,尤其是韩国女性,不该拥有事业。她们或许可以有工作,但不该有事业。

我的父母都从童年的贫困出身获得了跃升,过上了相对舒适的中产生活,不过尽管这让他们的生活变得容易了些,这却并未能让他们感到幸福。相对于父亲的公开抱怨,母亲只是暗示过她渴望获得更多。父亲说起未竟的渴望时,心里明白年近六十的男人几乎不可能再有第二次机会。但与他不同的是,母亲依然年轻,希望自己能"出人头地"。

我五六岁时的某一天发生的一件事让我明白,母亲也有理想。当时是在厨房,我看到她只用了几秒钟就将一堆蒜瓣剁成了细腻的蒜泥。她将蒜泥塞进一个一品脱容量的玻璃罐,存进冰箱,然后开始下一项任务。在我看来,她每次拿起刀都像是在表演一场精彩的魔术。她接着拿出一袋苹果和一把削皮刀,动作麻利地削完了皮,而且削下的皮都完整未断——不到一首歌的时间,就削完了一整袋。她做饭时喜欢唱歌,一般都是她60年代在韩国看美国电影学会的歌。以前我只觉得她唱歌不过是个习惯性动作，但这一次我发现她的歌声深沉而富于感染力。她高唱着：事实不可强求，该来的总会来。我们不能预见未来。事实不可强求。她的身体摇摆着，仿佛在为想象中的观众表演，那一刻，我像是看见了她登台演出的场景。

"哇哦，妈妈，你歌唱得真好。"

"以前人人都说我有一副好嗓子。我可以成为专业歌手的，你知道。"

"那你为什么没当？"

"我为什么没当？哈！因为我得照顾你啊，Mangshitori。"

"Mangshitori"是在日语"妖怪"一词后面加上韩语词尾而创造的一个词，母亲的第一语言是日语，第二语言是韩语，第三语言是英语，这个词正是她受到三种语言的影响创造的奇怪词语之一。

虽然我从母亲的言语中感受到了她的渴望，但那其中并没有多少遗憾。要等到再过十年之后，我才明白，她最大的愿望不是成为歌手，而是成为一个受过教育的人。

高三那年秋天，在我填写布朗大学的申请表时，父亲无意间透露了母亲的一个秘密。他在申请表中发现了一处错误。

"你母亲没念过高中。"

"不啊，她念过。"

父亲摇摇头，叹了口气。"见鬼，她为什么要撒那样的谎？她只念完了初中。"他说。

我还是无法相信他，便沿着走廊从他的书房走进了厨房，母亲在里面准备晚餐。"妈妈，你没念完高中吗？"我问，"爸爸说你没念过。"

"来吧，告诉她。"父亲也跟着我走了过来，此刻正站在厨房门口。母亲快速转过头来，瞪着他。"你为什么一定要说出来？"她低声呵斥。

"她在填布朗大学的申请表，上面要求填写，看在老天的分上！我怎么知道你没跟她说过这事？"

"所以是真的？"我不明白，一直以来她为什么要对我撒谎。

母亲没有说话，只是将目光定在墙上，眼中充满愤怒。

"妈妈？"她唯一的反应是悄悄溜进卧室，在里面躲了一整晚。

虽然母亲家族的男孩都被赋予了上高中和大学的特权，但她很早就知道，女孩的任务是服务男人、为家庭做贡献。而她确实做出了服务和贡献，但她也想要更多。如果她自己没能得到更多，那么她就想确保我能得到。我用了一生才弄懂：我的成功可能证明了她的价值，我接受教育等于她的第二次机会。

母亲提出那个看似平平无奇的问题——"你长大后想当什么？"——是在1976年夏天的某个时间，大约是在我进入幼儿园之前。女儿注定要成为学术名人，她一直在为这样的场景的到来做准备。否则，我的回答怎么会激起如此强烈的反应？我在歌词中写下的"铅笔头"的妙语，一定激励了母亲，让她的幻想之轮全速运转起来。那年夏天早些时候，我们开车去了加利福尼亚，在参观圣迭戈动物园时，我记起了几种鲜为人知的动物的名称。

"看！那是犬羚，就像小点的羚羊。"

"哇！"我母亲发出了韩国人在表达惊叹时经常会发出的声音，"你是怎么知道的？"

"我在野生动物学习卡片上看过。"

"看吧，"父亲拍拍我的脑袋说，"我就知道你会喜欢那些学习卡的，亲爱的。"

我受到父母的反应的鼓舞，寻找更多的机会来展示我新近学会的动物学知识。"那是水豚，世界上最大的啮齿类动物。"母亲停下脚步，细细观察我的脸，像是在研究某种奇观。她瞪大了眼睛，换上一副庄重而审慎的语气："哇哦……这个女孩是个天才。"哥哥可能翻了几个白眼，咕哝了几句，我清楚地记得哥哥面对母亲对我的宠爱时的反应。但换句话说，我年纪还小，母亲对我的塑造并不会招来我的反抗。

过完暑假后，我肩负着母亲的期望进入了学校。母亲送我上了公交车，我看着母亲的身影消失在远处，那个后来将把我撺进水沟的邻居女霸凌者坐在我旁边说："你妈妈再也不会来接你了。"我上学的第一天甚至还没开始，那个金发女霸凌者就盯上了我，把我当成了欺凌对象。或许是因为害怕女霸凌者说的话会成真，加上让母亲失望后的懊悔，总之，我受到激励，在学校好好表现，以取悦母亲。我在美国乡村的这个幼儿园小宇宙中迅速找到了自己的角色，介于怪人和强人之间。我成了模范学生、外国人、亚裔。我努力学习，而这也让母亲恢复了信心，让她相信我将在学术界拥有辉煌的未来。

我成为学者的故事——我在幼儿园所受的苦难，母亲为了给我创造有利的成长条件所做的巨大努力——讲起来并不轻松。我只能通过将零碎信息拼合起来，以及几张清晰快照来理解这个故事。五岁时，我懂得了，告诉母亲你想当厨师这个行为所具有的摧毁力是如此巨大，大到后院的树木都会在她的怒吼中颤抖。那些树木——当时正在开花的李子树、糖槭、山茱萸、橡树——是我的亲密伙伴，我认为它们拥有神秘力量。十年之后，当母亲表现出精神分裂症的症状时，它们将成为她的幻听之源。

时间继续往后推大约二十年，你就能瞥见，我五岁时与母亲第一次产生难忘冲突造成的后果，被掩埋在目睹她崩溃所产生的情感余波之下。到三十三岁时，我有十八年都在目睹她与精神分裂症做斗争，同时还要应对我自己在希望与绝望之间坐过山车的心理状态。我的整个成年生活都是被母亲的精神痛苦与我想让她重燃生活欲望的渴望塑造的。因此，在三十三岁时，我成了她曾梦想着我能够成为的人。我的名字后面多了各种头衔，其中最重要的是博士。但让她难过的是，我也从一所烹饪学校拿到了糕点艺术专业的结业证书。

在我拿到纽约市立大学社会学教授的终身教职之前，我一直在努力把自己的烘焙生意做起来。这个终身职位占据了我所有的时间。我不再烘焙了，几乎没有时间为自己做饭，但在我母亲看来，那都是极好的消息，因为不可能有比被人称为"教授"更好的荣誉了。她曾告诉我："如果我是你，那就是世界上最幸福的人。"但她不是我，我没有那么幸福。然而，我还是沿着那条道路走了下去，因为我被一种偿还欠她的债的需求驱动着。

从个人层面来说，我欠她的，我知道，一直以来，她唯一的动力就是给孩子们创造一种有选择机会的生活；但还有社会层面的债——美国社会欠他们的，移民为他们创造食物、清洗厕所、养育子女；大批年轻女性将身体和性劳动投入到国家安全的前线，却从没有人向她们表达过"谢谢你们的贡献"，韩国社会欠她们的。[1] 这两个社会都没有人向债权人表达过感激。相反，欠债者却将他们当成社会弊病的肇因、需要铲除的对象。这种无法逃避的感觉驱使着我，社会欠我母亲的债正在将我压垮，唯一能减轻负担的方法是，我自己来做出一些偿还。通过成为她梦想着我能成为的"伟大学者"，我或许能帮她找到些许救赎。通过研究并试着理解她的人生，我或许也能找到些许救赎。

三十七岁时，我成为一名终身教授，出版了第一本个人著作，是关于朝鲜战争的幽灵的——这本书是受母亲的启发而作，我将它献给了母亲。我开始做研究并撰写那本书，是想以此来回答没有人愿意给我答案的那些问题。

我向出版社交稿后的几个星期里，当我去新泽西州探望她时，她从我的包里抽出一本书，惊奇地盯着封面，问我："这是你写的书吗？"

"不是，"我笑着说，"得花很长时间来制作呢。"

但在我三十七岁那年，我拿到了封面设计方案，两天后，当我正幻想着能拿给她看的时候，发生了另一件事。"看啊，妈妈，"我本打算对她说，"这是我写的书。"

2008年3月9日

那是一个星期日的下午四点钟左右。作为移民课程的一部分,我带史坦顿岛学院的学生们去一个利比里亚教会与会众见面,然后回到布鲁克林普罗斯佩克特海茨的家中。我的电话响了,看到屏幕上出现哥哥的名字,我知道出事了。"该死。"我嘟囔了一句。出什么事了?我已经不记得他上次在非紧急情况下给我打电话是什么时候了。

"喂?"

"你昨天来过吗?你见过妈妈吗?"他声音中的急切,还有我在跟他打电话这件事本身都让我措手不及。

"呃,我不记得了。或许……等等,没……我是上周末去的。怎么了?"我的四肢变得沉重起来,每次被人质问时,我总会这样。发生了什么?各种场景在我脑海中旋转,但哪一种都不及真相恐怖。

"格蕾丝,妈妈去世了。"

一种灼烫感吞噬了我的身体,如同肌肉从骨骼上化掉并脱落。我挣扎着站直身体,谈话还在继续。我开始在单室公寓里疯狂踱步,想逃避母亲去世的消息。哥哥的话语变成了混乱的音节,而我自己说的话每隔几秒都要重复一遍,宛如在我头顶盘旋的秃鹫。"不,这不是真的……"

什么时候?

怎么回事?

我们从未弄清这些问题的答案。我们的全部所知就是地点。她死在她的客厅里,而我们知道这一点,是因为她的遗体一动也不动地躺在地板上，蜷缩在沙发和玻璃咖啡桌之间蓬松的奶油色地毯上。

挂断电话后，我抱起我的灰色小虎斑猫悠悠，将脸埋在它的绒毛中。我无比清醒地意识到，我从现在起就是一个人生活了，我的人生曾经有那么多的东西都是围绕母亲展开的，但现在她不在了。现在我还有谁？父亲十年前就去世了，哥哥和我早已分开多年，终身教职考核要求我投入那么多的时间，自四年前在2004年大闹一场分手之后，我就没能再确定恋爱关系。母亲是我在这个世界上最爱的人，我一直爱她超过其他任何人。我还能向谁寻求安慰？我给在纽约最好的朋友浩秀和拉斐尔打了电话，但都没打通。本能促使我在那套小公寓中不停地绕着圈跑，直至我的身体恢复知觉。知觉恢复后，我能感觉到自己的四肢在发抖，胃里要挤出胆汁来了。冷静下来。只要找到一个人，防止你崩溃就好了，我不断告诉自己。但有别的想法闯入脑海：如果我昨天去看她了会怎么样？那样或许我就能让她免除死亡的命运。

接下来的几个小时，我在尝试联系朋友和用韩语哭号着喊"妈妈"直到崩溃这两种状态之间来回切换。我从小时候起就没用韩语叫过她，但这一刻"Umma"却是我从内心深处发出的呐喊。在我等待着与某个人，与任何人联系的那段时间里，每分每秒的流逝都像冰川的移动一般缓慢。我终于在Gchat上找到一个前任。"嘿，詹姆斯，你能帮我个忙吗？"我问，"今晚能陪陪我吗？我对性爱没有兴趣。我现在不能独处。我母亲刚刚过世。"

在接下来的几个星期里，这成了我的应对机制之一：邀请前任来过夜，从他们的身体中寻求温暖与安慰，将他们当成屏障，用来抵抗那威胁着要吞没我的深沉悲伤。他们答应了，对此我很感激。但是当奥拉抚摸我的头发，用最温柔的声音说着"哦，格蕾丝，你需要被呵护，让我来呵护你"的时候，我在她的身体曲线中软化下来，意识到自己在寻找的，不只是一堵抵挡情感崩溃的屏障这么简单。我想要的是，重新感受到母亲的触摸。

在那些没有人能拥抱我的夜晚，我步行横穿弗拉特布什大道，找到第五大道坡公园地区*新开的中国水疗中心中的一家。"我想做一个小时的按摩，要女技师，谢谢。"在散发着薰衣草香气的幽暗按摩室中，我可以把那位正帮我揉捏身体缓解疼痛的亚裔女性想象成自己的母亲，以前母亲经常在我晚上睡着以后帮我揉背、早上醒来后帮我捏腿。我可以闭上眼睛，往梦境中沉得更深一些，假装她还在那里陪我。我的母亲。以血肉之躯的形式。她不光还活着，是我童年时期的那位年轻的母亲，她的思想仍完好无损，她的精神充满了奇迹。是我很早以前就失去了的那位母亲。

我终于联系上了浩秀，问她第二天早上能否陪我去停尸房和哥哥见面，她不假思索地答应了。

浩秀和我登上了早晨八点三十二分从纽约宾夕法尼亚车站出发的列车，沿东北走廊铁路线前往新泽西州的普林斯顿市。

"她上周末还让我做煎鱼饼。"我说完，让她看我嘴里的鸡蛋煎鱼饼，哽咽住了。浩秀牢牢抓着我的手，一路上几乎

---

* 此处的第五大道指布鲁克林区的第五大道。

都不曾放开。虽然她做好了陪我一起走完每一步的准备,但我们还是觉得,在哥哥和我处理事情时,她在附近的咖啡馆等待比较好。

在葬礼承办人的办公室,几乎所有问题都是由哥哥回答的,除了母亲的出生地和外祖父母的名字之外,这些是开具死亡证明所需的信息。哥哥有所迟疑,或许是在回想——韩国的子女并不经常能听见长辈的名字——我抓住机会张了口。"她出生于日本大阪。"接着我拼读了外祖父母的名字。到了具体安排的环节,哥哥非常果决。她将被火化,骨灰将被放进一个朴素的塑料盒中。无须殡仪馆提供服务,因为哥哥一家决定自己来办。我仍处于与昨晚一样的震惊麻木的状态,不知道自己究竟想要什么,但我知道我和哥哥想要的不一样。我们两个与母亲的关系非常不同,此外,对他和他的妻子建立的那个家庭来说,我是个外人。葬礼承办人一定觉察出了我的沮丧,于是问道:"你们知道,有时候我们会将骨灰分开,以便不同的家庭成员可以用自己的方式来悼念离开的亲人。你们需要分开吗?"

"需要。"我毫不犹豫地说。

"好,当然。"哥哥耸耸肩。

签完文件后,葬礼承办人询问我们是否想瞻仰遗容。"呃,我已经瞻仰过了。你去吧。"哥哥对我说。我从他的语声中能感觉到他的痛苦。他走进母亲的公寓,本以为能看到活着的母亲,结果却发现她死在地板上,那对他来说该是一种怎样的感受?

我跟随葬礼承办人下楼,走进一个光线幽暗的房间,母亲的遗体躺在一张金属桌子上。我从远处能看见,她穿着一套浅绿色的尼龙睡衣,一只前臂举在空中,手指微微张开,弯成爪子的形状。那人将我带到桌旁,说:"我们在她身上找到一只镯子,也许你会想把它摘下来。"在那只举起的手臂上。我将金手镯拉到她的手上,不得不将她的手指稍稍并拢才将镯子取了下来。她手指的僵硬程度和她冰冷皮肤的触感让我感觉到了一种真实感。母亲已经死了。我从包里拿出一块鱼饼,对承办人说:"我知道这个要求听起来可能很奇怪,但能请您将这个和她一起火化吗?是一件祭品。"

"当然可以。您想和她单独待一会儿吗?"

我点点头,将鱼饼放在她旁边,然后又哭了起来。"我没忘,妈妈。我给你带煎鱼饼来了。"我抑制住自己的恐惧,强迫自己抚摸她冰冷的灰色额头,"我很抱歉,我很抱歉。"我抽噎着说。我像念咒一般重复着这句话,却不知道她是否理解我在为何而道歉,也不知道我自己能否表达清楚。我很抱歉她的人生充满了挣扎,她生和死都是孤独的,我们将她的遗体送入火中,却只有一块冷掉的鱼饼带领她前往下一个世界。然而,我的遗憾比所有这些还要强烈许多。我不停地道歉,直至语声自己停顿下来,像一面耗尽动力不再转动的发条时钟。"我很抱歉。我很抱歉……"

到了外面的停车场,我哥哥坐在他黑白两色的吉普切诺基越野车中,发动机开着,他高大的身躯在方向盘后稍显萎缩。他虽然身高有六英尺二英寸,此刻看起来却像个失了魂的小男孩。我钻进副驾驶座,我们一路沉默地将车子开到浩秀等我的那间咖啡馆。这些年来,沉默已成为哥哥与我之间的常态,我们谁都没有尝试过开启闲谈或有意义的交谈,但这一次情况不同。妈妈走了,我何时才能再见到他?我在心里想着。如果这就是我最后一次见他该怎么办？咖啡馆只在几个街区之外，我与他相处的时间很快就结束了。当我强迫自己出声打破沉默时，我的身体开始颤抖。即便张口，我也不确定该说什么。我只知道，我们两个都受了伤，或许我该对他说一些我自己也想听到的话。"我想让你知道……"我的声音在颤抖，"我感谢你为妈妈所做的每一件事。"他开始摇头，用眨眼的方式阻止泪水从琥珀色的眼睛里流出。我不记得他当时是否回答了什么，但他的姿态呼应了我的情感。不管我们为母亲做过些什么，都是远远不够的。

那天下午，我回到家中，联邦快递的送货员按响门铃，送来了我那本书已编辑完成的手稿。好几年来，我一直在书写我母亲在韩国生活的那段时间的社会背景，都是些她从来不曾谈论过的事情：朝鲜战争、美国军国主义统治下的平民生活、韩国的独裁统治，以及所有针对妇女和女孩的，无论是公开的还是隐蔽的，但总是系统性的暴力表现形式。我选择做这个项目，并不只是出于知识上的好奇，也因为我需要了解母亲发生了什么。或者说得更准确些，她可能遭遇过些什么？在我十五岁时，是什么事情导致她开始出现幻听？在我二十三岁时，是什么事情导致她闭门不出，余生都在几乎没有新鲜空气、阳光和人际接触的情况下度过？她怎么会从我童年时期那个活跃、活泼的母亲，变成我成年后那个忧愁不安、自我封闭的母亲？而且为什么除我家人以外的人都不在乎？我想象着她出现在我书写的每一个场景之中的样子，好奇那是否就是让她发了疯的时刻。母亲是我书中修辞意义上的幽灵，一旦她真正死去，她就开始用一种全新的方式萦绕在我周围。她不再是她自身隐秘过去的幽灵，变回我已失去的童年时期的母亲,低声说着:"格蕾丝呀,记得我吗?"

我童年的细枝末节开始突显出来,尤其是上学第一年的细节,还有她当时为我规划未来时做过的所有事情。图画以碎片的形式出现在我脑海中,其中有一块出现在我重返学校工作的第一个夜晚,那天我在教授的是"食物、自我与社会"课程。

我走进教室,扫视在座的三十名学生,如往常一样,只有五六个人看起来是清醒的,其他人都跌坐在座椅上。有些已经开始打瞌睡了。

作为开场白,我在黑板上写了一句话:任何地方食物都不只与进食内容有关,而进食(至少对人类而言)从来都不只是一个生物学过程。[2]

"好,在我们开始讨论前,先将这句话记在心里。今晚我们要讨论的文章是安妮·艾利森的《日本母亲与便当:作为意识形态国家机器的午餐盒》。[3]艾利森从哲学家路易·阿尔都塞*那里借用了'意识形态国家机器'这一术语。有人记得它的意思吗?"

片刻的安静之后,一位坐在后面的年轻黑人男生举手发言:"意思就是,当你认为你做某件事是出于自由意志时,实际上却是因为你不得不做。"

"很好!你提出的是意识形态国家机器的运行方式。它的定义是:它是一种旨在通过文化信仰及实践,而非暴力手段来调控规范的工具。'国家机器',比如警察和军队,通过

---

* 路易·阿尔都塞(Louis Althusser, 1918—1990),法国哲学家、马克思主义思想家。

武力来管理社会。'意识形态国家机器',比如媒体和学校,则通过思想来实现管理。正如你刚才所说,一旦你把这种思想内化为你自己的想法,你便意识不到这件事其实是别人希望你做的。"我一边说,一边往黑板上涂写笔记,"那么现在问题来了,艾利森为何会说,午餐盒是一种意识形态国家机器?"

一个二十岁左右的棕褐色皮肤的女生举手发言:"这个故事让我有点惊讶。"

"为什么?"我问。

"因为它和食物没有任何关系。"

天啊!我在心里默念了一句,真希望我能请一个永久性的丧假。"好,我们记住黑板上的这句引言。'食物'比我们所能想象的要更为复杂。这篇文章的确与食物有关。"我尽可能地控制自己,耐心地说。

"那些母亲为她们的孩子所做的事,太了不起了,"发言的塔尼娅是个中年白人女性,身材丰满,留一头灰色的短发,"她们花费了那么多的时间来为孩子们做午餐,甚至没办法出门工作。"她听起来十分伤感。塔尼娅扮演了二十年传统妻子与母亲的角色,现在终于进了大学,她对知识充满了渴望。是塔尼娅这类学生让教学工作拥有了价值,也让这个夜晚变得可以忍受。没有了母亲,我开始感到,没有人在乎我是一名教授。

"你觉得这些母亲为什么要花费那么多时间来为孩子们做午餐呢?"我问,"食物品相是否完美,她们五岁的孩子们会在意吗?"

"因为她们爱自己的孩子。"一个在学业上非常努力的学生说。

"这是自然,但还有其他原因吗?记住,母亲们用什么方式来制作便当,学校这一机构是有影响的。艾利森提出,母亲们出于爱而制作便当,这只是表面原因,这更多可能与政治有关。"

"她们正在成为教育妈妈[*]。"一位移民学生说。

"对!"我松了口气,至少有一部分学生完成了阅读作业,"所谓的'教育妈妈',她们人生的唯一目的就是奉献自己,帮助孩子在学校取得成功。那么这与便当有什么联系呢?记住,艾利森提出了一个非常重要的论点:就孩子的潜力而言,学校最强调的并非家庭作业,或者与学校明显相关的任务,而在于饮食。在于食物。只有当便当拥有某种更大的意义时,母亲们投注的如此巨大的努力才拥有了意义。对不对?"

我的思绪游离到了塔尼娅一星期前写给我的致哀邮件:我看得出你的母亲对你有多重要。从你谈论她的方式中就能清晰看出。直至读到这封信,我才意识到,我在班上讲了多少关于母亲的事,我的"食物"课程在多大程度上是对她的另一种形式的致敬,她做的和吃的食物对她的生存有多么重要。

"便当是孩子们从家庭向学校过渡的关键物品,是孩子接触公民身份的象征。"我在教室四周走动,继续说道,"有

---

[*] 教育妈妈,为日语词"教育ママ",贬义,指日本现代社会的一种母亲形象。这种妈妈无情地驱使自己的孩子读书,以致孩子的身体和心理发育受到损害,亦对家庭关系造成影响。人们对教育妈妈往往存在刻板印象,即妈妈往往是孩子害怕的对象,是学校恐惧症和青少年自杀的成因,也被学习成绩一般的孩子的家长羡慕和憎恨。

她是幸存者

鉴于此，国家才如此重视便当的制作。孩子早年与食物的关系决定了他的未来，而建立这种联系的人正是母亲。是母亲在制作能让孩子在学校高兴食用的便当。母亲在便当上投入了如此多的时间和努力，她将激励年幼的孩子成为一名好学生。"

在那一刻，我无比清晰地意识到，我自己的母亲曾经也认为，我的学术前途取决于她在食物上所投注的努力。她投入到准备食物上的时间，与日本母亲不相上下，不过区别在于，我成长的这个学校系统并不强调母亲为食物所做的准备。从这个层面来说，我的母亲夺回了众所周知的便当的力量，让其服从于她自己的意志。我从前一直知道，母亲对做饭的重视程度超出了家庭职责，超出了教养子女的渴望，超出了满足饥饿和愉悦感官的需求。上述所有因素都是推动力量，但除此之外，背后还潜伏着更强大的力量。她用做饭来创造收入，来帮助她这个外国人在一个并不欢迎陌生人的乡下小城过上一种相对平静的生活，尽管我怀疑她自己可能根本没有意识到其中的任何一点。如果你问她，做饭对她意味着什么，她可能会说："只是一件我必须要做的事罢了。"

我想与学生们分享这些观点，告诉他们，我母亲是如何将做饭当成我们赖以为生的工具，但我如鲠在喉，实在是说不出口。这个曾经用自己的身体喂养我的女人，这个我曾属于她身体一部分的女人，现在变成了一堆灰烬。我艰难地吞咽着，指着黑板上那句引文说："现在你们看到了，食物不只是进食内容这么简单。"

下课后，长着天使般面孔的阿拉伯学生萨尼开车载我回了布鲁克林。在车子驶入史坦顿岛高速公路前，我们聊了一小会儿,接着她说:"教授,关于您母亲的事,我很抱歉。"

"谢谢,真的太突然了,我不知道这件事意味着什么,但我心里有一部分认为,她是想让我自由。我花了这么多年来照顾她,我在想这是不是她在给我许可,她想让我往前走,过我自己的生活。"

"哇哦,您说得太好了。我真不敢相信。"她说话时棕色的大眼睛瞪得更大了。我不确定她是对哪一部分感到惊讶,但我很感谢她没有对我的丧亲经历避而不谈。我对自己的坦诚感到惊喜,不过萨尼每个星期都会开车将我送到海湾岭,并在开车途中向我倾诉她在经历的挣扎。她是一个孩子刚学走路的二十一岁母亲,决心留在学校"树立一个榜样",她在巴勒斯坦的家人最近失去了家园,那里变成了一个犹太人定居点,她整个学期都在努力接受这个残酷的事实。我想轮到我向她敞开心扉了。

跨越维拉萨诺大桥时,我安静下来,陷入了沉思,巨大的悬索塔和长长的钢索让我着迷。我想起我开车载母亲从新泽西州去我位于皇后区旧公寓的那天。我告诉她,这是我最喜欢的桥,但她却兴致不高。"哼,这座桥需要新刷一层漆,急需。"她当时说道。我在想,如果她在夜里看到这座桥,看到悬索像圣诞节的灯串一样点亮,她会看见它的美而非缺陷吗?

萨尼将我放在86街。下车时我打了个寒战,我下台阶走进地铁站,乘坐R线列车返回我空荡荡的公寓。

我回新泽西整理母亲遗物的那天,冬末的严寒让哥哥的那座车库变得像一台步入式冰箱。哥哥已经将母亲的东西从楼上公寓搬下来，放进了车库。"我想这样对你来说会容易些。"他说。

一共用承包商牌的垃圾袋装了二十多包，我随手在其中拆封，找到一些已有几十年没见过的东西——我以前只要有机会溜进她的衣柜，总会试穿的蕾丝睡衣和缎面拖鞋，她在阁楼工作室缝制的华丽服饰，她一直存着留待某个从未到来的特殊场合使用的香皂，她只在一个伐木业大亨的婚礼上穿过一次的银色人造皮毛夹克。她曾为那位大亨打扫房屋，直至有一次擦玻璃时从二楼窗口摔了下来。看到这件夹克，我想起了事故发生的那一天。当时我三四岁，她会带着我一起工作。

"待在窗户旁边，让我能看见你，听到了吗，格蕾丝呀？"她说着将我放在窗户里面，让我自己玩玩具，"妈妈一直在这里擦窗户，好吗？一定要待在看得见我的地方。答应妈妈你不会跑远。"

我依照她的吩咐，当她在窗户外面擦玻璃时，我都在窗内安静地玩耍。我们隔着玻璃对彼此做鬼脸，但就在那一瞬间，梯子向后翻倒，我看着她消失在我的视野之中。一时间，我们两个都呆住了——她受了伤，而我按答应她的，没有乱跑。

在我拆开的下一个袋子里，有一个灰褐色的手提包，它勾起回忆的方式并不相同，因为直到最后，在我们少有地带她外出的时候，母亲仍在使用它。但我又往里面看了一下。有一块手帕，还有她的钱包，这两样东西乍一看似乎都很不寻常。手帕上沾有小块小块的睫毛膏污渍，与母亲的强硬女人形象并不相符。钱包是我在1993年圣诞节送给她的。里面有一张早已过期的驾驶证，以及一张日期为1994年5月的精神健康中心停车券。那是她去世前十四年，她最后一次独自驾车和外出。我忍不住想知道，这块沾满泪痕的手帕，以及她作为一个半正常的人最后一次涉足世界的记录文件之间，存在怎样的联系。我几乎无法承受这些物品的重量，它们是我母亲破碎生活的证物。

但我找到的最后一件物品，让我在体会到温暖的同时，也感觉到悲伤。那个手提包里，还窝着一个用好几层织物包裹的沉甸甸的小包。我拆开三层长方形的蓝绿色绸布，发现里面是另一个用面巾纸包起来的小包，小包里面，她用另一层布包裹着自己最珍视的珠宝。在那些珠宝中，有一只曾属于我的小小的金手镯。是一只精巧的细镯子，中间垂着两个小铃铛，两侧镂刻着花束。那是我满一周岁时，母亲遵循用金饰庆祝孩子第一个生日的韩国习俗送我的礼物。那只手镯曾经是我小时候最喜欢的物件之一，但在此刻找到它之前，我早已将它忘得一干二净。

接下来的一个小时，我将她的物品尽可能多地塞进我朋友罗丝车子的后座，其他的都留在车库。"我要走了！"我敲着哥哥家的后门喊道。他捧着一个黑色塑料盒出来递给我，然后说了再见，盒子里面装的是分给我的那一半骨灰。

我钻进车子的副驾驶座，将盒子放在两脚之间，用小腿夹着它。"我难以相信，这就是她留下的全部物品。"我对罗丝说。

"我懂。这种感觉是超现实的，因为你只想，"她摇摇头，"你只想抱住他们，但他们却已经不在了。"

到家后，我把母亲的骨灰放在床边的窗台上，将流苏睡衣挂在被我当卧室用的凹室里横拉的晾衣绳上，又将她最爱的袍子铺在我的床垫上。看到这件袍子，我突然感到很愤怒。近来我多次看见她穿着这件袍子，此刻它却铺展在那里，空空荡荡，了无生气。我尖叫着将其他袋子里的物品倾倒到地板上，抓起她的胸罩和随便几件物品塞进那件长袍。我将袍子摆成一个女人的形状，包括胸部和身体的其他部位，然后在旁边躺下来，将脑袋埋在袍子的肩膀位置。我闻到袍子上仍残留着母亲的气味，又一股悲伤的浪潮结结实实地打在我身上。我无法控制地哭喊出来。"妈妈！妈妈！妈妈！"我的手指抓进了那尊临时拼凑的雕像，"妈妈，回来吧！妈妈！"

就好像她听到了我的呼唤，数不清的童年记忆淹没了我。就这样我想起了幼儿园的事。

我的卧室里依然很暗。一定是黎明即将到来的时刻，但太平洋西北部地区的早晨灰暗而寒冷，没有阳光从我的窗户照进来。我在母亲美妙的声音中，慢慢走出睡眠的迷雾。我感觉到她的双手正握着我的腿轻轻地揉捏，以促进血液循环。头脑昏昏沉沉，但我总归是醒来了，开始意识到她正在按摩我的腿，唱着该起床了。她迅速掀开被子，不等我感受到清晨空气的冷冽，就用一条加热过的毯子包裹住我，将我扛到背上背进了厨房，再轻轻地将我放在桌边的椅子上。她把灯光调得很暗，等我的眼睛适应之后，才逐渐调亮。她将一碗香气四溢的海带汤放在我面前，里面泡着一勺米饭。海带汤热热的，咸咸的，为丰富口感，还撒有一点点牛肉和足量的芝麻油。那是我最爱的食物之一，一般只在生日那天才能吃到,这样就能感觉这一天是个特别的日子。我是如此喜欢这道菜,因此第一天上学可能产生的所有焦虑都烟消云散了。

这一套晨间仪式在我上一年级的那一整年一直持续。每天她都会将我从床上背到厨房餐桌旁,为我提供我最爱的食物,甚至包括我习惯称之为"生日蛋糕"的裹有巧克力糖衣的巧克力夹心蛋糕。我吃饭的时候,她会将我的衣服放进烘干机加热,将我的外衣放进烤箱烘烤。一般来说,她的时间总是控制得十分精准,但是当鞋带开始变焦,其他同学开始注意到我冬装外套烧焦的边缘时,我开始怀疑这一切看起来是否很奇怪。但不管怎样,母亲的努力获得了回报。我上学时几乎没有或者说很少有抵触情绪,而且表现良好。但是,这些对她来说却并不足够。她需要万无一失。

于是,她想出了一个计划,为镇上小学、初中和高中的工作人员举办一场年终鸡尾酒会。这是她到美国后举办的第一个派对,她对待这件事的态度,就好像这是她有生以来做过的最重要的一件事。她用了好几天时间来研究女士杂志上的菜谱,购买食材,想象她希望每一件事呈现的具体样貌。有一天,我们开车去乐蓬马歇百货商场*寻找优质餐具,稍后又去布料店挑选了制作衣物的面料。母亲当时在学习缝纫,这是供她练习新技能的完美时机。她选中了一款有棕色和金色图案的光滑天鹅绒面料,在领口缝了一条镶有琥珀色宝石的金属花边。她为我挑选的是白色缎子,上面有罗缎丝带和小小的粉红色玫瑰花结。到家后,她直奔阁楼,经过紧张的

---

* 乐蓬马歇(Le Bon Marché),世界上第一家百货商场,1852 年在法国巴黎创立。

几小时,最终穿着一件肩部有褶饰的低胸及膝裙走了出来。她身高五英尺五英寸[*]——就那个年代的韩国女人来说,可谓高挑。裙子令她的轮廓显得更修长了,将她迷你沙漏般的身形衬得更加完美。"哇,"她欣赏着镜中的自己,感叹道,"我看起来难道不算漂亮吗?"

到了派对那天,母亲集中精力大批量制作食物。台面上密密麻麻地摆满了各式各样不计其数的餐前点心——用培根包裹的荸荠、填满意大利甜味香肠和蒜味面包屑的烤蘑菇帽、一口大小的韩国烤牛肉、摆成花朵和金鱼形状的蔬菜沙拉、切成扇形的水果(每一片都插着带有褶皱装饰的牙签,精心摆放在小水晶盘上)。我父母都是从不喝酒的人,却为这个场合专门制作了一个酒柜。父亲在派对上多数时候都是配角,作为一个一年中有半年都在海上的人,这也是他在我们家里的一贯角色。母亲换上新裙子和金色凉鞋后,他惊讶地哼了一声。高跟鞋和堆在头顶的鬈发让母亲又增高了五英寸,变得和父亲一样高。她看上去就像某位摆好了姿势即将走上红毯的镀金女神。相比之下,父亲看上去却相当普通。他的着装并不出众,可能是一件熨烫过的干净系扣领衬衫和一条有褶痕的正装长裤,可能都是中性色。他也许在稀疏的灰白头发上打了些百利瑞姆发蜡,或者在结实的宽下巴上涂了几滴阿卡维尔瓦须后水,下颌是他身上仅剩的未被岁月染指的英俊部位。我想哥哥应该也在场,但我对当时的他没有清晰的记忆。

最早到来的客人是我读幼儿园时的老师延松夫人,她仍

---

[*] 约合 1.65 米。

是一副在学校时的打扮——灰褐色的头发梳得直直的,穿棉布衬衫和及膝裙子。她的丈夫延松先生的穿着和我父亲一样朴实。身着天鹅绒和金银锦缎服饰的母亲迎接了他们,将他们带进了散发着培根和芝麻油味道的房子。其他学校职员也来了,母亲实践着她最礼貌的鸡尾酒派对英语。"请进。""您怎么不坐?""请再来点吧。"她笑脸相迎,端出了无穷无尽的美味佳肴,两只手各端着一个盘子在人群中穿梭。等宾客们都已喝得足够多后,她拿出烤肉串说:"想尝尝韩国食物吗?包管各位从没吃过这么美味的食物。"到派对结束时,人们都彻底沉醉了。她让我当时的老师和校长——以及未来的老师和校长——眼花缭乱,慷慨地呈上吃食和饮品,服务也带着些轻佻的迷人姿态。

这或许是她第一次改变行为方式;这里是她的地盘,现在她是主人而非陌生人,她向客人们展示了该如何正确迎接新来者。母亲的慷慨姿态、她提供的美食、她诱人的魅力,全都是她为了获取她所需要的东西而设计的政治工具,这些工具或许一直是她武器库里的存货,这要追溯到在韩国当俱乐部女招待的岁月。而这一次,她所需要的,是让她的孩子们在学校占据优势。这时候我还不懂她有多么精明,但我父亲每隔几年就会提醒我她的智慧。"你知道你的聪明才智是从谁那里继承的,对吧?反正不是从我这里!"

那次派对开得很成功,以至于后来成了每年一度的盛事。虽然母亲明确表示过,她不能接受我从事厨师职业,但她却也在不经意间向我展示了烹饪所拥有的强大力量。她招待过的那些成年人,没有一个能忘记我。

当她在世的时候，我对幼儿园时代唯一的记忆，就是那个金发女霸凌者让我所感受到的对于"母亲永久缺席"的恐惧。可一旦那种缺席成为现实，其他事情却浮现出来。我感觉到母亲年轻时代的幻影，她用双手温柔地摇晃着我。我的身体回忆起了我们的晨间仪式：唱歌，腿部按摩，用加热过的毯子将我包裹，将我送到光线朦胧的厨房，在那里吃早餐感觉就像在过生日。

我看着倾倒在公寓地板上的一堆堆旧衣物，那件镶有宝石的天鹅绒裙子也在其中。

格蕾丝呀，记得我吗？

死后的她，是最可爱的幽灵。

5. 思念泡菜

非学术研究得出结论，如果你问十个韩国人"什么东西是你缺了就无法生存的"，至少有七个都会回答是泡菜。

——《经济学人》，2010年10月4日

家人去世后，我吃了泡菜……没有它，我可能无法幸存。

——母亲在战争年代的经历

纽约市，2008

母亲去世一个星期后，我去曼哈顿韩国城的一家杂货店买了一罐泡菜。起初我并未多想。这只是一种本能行为。她住在新泽西的十年，我每个星期都会去宾夕法尼亚火车站搭东北走廊铁路线*去她家，在去火车站的路上会顺便去那家超

---

* 美国最繁忙的铁路线，位于东北部，从波士顿连至华盛顿，全长七百三十千米，一路经过多个特大城市。

市逛逛。

那天，离开那家超市后，我本打算乘坐市地铁Q线回家，可我却径直走过了车站，快到宾夕法尼亚站时才想起，母亲已经去世了。我在32街的人行道中央停下脚步，挡住了如潮涌般的行人，大批游客和上班族从我身边挤了过去。我凝视着购物袋里的那罐泡菜，眼泪打在袋子上，黑点在牛皮纸袋表面洇开来。我为什么要买这东西？她不能再陪我吃这个了。而我也没那么爱吃泡菜。

那罐泡菜在我的冰箱里放了几个星期，白菜浸泡在大蒜和辣椒的海洋中，随着它们不断发酵，气味慢慢渗透了其余所有食物。每一样食物都隐约有它的味道，提醒我母亲已经走了。

第一次打开那个长长的玻璃罐时，那味道冲得我很难受，悲伤的浪潮上涌，穿过我的胸膛，进入我的喉咙，直到我的身体不堪重负，我伏在厨房水槽上哭了起来。

每隔几天，我都会强迫自己吃一些泡菜，配米饭或拉面，带蒜香的爽脆新鲜大白菜，变成了腌制成熟的软烂泡菜——它在我的味蕾上完成了生命循环。到吃完那一整罐的时候，我的意识发生了某种改变，我又去韩亚龙超市买了一些回来。我在有序排列的各式泡菜产品——品种有韭菜、牡蛎、萝卜、黄瓜、青葱和经典大白菜——前打量许久，然后选了一夸脱的经典风味泡菜。

"记住。"我对自己说。这一次，我完全清楚她已经去世了。

直至九岁做那个家谱作业时，我才开始明白，母亲在我这个年纪成了难民，她是战争幸存者。至少有十年时间，她再未说过任何有关战争的事，我对所有她未言明之事的好奇心，成了我潜意识里的一颗种子。

在她讲的故事缺席的年代，我将成年后的岁月都用来研究平民的经历。有些幸存者当时还是孩子，长大后讲述了战争中的可怕经历，他们于地面袭击中在成堆的尸体里寻求庇护，涉过漂满死人的河流寻找父母的遗体，无助地看着周围的人被炸弹炸成碎片。母亲不忍心谈论她可能目睹过的惨状。她第一次主动回忆起那场战争时，讲述的是一个有关泡菜的故事。

随着战线的南移，许多家庭被迫流离失所。人们忍饥挨饿，只能四处觅食，掠夺其他逃离者的家园和田地。偶尔，他们会收到美国士兵赠送的食物。

我从来都无法真正确定，我是否理解母亲的经历，或者她的记忆是否准确，但有一次她告诉我，在跟随其他难民群逃亡的过程中，她和家人走散了。她自己不知怎么回到了家，然后她想起外祖母埋在后院里的几大陶罐泡菜。食品储藏室里还剩一些大米。

她挖出一个陶罐，取了一定量的泡菜，然后煮了一锅米饭，只吃了足够缓解饥饿但不至于浪费泡菜的量。当时九岁的母亲就这样挨了一个又一个星期，等待家人回来。那些泡菜让我活了差不多三个季度。没有它，我可能活不下来。

战后，生存希望最大的地方是美国军营，因为那里是韩国的财富集中地。于是我母亲也去了军营，她对美国的渴望是成长岁月中社会和历史环境塑造的结果。她倾心于自己在电影中见到过的美国形象，逐渐觉得美国的一切都与奢华有关。她不曾料想过,在一个如此富裕的国家,自己有一天也会挨饿。

故事的第一部分与匮乏有关,始于现实中韩国食物的缺席。[1]

1972年,我们进入美国的第一个港口是西雅图港,当时那里有一定数量的韩国人口,足够让一家卖亚洲产品的杂货店活下去。我们在那里只住了几个月就搬走了。根据我多年后听到的故事,母亲在西雅图的大多数时间都是在思乡和哭泣中度过。或许正是因为如此,父亲才觉得搬去奇黑利斯可能对我们更好。他可能觉得,有他的亲朋好友在,我母亲适应起来会更容易。的确,他们中的一些人的确向我母亲表示了欢迎,摆出了奶油金枪鱼砂锅、混有罐装水果鸡尾酒和白软干酪的酸橙果冻、曲奇饼干和自制柠檬水。他们的姿态是友善的,但这些异国食物并不能缓解她的思乡之情。

带来最大冲击的是食物。突然间,每一顿饭都变成了一种背井离乡的痛苦提醒。[2]

我们到奇黑利斯后不久,父亲就重新出海了,他的工作安排是三个月在家、三个月在海上。他在太平洋上航行时,只有在他上岸的少数日子里,我们才能联系上他,这就相当于我母亲被丢在了一个陌生的国家,要在照顾两个孩子的同时,应付移民生活的各种陷阱。可如果她自己也需要被人照顾呢?在我记忆中,父亲出门在外时,他的亲人从未上门探望过我们,尽管我并不知道,父亲家人的陪伴能在多大程度上缓解母亲远离自己家人的痛苦。

我在想，父亲是否曾考虑过，当他不在家时，母亲在奇黑利斯过的是怎样一种生活。他可能觉得，至少比在韩国要好。任何方面都比韩国好。

除了对韩国食物的渴望以外，移民也饱尝了生活中见不到其他同胞所致的思乡之情和孤独感受。[3]

我们在美国生活的头几年，母亲试图与韩国保持联系，每年夏天都带我们回釜山。在那里，哥哥带我去了他以前常去的所有地方。虽然我记得其他孩子会嘲笑我们是"twigki ainoko"，这个韩语词源于日语，是对"白人混血儿"带种族歧视意味的蔑称，不过，我幼年对韩国的记忆却是最快乐的记忆之一。我们被家人环绕，外祖母和姨母慷慨地招待我们、关爱我们，哥哥那时也还小，愿意和我玩。

夏天结束时，母亲会往行李箱里装满食物，然后谎报以通过西雅图-塔科马国际机场的海关。如果她装的是一袋凤尾鱼干、小黄瓜、大酱和红辣椒，虽然鱼和发酵豆瓣酱会散发出味道，但还是能不被发现。不过，泡菜在温热的环境中易变质，装在袋子里又很容易漏出汁液，而且气味过于强烈，很难带上它安然度过九小时的飞行，然后偷偷通过海关。但这种最难从韩国偷运入境的食物，也是对韩国人味蕾最重要的食物。我母亲并非不想尝试偷运，或许她也曾试过。但偷运泡菜需要冒很大的风险。因此，她只好用加仑装的袋子带红辣椒粉，再带几罐腌盐水虾回来，在家里制作泡菜。

父亲口口声声说要为她提供新鲜食材，再给她买一台专门用来保存泡菜的冰箱。但问题是，在20世纪70年代的太平洋西北部乡村地区，根本找不到一棵韩国白菜，而父亲根本不懂美国卷心菜和大白菜之间的区别。

第一次收到父亲赠送的美国卷心菜厚礼时，母亲脸上难掩愤怒。

"这是啥？不是这样的白菜。"她的声音恐慌起来，"哦不……哦不！我现在该怎么办？"下一刻，她的怒火直接对准了父亲，"我该拿这东西做什么？哈？"接着，她平静了些，将那卷心菜拿在手中翻来覆去地研究着，一副难以置信的神情，"啊……美国人怎么吃这个菜啊，我不懂啊。"

美国人所称的那种卷心菜品质较差，完全无法用于制作泡菜。或者说，我是从母亲的咆哮中推断出这条讯息的。从这份痛苦的失望中恢复后，她开始寻找"真正的"大白菜，即美国人所称的"纳帕白菜"*。她会开车去西雅图寻找，每隔一段时间都会去。有时她能"中头奖"，带回几箱白菜，买光商店里的全部存货。运气不好的话，她只能找到小白菜。两者不是一种蔬菜，但也聊胜于无。换句话说，比美国卷心菜强。

像我母亲这样的女性是韩国移民链的第一环。这些女性很少被其他韩国人承认，因为有"与外国人混血"的耻辱，她们赞助亲人逃离贫困，逃离战后统治韩国的一系列军事独裁政府，逃离与朝鲜有家庭关系的危险。这些移民来到美国，几乎都是因为有姐妹、堂表亲、姑姑、姨妈、女儿或侄女嫁给了美国人，如此才得以移民过来。到20世纪80年代，

---

* 原文为"napa cabbage"，为日语"菜っ葉（nappa）"的音译，其拉丁语学名为 *Brassica rapa pekinensis*，即北京白菜，也就是大白菜。下文的小白菜原文为"bok choy"，为汉语的音译，拉丁语学名为 *Brassica rapa chinensis*，即中国白菜，也就是小白菜或上海青。

美国生活着大量韩国人,但领路的女性无论是在接收国还是在自己家庭中都被视作外人,承受着非同一般的艰辛。

父亲的家人对我母亲也有戒心。但她通过学习做他们熟悉的食物、办纯美式感恩节宴会,逐渐消除了他们的恐惧,餐桌上会出现绿色的调和果冻。第二天,美国客人离开后,她会将吃剩的火鸡连同大酱和泡菜一起端上餐桌。

母亲在美国新家中被边缘化的经历并不像其他跨国婚姻中的韩国女性那般极端。根据余智全的韩国"军队新娘"口述历史,嫁给美国士兵的韩国女性被要求烹煮美国食物,因此为了在厨房里重现丈夫的文化,她们往往会牺牲自身的文化传统。丈夫和姻亲通常会认为韩国食物太过陌生,而且有异味,所以不鼓励 —— 有时甚至会禁止 —— 她们在家里吃陌生的食物。甚至连他们结婚生下的子女有时也拒绝认同韩国食物,由此也就拒绝了母亲的文化。在缺少韩国食物的情况下,这些女性在美国泡菜中找到了鸡肋的替代品,用面包屑和意大利辣椒片制作辣椒酱,搭配少量供应的正宗韩国小菜,吃完一整碗米饭。

许多女性无法忍受美国人喜欢的富含淀粉的油腻食物。二战结束后,50和60年代,这片众所周知的富庶之地正处于前所未有的经济繁荣期,这一时期移民美国的军队新娘告诉我:"这里没有任何东西可吃。"[4]韩国食物的缺乏不仅加剧了她们的思乡之情和孤独感受,也造成了身体问题:美国食物太难吃了,进食变得困难,饥饿一直相随。[5]她们变得营养不良、体重不足,陷入抑郁和焦虑之中,身体和精神都枯萎了。

为了活下去,有些人会在厨房里储备韩国食物,如果能找到的话，不过只能偷偷地吃——将韩国产品藏起来，趁周围无人时烹煮，以避免被人抱怨食物的气味。有机会弄到韩国食物的人会主持地下集会，招待那些在自己家中不被允许吃韩国食物的女性。这些女性感觉与自己的美国家人有隔阂，因此不觉得她们的房子是自己家。与此同时，她们又无法返回韩国，饱受思乡之苦。这样，围绕着让这些被强迫同化而感觉无家可归的女性的生活复苏，逐渐发展出了一些社区。

她们聚集在安全的房子里，一起吃泡菜和海带汤，分享韩国的故事。其中一位解释道，韩国食物不只是食物，终于品尝到韩国发酵食物的蒜味和辣味的经历，就类似于沙漠中搁浅之人喝到了第一口水。是一种从缓慢死亡中的侥幸逃离。有那么一瞬间，这些女性中的一些人找到了回家的路。

母亲曾经很了解那种因缺乏韩国食物而造成的迷失感，但奇黑利斯没有人能引导她前往熟悉的场所。她成了她期待自己能拥有的那位向导。

随着新的韩国移民慢慢来到奇黑利斯，母亲会将他们每一个都庇护在自己的羽翼之下。第一位叫阿京，她嫁给了一个美国人，生了一个女儿叫埃莉，比我小一岁。埃莉的妈妈也比我妈妈小，所以我妈妈就成了她妈妈的"unni"，也就是姐姐。第一次见面时，我母亲用一罐自制泡菜向她表示欢迎，她们很快就成了烹饪伙伴。

之后又有一个韩国女人来到我的家乡，这意味着我母亲的烹饪食谱也要随之扩充。许多食材难以获得，她便带队去海边展开觅食探险，埃莉和我也一起去了。我们用漂浮物做花束，在沙滩上挖洞，母亲们则拿着十加仑装的桶，往里面装满蛤蜊及美国人不吃的海带和小的油性鱼类。她们会制作有嚼劲的海藻沙拉和炸胡瓜鱼，搭配米饭和泡菜食用。这样的聚会让埃莉的妈妈坚持了一小段时间，但最终她还是无法忍受与韩国社区隔绝，和家人搬去了塔科马，那里的韩裔人口数量为该州第二。

母亲只能接触有限的韩国食物，小的时候，我从没想过这对她来说是如此艰难的一件事，因为她一直都有喜欢吃的美国食物。她爱吃汉堡包和热狗，以及任何肉类。这些食物在美军占领时期及战争期间殖民了全体韩国人的味蕾。虽然喜欢这些食物，但她也有更多需求。对韩国人来说，美国乡村地区可谓美食荒漠。

直至她去世之前的几年，我才意识到她的感受有多糟糕，当时我告诉她，浩秀的朋友扬迪从韩国来访，我邀请她们两个过来吃饭。

"你要做什么？别做美国食物。"她强烈要求。

"我想着做一道红酒炖鸡。是法国菜，用葡萄酒炖鸡。"我说。

"法国菜，美国菜，都一样！别做西方食物！"

"但她也许想尝试新口味。"

"我告诉你，她不会喜欢的。"

"你甚至都不认识她！"

"哦不，格蕾丝，韩国人不可能吃那种食物，会让她难受的。做韩国食物。"

几小时之后，晚餐话题早已结束，母亲却又聊了起来。"给扬迪做些韩国食物吧，好吗？"

她对访客的关心让我想起童年时期的一天，是在我八九岁时，母亲在离我们房子仅三十英里的地方发现了一家亚洲超市。她买了两百磅大米回来，后备厢里装满了干大豆、红辣椒、鱼酱、蚝油酱、盐水虾和新鲜豆芽，后座上则塞满了白菜。

"谢天谢地，我现在有足够的大米和泡菜，能吃很长一段时间了！"她说。

食物，韩国食物……我想着它，我梦着它，在我的梦里，要么没有韩国食物，要么我正在吃韩国食物，要么出现了韩国食物。这就是我梦到的内容。当我第一次来到……实在是太难受了，我那么渴望吃到（韩国）食物，实在是太难受了。哦，我受了很大很大的苦。[6]

埃莉和家人离开后，凯来了。

凯和她弟弟来到我所在的学校，老师们不知该怎么办。他们没有能力帮助移民儿童适应美国的生活，学校的工作人员便找到我。他们把凯送到我就读的一年级教室，希望我们成为午餐伙伴，我们照做了。

凯和弟弟不是普通的移民，因为他们是独自来到美国的，分别只有六岁和五岁。凯给我讲了他们来到这里的故事。母亲将他们带到市场，然后说："握紧彼此的手，握紧，别松开。待在这里等我回来。"他们就在那个忙碌的市场中央等待，紧握着彼此的手，只在要擦拭掌心的汗水时才短暂松开。夜幕降临后，孤儿院的一个男人发现姐弟俩，身上脏兮兮的，饥肠辘辘，却仍遵照着他们母亲的嘱咐，紧紧握着彼此的手。男人将他们带回孤儿院，几个星期后，将他们送上飞机，运来奇黑利斯，由安德森家领养了。我后来得知，凯的经历并不独特，那个时期被美国领养的韩国儿童中，有许多年纪都已足够大，记得他们在韩国失去的家人和家园。

为了欢迎凯和她弟弟，学校决定组织一个"文化日"，好让来自"不同"文化背景的学生展示各自传统的方方面面。换句话说，凯和我被要求到其他教室去做演讲嘉宾。凯穿上了韩服——宽袖上衣和蓬松的裙子，内搭长款麻织内衣，解释说这是韩国传统服饰。我没有韩服，只有小熊鞋，是一双形似独木舟的胶鞋，但已经穿不下了，所以我不想穿，因为担心被嘲笑。不过，反正老师们对我穿什么并不是特别在意。他们真正想让我展示的是我母亲的厨艺。母亲知道不可能让一群美国孩子吃泡菜，便做了"杂菜"，这是一种色彩缤纷的什锦拌菜，将粉丝、菠菜、胡萝卜丝、西葫芦丝、牛肉、鸡蛋加芝麻油和大蒜调味炒熟混合做成。

凯介绍了她的韩服，回答了跟领养相关的现场提问，讲述了她被遗弃的全部细节，然后我母亲将杂菜装盘，分给孩子们吃。

"呕，它们是虫子做的！"一个孩子喊道。

"是土豆做的粉条，"我母亲回击道，"明白吗？是土豆，土豆。"

我站在后面，静静地看着母亲脸上晕出的红晕，面对眼前野蛮的指责，她在压抑自己的愤怒。我们三个韩国人就这样继续在校园里昂首阔步——凯穿着韩服，我母亲端着一托盘杂菜，而我除了少数族裔的外表，没有任何特别的展示。尽管我们展示了自己的民族特色，孩子们依然管我们叫中国

思念泡菜

109

人或日本人。

早在我在一年级教室里认识凯之前,母亲就知道她了。母亲从未正式与安德森家的人打过照面,但每个人都知道我母亲。她被称为"那个东方人"或者"那个中国女士",也是镇上唯一会说韩语的人。但现在,她的语言差异突然间变得有价值了。

领养机构可能给了安德森夫妇一本指南:孩子们离开熟悉的一切后往往会感到不安。如果你的孩子表现出不安,你只需要微笑,然后抱他一下。很快他就会加入其他快乐美国儿童的队伍。所有这些问题都会自行解决……韩国孩子渴望讨好人,而且大多学东西都很快。[7]

但当凯和杰森大哭起来,别人怎么安抚都无济于事时,我母亲就会被叫过去看看情况。她咬牙切齿地回到家中。大家都不需要询问发生了什么,因为她滔滔不绝地把故事讲给了所有愿意听的人听:

"安德森夫人在腌卷心菜,你知道,那两个可怜的孩子以为那是韩国泡菜……但其实那是德国酸菜。"她在心里感受着孩子们的失望,过了片刻才呼出一口气,"哎呀,我快窒息了!"她用韩语重复说着,声音里能听到哭腔。那是我第一次看到母亲哭。

随后她打起了精神,做了那种情况下唯一合理的事情。她走进厨房,从冰箱里取出一些大白菜,用一只巨大的金属搅拌碗化了些盐水,又在地上铺了一块砧板,然后忙碌起来。她蹲下身子,将白菜四等分切开,浸入盐水中。接下来,她用刀柄将大蒜捣成泥,往另一只碗里倒入大量红辣椒粉，再加入盐水虾、糖、米粉和大蒜泥。她把大陶罐从阁楼里拿了下来，准备发酵泡菜。几小时后，她将白菜冲洗干净，放进那只装有辣椒粉的碗，加入切碎的小葱末，然后徒手将调味料抹在白菜叶子上拌匀。最后她将处理好的白菜装进罐子，放回阁楼等待发酵。

凯和杰森突然被送离韩国，进入了奇黑利斯的一个新家庭，在这个家里，没有人会说这对姐弟的语言，没有人懂他们的文化。没有任何东西能改变这个事实，但我母亲决定，这对姐弟不能再没有泡菜吃了。她立刻意识到自己得喂养这对姐弟，在那短暂的瞬间，她成了那两个孩子已然失去的韩国母亲。

我总会被她对那两个孩子的温柔打动，而随着我对母亲过去的了解越来越深，我开始思考，那份温柔在多大程度上是她对自己失去的一切的投射，以及在那样的投射中，她到底是位母亲，还是个孩子。这两个惊恐又悲伤的孩子的出现，是否让她想起自己作为一个准孤儿，被迫在战争中自食其力的过去，或者说刺痛了她在美国孤独无依的内心？

成为研究员后，尤其是在与浩秀的合作中，我了解到，韩国母亲的典型形象与我母亲很像——20世纪50和60年代军营城镇的妇女。然后我想起她曾抱怨，她从前经常服用的避孕药不管用。她说这件事时脸上夹杂着懊悔与恐惧，她从未向哥哥或我公开表达过这类情感。我不禁想知道，她是不是曾被迫放弃过另外一个孩子。那是她所有秘密中最难以启齿的一个。安德森家领养的那两个孩子是否让她想起了自己的另一个孩子，那个孩子被空投到了某个美国中产家庭，正哭喊着要找她，渴望尝一尝泡菜的滋味？

母亲经常去安德森家探望,偶尔还会邀请他们过来吃一顿韩国晚餐。但若干年后,他们领养了另一个韩国小孩,转折点出现了。

新来的女孩快十七岁了,只有她保留了韩国名字,这或许是因为安德森夫妇明白,此时要她再接纳新的身份已经太迟,或者也可能是因为,她名字的发音听起来和美国名字很像,她叫米娜。或者如果我母亲的猜测没错,那是因为安德森夫妇的真实意图从来就不是让她成为家庭的一员。

"他们不想再要一个孩子!他们想要的是女仆!"我母亲哭着说。她再一次深刻地感受到这个孩子的痛苦。

我从来都不知道,她和安德森一家之间到底发生了什么,但十七岁的米娜的到来标志着母亲与他们家往来的完全断绝。

米娜、凯、杰森、阿京、埃莉——在我们之后到来的所有韩国人——要么是被领养的儿童,要么就和我们一样,出身于跨种族婚姻的家庭。我们被共同的历史遗产捆绑在一起,我们都是军国主义国家的国民,都诞生于经历过被美国干预和战争的险恶环境,遭受过摧毁了韩国无数家庭的性别歧视与帝国主义社会政策的影响。我们都被"美国家庭/国家拯救了我们"的论调束缚着。

母亲在表达对安德森夫妇的厌恶时撕破了那种论调。她不想再和那家人来往,他们剥削一个女孩的劳动,并将其伪装成慈善之举。

我上四年级时,教室里又上演了和凯到来时相似的一幕戏码。这次来的是个男孩,年纪比我稍大。他惊慌失措,在教室里转着圈跑，还尿湿了裤子。隔壁班的一个男老师过来追赶他，吼着要他坐下来。学校里没有翻译，于是男老师看着我，说："你过来！请你让他坐下。"

"坐下。"我说。

男孩停下脚步，盯着我看，然后缓缓坐了下去。"是韩国人吗？"

"母亲是韩国人，"我用蹩脚的韩语说，"故乡是釜山。"

他微微一笑，安静地坐了一会儿。

放学回家后，我跟母亲说了这个新来的男孩，于是她新做了一批泡菜。

每当有韩国小孩或妻子来到新的美国家庭，母亲都会用故乡的语言向他们表示欢迎。她手捧一罐泡菜说："我们一起吃吧。"

她把泡菜作为他们背井离乡的抚慰，因为她明白，日常的饮食和烹饪行为会成为人们与留在身后的故乡之间的联结。母亲将自己置入移民来到新家的场景之中，也让他们早已失去或被抹除的韩国亲属成为那些场合的见证人。由此，她也用一种更为微妙的方式打破了"美国家庭/国家是我们的救世主，我们的一切都要归功于美国人"的宣传论调。

我想她从来没有想过把泡菜当作一种抵抗的手段，但在制作和分享泡菜的过程中，有某些东西让她感觉自己还活着，让她能够在残酷的环境下为了生存下去而奋斗。

最后一个领受母亲泡菜的人是我。当我即将离开家，去三千英里外的地方上大学时，她送给我一台电饭锅和一夸脱罐装的泡菜。她用好几层塑料袋将罐子包得严严实实，让我放进行李箱，我一开始是拒绝的，不想让那气味把衣服弄臭。

"格蕾丝，带上吧，"她说，"美国大学的人不知道怎么给亚洲小孩做吃的。你带上它，那样我就不会为你担心了。"

她知道学校餐厅里有无限量供应的食物，所以她担心的倒不是我能否吃饱。对我母亲而言，泡菜代表的是生存，她认为泡菜能帮我挺过生活中可能遇到的任何挑战。

几年后，当我拥有了第一间公寓后，我向她要了食谱，以便随时能自己制作泡菜。许多年来，我一直恳求她教我做韩国食物，但她总是拒绝，声称那是"浪费时间"，我应该把时间用在学习上。不过，她毫不犹豫地教给了我制作泡菜的方法。如果说家族的烹饪历史上有什么东西是她希望我传承的，那便是泡菜。

母亲过世不久后的一个晚上，我躺在床上，担心自己是否有能力在一个没有她的世界生活。她突然离世，她的生命早已被痛苦吞噬殆尽，想到这些，我的痛苦是如此强烈，甚至希望自己也一死了之，从而获得解脱。我的思绪慢慢涣散，但在半睡半醒之间，脑海中却闪现年幼时的一幅画面：

我坐在高脚椅上，看着母亲。她站在厨房水槽旁，穿着一件宽松的棉布连衣裙——是无袖的短款，淡紫色的，她的长发披散着，光着脚。母亲纤细的手指放在水流中，正冲洗着一片发酵过的柔软白菜叶，直至洗掉上面所有的辣椒粉。她用手指将叶片撕成小条，先是纵向撕，然后用拇指和食指的指甲捏住，将菜条横向切成段。我能清楚地看见她栗色的纤细双手——她的手指又长又细，指甲几乎是齐肉剪掉的。

它们敏捷地忙碌着，洗掉泡菜上的辣椒粉。她将切成小段的菜叶拿给我，用手喂给我吃。"格蕾丝呀，不辣吧?"她问。我吃了下去。"哦，慢慢享用泡菜吧！乖孩子!"她在笑，为我正在慢慢学会品味泡菜而高兴。

我清醒过来，那幅画面仍在我脑海中，我所有的感官都知道，那不是在做梦。那是我关于饮食的最早记忆，也是我对于母亲的最早记忆。我闭上眼睛，再次回到她身边，想看清她用双手给我喂食时脸上的宽慰表情，想听到她说："多吃泡菜吧，格蕾丝呀，我们是幸存者。你有能力忍受所有的一切。"

6. 蘑菇女士

华盛顿州奇黑利斯市，1979

在我七八岁时，母亲迷上了外出采掘觅食。根据父亲给我讲的她在韩国时喜欢彻夜赌博的故事，我知道她有成瘾人格，而且性格中有一丝狂野。"你该见识一下你母亲的风采。她能将每一个赌鬼打败。"说话间，父亲苍白的脸颊因为回想起母亲玩21点*时的放纵模样而涨得通红。"老天，她很专业。"当我邀请母亲玩老女仆纸牌游戏时，父亲这样提醒我。

我也记得她个性中不安分的那一面——她不断想通过冒更多的险来为我们乏味的美国乡村生活注入一些乐趣。她会在最普通的事情上打赌，比如猜橘子中有多少籽、比赛看谁削的苹果皮最长。这都是些无伤大雅的小事，但一旦打赌的是什么正经事，你自然会情不自禁跟着一起感受我母亲肾上腺素的飙升。她总是散发出一种她能赢的反常自信，一旦投身游戏，就会坚持到最后。

奇黑利斯由三种不同的景观组成。住宅和商贸区被称

---

* 21点，又名黑杰克，是一种起源于法国的纸牌游戏。

为"城区",拱卫在一侧的广袤农田被称为"乡村"。城区的另一侧则是郁郁葱葱的荒野,那里有次生林,也有尚未被蓬勃发展的木材工业染指的地块。虽然"城区"居民经常跨越"城区/乡村"的界线去探望亲戚,或者直接到农场购买产品,但那时候到野外寻找食物的人并不多。尽管森林曾为奇黑利斯人及取代他们的白人定居者提供食物,但到20世纪70年代,那里已经有了明确的区分:农场用来种植食物,森林用来种植木材。

我的父母都出身于农民家庭,但我父亲与农场的关系更为密切。蹒跚学步时,他就开始学习赶耕马了,十五岁就开始养猪。而对我母亲来说,荒野的诱惑力更大。她小的时候在韩国,所有农田都被摧毁后,进山打猎和觅食就成了她的家人赖以维生的手段之一。森林提供食物,这种情况不仅出现在战时,还贯穿韩国的整个烹饪历史。

母亲在美国太平洋西北部地区找到了其他野生食物来源——皮吉特湾有大量海藻和鱼类,不过她总是无视当地张贴的对过度捕鱼进行处罚的警示牌。她曾因捕鱼导致胡瓜鱼数量大幅减少而惹上官司,尽管被处以高额罚款,但还是拦不住她再犯。再次被传唤后,她才没有再去捕。"要是不能大批量捕捞,那还有什么用?"她说。法律不禁止采海藻,但到海岸去要一小时的车程,而森林就在镇郊。

在奇黑利斯努力遵循规则,扮演好妻子的角色多年之后,母亲精神上渴求更多。或许她无法再抵抗脑海中的微弱声音,那声音让她跨越界线到另一头去——前往那个未开化的、无人居住的地方——看看她能找到什么。

她第一次进入森林,摘了些她在韩国吃过的植物,野洋葱或牛蒡之类的，除了用作晚餐，她没有任何宏大计划。但母亲有慧眼识珠的能力。一旦发现这片林区是觅食的沃土，她很快就会上瘾。森林是奇黑利斯召唤她的所在。那里让他感觉熟悉，而且不断有新发现。

到开始采掘觅食之时，只要父亲出海，母亲就会全职工作，兼职独自育儿。她在奇黑利斯做的第一份有偿工作，是为邻镇的伐木业富豪打扫房屋。她一小时挣一美元——比70年代中期最低工资标准的一半还要稍低，因为擦窗户而从梯子上摔下来后——这次事故给她留下了终生的慢性背痛，她让那位百万富翁另寻女仆。那年夏天，我们去韩国后，她将齐腰长的头发剪下卖掉了。回到奇黑利斯后，她找了一份全职工作，晚上十一点到早上七点在一家名为"绿山"的少管所上夜班。整个工作生涯中，她一直没有换地方。

她在绿山工作初期的一个晚上，哥哥和我正睡在从韩国带回来的有红绿花卉图案的垫子上，她走进我们的房间，打开一盏昏暗的灯，将我叫了起来。她跪在我身边，小声说："格蕾丝呀，答应我一件事。不要告诉任何人我在上夜班，不然他们会把你们从我身边带走。"我当时并不明白她在说什么，但我能感受到她的恐惧。我点点头，她用纤细的手轻抚了我的头发。

成年以后，了解到崇·顺·弗朗斯的案子时，我回想起那个时刻。弗朗斯是一位韩国移民妇女，曾是性工作者，她年幼的孩子被独自留在家中时死了。弗朗斯的丈夫将她和孩子们带到北卡罗来纳州后，又抛弃了他们。她肩负着养家糊口的重担，于是在夜总会找了份工作。她决定将孩子们留在家中,自己去工作,一天清晨,她回家后发现儿子被梳妆台砸死了。她像任何母亲都有可能做的那样,将孩子的死归罪于自己,不过,她的表达明显是韩国母亲的方式,她说:我杀死了他!我杀死了他!

她一遍又一遍地向警察哭喊这句话。这种认罪态度,再加上她浓重的口音、移民身份,以及作为性工作者的经历,让她被判二级谋杀罪,并处以二十年监禁。

我在弗朗斯身上看到了我自己母亲的影子。我很庆幸,哥哥和我夜里在家的时候,没有发生任何不测。母亲开始上夜班时,哥哥十二岁,她可能觉得哥哥已足够成熟,能承担夜里睡觉时的照顾我的责任。但即便如此,她一定一直处于焦虑中。如果哥哥和我之中有一个受了伤,她会进监狱吗?在这方面,我父亲是否有过失?他知道母亲在工作,事实上,还是他帮母亲找到那份工作的。他在商船队的收入很可观,但他并不会让母亲用他的钱。他连续几个月不在的时候,会给她留一笔钱。据母亲说,父亲是个"吝啬鬼""守财奴",因为那笔钱养一家人是远远不够的。根据父亲的说法,母亲再努把力,并且别用他觉得不必要的东西,那笔钱是够度日的。不管怎样,母亲觉得必须出门,为自己挣些钱,父亲同意了她的计划。

我从来都不确定她在绿山具体做些什么,她告诉我她是个辅导员。我想知道,人们睡觉的时候为何会需要辅导员。有一次,她告诉我,有两名少年犯在斗殴,她用一把折叠椅打了其中一个,阻止了他们。我心想,那她一定是保安,不过话说回来,她并未穿过保安制服。她上班时会用卷发钳给新近剪短的头发做发型,还会换上花哨的荷叶边衬衫、西装裤和高跟鞋。

这份工作做了几年后,她开始去森林里采掘食材。她每天早上七点五分到七点十分之间下班回家,送我们去上学后,她会换衣服,然后出门去野外。有时我放学回家后,她还没睡觉。我会看到她坐在厨房地板上,周围是堆成小山一般的绿色植物。晚餐会在六点端上桌,总会有她上午在森林里采摘的收成。接着她会睡上三四个小时,然后再起床去上班。

她早期觅食探险的重点,是寻找杂货店里不容易买到的东西。春季里,她采集蕨菜,韩语读作"gosari",这是一种流行的食材,如今在韩国餐厅可被当作配菜,或者放在滋滋作响的石锅拌饭上。往上几代的大胆觅食者一定早就发现,生蕨菜有毒,必须小心处理才能食用。韩国人在处理蕨菜供人食用时,会先将其晒干,因此母亲有很多时间会待在家里的屋顶上。夜间和早晨有雾,而且经常下雨,所以她每天都必须将这些植物摆弄两次。中午时分,她会将它们铺开在大块的白布上,天黑前再收起来。

"你妈怎么总是在屋顶走来走去?"邻居家的一个小孩有一次问我。

"她在晒蕨菜。"我说着尴尬起来,因为我知道不吃蕨菜的人是无法理解的。

同样让镇上的人感到不安的是,母亲会在路边、大块的空地上及铁路沿线采摘蒲公英的叶子,除了别人家的院子,她哪里都去。她不去别家院子,并非出于对私人财产的尊重,而是因为美国人当蒲公英是杂草,会喷洒除草剂。母亲会在各种不同寻常的地方出现，她奇怪的行为让她看起来像镇上的疯子。

奇黑利斯的绝大多数人都在杂货店购买食物，要不就开车去乡村，或者在自家后院种。有些人会猎鹿，采摘长到自家院子里的醋栗或酸苹果，除此以外，荒野并不在人们的考虑范围内，不是主要的食物来源地。那是个现代方便食品俘获了美国人想象力的时代（按一下微波炉按钮就能加热变成饭菜的塑料包装食品，只需加水然后放凉就能享用的即食奶酪蛋糕）。工业正在慢慢取代大自然，成为我们的食物制造者。虽然许多人依然离不开农场，但他们似乎也已经忘了，荒野也能养活我们。母亲即将改变所有这一切。

仲夏，1979

现在是早上七点，空气略有些潮湿，阳光尚不灼人。母亲下班回到家中，换上牛仔裤、T恤衫和网球鞋，将水冷器和水桶装进车子，然后就去探索森林了。她满怀期待，但并不清楚自己要找什么。她钻进灌木丛中的一块空地，袖子被一团锋利的荆棘挂住了。她努力想挣脱，这时却注意到一簇小小的红果子就挂在手掌形的叶片下方。她凑近去看，竟发现那里藏着一大片红色和紫色的"宝石"。这些小浆果长在以45度角突伸出来的结实的带刺茎秆上。植株很高，她必须强行穿过刺丛才能够到里面成熟的果实。只有一小部分可以采摘，其余的还未长成，只能留到下次再来。

稍后，她回到家中时，手臂和脸上都是划痕，手指上染了果汁，但她带回了一小碗黑莓。她眼中充满兴奋，气喘吁吁地说："我想我中大奖了。"

黑莓于是成了母亲情有独钟的东西。它们很难收获，但这种挑战似乎更刺激了她采摘的渴望。初次探索的第二天，她又回到了森林中的那个地方，这一次她带上了大容器，还穿上了长袖，以保护手臂不被刺藤缠绕。她摘了五加仑黑莓回家，沉醉在丰收的喜悦之中。次日，她带回了七加仑，接着是十加仑、十四加仑、二十加仑，每一天都在刷新前一日的记录。一夜之间，厨房里就塞满了野生黑莓，以及各种黑莓制品，母亲将它们分发给了朋友、亲人和敌人。

一开始，她这么做是为了获得一种满足感，即她知道自己有能力养活周围的每一个人，同时也夹杂着一种狩猎的快感。可一旦开始，母亲就再也停不下来了。她手上被划出了数百条紫色细线，像刺青一样，是黑莓汁液渗入皮肤上的划痕里形成的。很快，摘得的黑莓数量就多到家人连同亲朋好友也消化不完。有时候，厨房里的所有空间都被用来处理黑莓，我甚至被禁止踏入一步。即便我想进去，门口也没有我能穿行的空间。地板上组建起了一条流水线，一边是装满刚摘下的黑莓的大金属桶，中间是个大水盆，另一边的新桶则用来盛装洗净的莓果。果实洗净后，她会将它们轻轻地铺在垫有纸巾的平底锅中，晾干后装进密保诺密封袋，最后收进冰箱或冷冻柜。

如此几天之后，家里已经没有空间储存除黑莓外的任何新鲜食物了。厨房里的东西简直要满溢出来了。也就是在这时候，她突然反应过来。她蹲在厨房地板上，将一些洗净的黑莓装进加仑装的密保诺密封袋，她觉得是时候开始出售了。她熟练掌握了美国女人的烹饪方式，明白她们对于烘焙和做罐头的热爱，她在我们这个经济萧条的镇上发现了一个商机。她买了两台工业冷冻机，并在当地报纸上登了一则广告：野生小黑莓。新鲜或冷冻的都有。一加仑 13 美元。

不出几星期，我们家成了本地区最繁忙的黑莓运输中心，家人改称夏天为"黑莓季"。每天都有新顾客上门，母亲会这样迎接他们："要野生小黑莓吗？好的。那你们找对地方了。"她会用她那双被染成紫色的手招呼他们进门。

这是她地位上升的时刻，她拥有别人争相购买的有价值的物品，而且只有她能供货。用马克思主义术语来说，她不仅拥有产品，还拥有生产资料。用心理学术语来说，她有能力养活那个把她当作二等公民的社区，在竞争中脱颖而出，做一个仁慈的人。

如果说我母亲从前在奇黑利斯并无辨识度，那么这时候她一定已经成为名人了。她的名声日渐增长，因为邻近城镇的人都会来我们厨房购买野生黑莓，以及黑莓馅饼、黑莓果酱等增值产品。消息传开后，她成了"黑莓女士"，而不再是"中国女士"。全镇的人看到我都会问："那个，你不是黑莓女士的女儿吗？"

新的名声打响后，她开始更加努力地工作，以便满足顾客的需求。当一块林地里的黑莓被采摘干净后，她只能重新开始寻找。有时候，森林里产出不多，她回到家里会厌恶地哼哼："我今天勉强才摘了一加仑。"

失望驱使着她深入森林，寻找果实最多的藤蔓。她走得越深，狩猎的危险就越大。她会遇到敌人——熊也在抢这些浆果，扛步枪的白人对侵入他们狩猎场的外国人可没有好脸色。但母亲没有被吓到。她给自己买了一把.38特种转轮手枪，好让那些猎人知道她在这片游戏场地已经一马平川。任何东西都无法阻拦她。

那个夏天改变了我母亲。她不再依赖自己的女性气质来赢取关注或赚取利润。在森林里劳作意味着，她必须脱掉褶饰长裙和高跟鞋，而要开始穿得像个伐木工。就像她曾经代表着我理想中的女性之美，此时她也开始展示出男性力量。到这时候，她已经取代我父亲，成了男性化的家长形象。一年前，父亲心脏病发作，他在我心中成了一个脆弱的老人。当时我发现他毫无反应地躺在卧室的地板上，母亲疯狂地摇晃他，大喊着让我打电话叫救护车。在拨打911的过程中，我听到一个可能成为寡妇的脆弱女人的绝望哭喊，与此同时，我想我也听到了她的愤怒之音。别！别！别离开我，你这狗娘养的！如果存在任何他会将她遗弃在这个险恶小镇上的可能性，那她最好开始在这里为自己找到一个位置。或许正是母亲对父亲死亡的恐惧促使她变成无所畏惧、随身带枪的黑莓女士。

黑莓季，1980

第二年夏天，我央求母亲带我一同去森林，但她拒绝了，理由是我会拖累她。

"求你了，能带我一起去吗？"

"你肯定会怨声连连，哼哼唧唧，到时候我还得操心你。

多麻烦啊!"

"求你了,妈妈。求——你了!我保证不烦你。"

"你为什么这么想去?你不会喜欢的。"

我不能理解,摘黑莓为什么会是工作,而且是一份热门的劳动密集型工作,暗藏危险。还是我母亲的一大收入来源。但我一直坚持到她让步为止。一如她所预言,暑热、山地地形和黑莓刺丛这些因素组合在一起让人难以忍受,我最终还是需要她来照顾。我们频繁地停下来,这样我就能坐在阴凉里,小口喝着她用冷藏箱带来的冰水,然后我们提前两小时回了家。

"哎呀!格蕾丝呀,我就说你不会喜欢吧!再也不带你去摘黑莓了。"

两个星期后,我父亲回家来休暑假,说想陪母亲一同度过黑莓季,母亲又提出了类似的抗议。

"从现在起,我陪你一起摘。"父亲宣布。

"啊,别,你还是别了,对你来说太繁重了。"

"胡说!"

"噢,是真的。你不了解这份工作。"

"瞎扯!"

"要是给你的心脏造成太大负担怎么办?"

"我不想让你再孤零零地去干活。你是个女人!太危险了。"

"讨厌!你为什么要烦我啊?我能照顾自己,我一直都这样,不是吗?"

好几分钟的时间里,他们就这样连珠炮似的你来我往地对话,然后我母亲让步了,同意带他一起去。虽然她已成为他们两人之中更坚强的那一个，但父亲并不承认。

到了两人一同摘黑莓的第三天还是第四天，母亲早早回到家里，一屁股坐在客厅的长毛绒转椅上，怒气冲冲地抱着胳膊。我胆怯地走过去，问她发生了什么。

"是你父亲。"她厉声说。

"他做什么了？"

她摇摇头，没有作答。

"发生什么了？"

"你父亲的心脏今天停止跳动了。"

"什么？他在哪儿？"我的声音开始颤抖。

"我只好把他送去医院。"她从椅子上起身，朝她的卧室走去，然后摔上了门。我不清楚她在生什么气，是因为父亲差一点再次让她成为寡妇，还是因为她错失了一个适合摘黑莓的好日子，再也无法弥补。

父亲第一次心脏病发作时我七岁，第二次时我九岁，第三次时我十五岁，因此有五年的时间，他的生活是健康无忧的。在那五年里，父亲并未生活在死亡边缘，母亲把精力都集中在生意上。黑莓季期间，她是行业的佼佼者，但和所有季节性行业一样，摘黑莓的季节也会结束。接着相似的模式又出现在蘑菇采摘上。

迈克尔·波伦在《杂食者的两难》一书中，将"蘑菇猎手"视作一群特殊的搜寻者。为收获野生蘑菇而付出的努力，被称为"狩猎"而非"搜寻"或"采摘"，这个词预示着区分食用菌和有毒蘑菇这一行为所需要的勇气和技能。一次错误的拧摘——比如错把假鸡油菌当成了鸡油菌——就可能导致蘑菇猎手的猝死。猎手要面对的另一个挑战在于，蘑菇会伪装自己，与森林地面融为一体，因此只有训练有素的人才能发现它们。

夏末黑莓季结束后，母亲意识到，秋季是开始寻找蘑菇的黄金时间。在美国太平洋西北地区潮湿、凉爽的气候下，蘑菇能生长许多季。她一开始只想着，靠狩猎蘑菇撑到下一个黑莓季开始，但事实证明，采蘑菇并不只是临时救急的办法。尽管父亲提醒过她毒蘑菇的危险，她却再一次表现出无畏的勇气。因为早已熟悉森林，那么她需要做的就是给自己上一堂真菌学速成课。她花14.95美元买回一本名为《蘑菇猎手野外指南》的百科全书。虽然英语识字能力有限，而且这本书理论性很强，但她还是从头到尾研究了好几遍。到了检验时刻，她似乎在找蘑菇上有第六感。一眨眼的工夫，她就能哄得一个蘑菇钻出藏身处，并且将之归入"美味"或"危险"的分类。如果我们碰见一个毒蘑菇，她会脱口说出不祥的警告。"噢，不不不！别碰那个！会害你生病的！"碰到可食用的蘑菇，她也会用同样激动的语气说："呀！是牛肝菌！我中大奖啦！"

蘑菇狩猎并非摘黑莓那类的强体力活动——不需要躲避尖刺，不用在灌木丛中穿行，也没有酷热的骄阳，母亲便允许我一同去过几次。古树上爬满了青苔，潮湿的树叶散发着泥土的气息，我喜欢被环绕其间的感觉。我们是森林里仅有的两个人。母亲是勘探者，我是她的助手，我们一同穿行在一个神秘宇宙之中，那里有的尽是尚未被发现的物种。

母亲对蘑菇的热情具有感染力，不知不觉中，我就学会了对它们进行分门别类，依据的是它们的生长季节、寄生的树种，以及最佳烹饪用途。有秋季蘑菇和春季蘑菇，有粗壮的蘑菇和娇小的蘑菇。一年中有半年时间，我们家的晚餐总有各式各样的新鲜蘑菇：刺猬菇、鸡油菌、龙虾菇、吃起来的确像鸡肉的木鸡菇。到十岁的时候，我已经成了美食蘑菇专家，虽然这时候我对"美食"还没有任何概念。那是20世纪80年代初，"吃货""本地膳食者"这类词汇大家都还不会用，而我母亲却走在新兴野生蘑菇市场的前列。

她将蘑菇卖给"蘑菇女士"，这是一家为美国太平洋西北地区所有餐厅和专营商店供应蘑菇的分销商。有一回，母亲在出货的途中接我放学，我们开过几条蜿蜒的土路，赶到了蘑菇女士的路边收购站。能作为母亲谈判的秘密参与者，实在是一种罕有的款待。当时还有一群"猎手"在卖货，但母亲的货比他们的好十倍。我环顾四周，谁是专业人士，谁是业余爱好者一目了然，我母亲在一边，其余所有人在另一边。没有我母亲的供货，任何自称"蘑菇女士"的分销商都保不住名头。经过那次卖货之旅，我知道了谁才是真正的蘑菇女士，那便是我母亲。夏季她是黑莓女士，秋季她是蘑菇女士。

我不知道她是怎么做到的，但她凭一己之力就为整座镇子提供了野生食材货源，后来更是扩大到整个地区。她坚持了六七年，在此期间，还一直上夜班。或许究其根本，她是不想看到周围的人再挨饿。

在我的童年，厨房里没有一刻是没有备足存货的。她会将绝大多数收成卖掉，但她的规矩是，先留一部分给家里。差不多在她开始去野外采掘食物的时候，父亲扩建了家里的房子，新建了一间食品储藏室。工业冷冻柜里装满了黑莓，背后是一套纵深很深的架子，尺寸约为十乘十英尺，里面满满当当都是我父母的劳动成果。架子上挤满了一排排玻璃密封罐，其中有两台架子分别放着黑莓酱和野蘑菇，其余的则装着我父亲用他那块一英亩大的菜园种的东西——玉米，菜豆，番茄——以及他们一起在当地果园里采摘的核果。我从没见过哪个厨房像我童年家中的厨房一样储存着如此多的食物。

我花了很长时间才意识到，母亲的产出非同一般，绝大多数人干活都不及她快，都无法像她那样一连许多年都睡很少的觉。她竟然能够做好这么多事情，儿时的我对此一直钦佩不已。对我来说，她是那样高大，是森林女神、大地之母、养家之人的结合体，有点像香水广告里的那类女人，能带培根回家，还能用平底锅把它们煎熟。她迅速成长为一名职业食材采掘者，但我却没能发现，黑暗即将降临。

新泽西捷运，2001

母亲很少允许自己外出，要外出都是"绝对必要"的场合，某次，我们一同乘坐火车从新泽西去了纽约。经过工业化的东北走廊中风景更秀美的地段时，我看到她睁大眼睛望着窗外。她被外面的什么东西吓呆了，脸在抽搐。

"你看到什么了，妈妈？"

"艾蒿。好多艾蒿。"

"是什么？"

"那些植物，你看到了吗？"她指了一下，但火车在前进，我只能看见一片模糊的绿色。

"是什么样的？"

"我不知道在英语里叫什么。"她伸出食指，然后用另一只手的拇指和食指将指尖紧紧捏住，"叶子大概有这么大，是银色的，背面发白。到处都是！天哪！能做极美味的汤。"

整趟旅途中，她的关注点都没变过，每过一两站，她都会瞄一眼车门，想看看在火车开走之前还有没有足够的时间去摘一些艾蒿。十五年后，我才注意到母亲停止采掘食材后姗姗来迟的脱瘾表现。那些艾蒿在嘲笑她，让她到外面去。她瞥见了东北部荒野生长的物产，却无法去品尝。

一连几个星期，她都在谈论自己对艾蒿的渴望，以及错失的那次采摘机会。但随着时间的推移，她认输了，重回她知晓火车车窗外生长着植物之前的模式。

新泽西州普林斯顿市，2006

又过去了几个季节，我开始定期为她做饭，因为她自己已经无法再做饭了。她不喜欢我在餐食上花费太多时间或金钱，但每逢假日，她会允许我大肆挥霍。"好吧，我们买最好的肉，因为圣诞节一年只有一次。"她会这样说。准备牛里脊肉大餐成了我们的传统，我一般会做红葡萄酒酱来搭配，不过有一年我买了野蘑菇作为替代，为了重温旧时记忆。那年平安夜，我一推开她公寓的门，就宣布了这个消息。

"妈妈！我要做蘑菇来搭配烤肉！"

"啊，真的吗？你买了什么蘑菇？"

"鸡油菌!"

"鸡油菌啊?你花了多少钱?"

"啊,真的很贵。你还是不知道好。"我一般不愿告诉她东西的价格,但我永远都无法对她撒谎,"全食超市卖四十美元一磅!"

"四十美元一磅?!哇啊!"

"太贵了。我知道。但今天是假期嘛。"

"四十美元一磅!我以前经常一摘就是好几千磅!你记得吧?"

"真有那么多吗?"

"嗯,小意思!"她似乎被我的问题分了心,"或许还不止几千磅呢,可能上万。"

记忆拨动了悲喜交加的和弦。到那时候,她已经闭门不出十二年了。

"记得我是怎么做给你吃的吗?"她问,"我经常把它们和培根、洋葱放在一起煮,然后盖在米饭上。你们小孩可爱吃了。"

"是,真的很好吃。你是个厉害的厨师。"

"四十美元一磅!"她又激动起来,"哈!它们甚至没那么特别,不比牛肝菌,现在竟然成了好东西。可是鸡油菌卖四十美元一磅?"

"妈妈,别烦恼。我们只管享用晚餐吧。"

"我无法相信。"她摇摇头,叹了口气,"我现在可以赚这么多钱。"

寒来暑往,她闭门不出的年数超过了她自由生活的时间，那时候，自然世界曾是她的地盘。我在想，这么多年过去，她对森林的感官记忆是否已经变得模糊，她个性中的野性是否终于消退了呢？每隔一段时间，第一场春雨之后，当她眺望窗外，盯着远处的树林时，我都会在她眼中看到一种熟悉的饥饿感。东北部很少有针叶林，但榆树很多，这种树死后会生出一些极小巧的蘑菇。我母亲会低声念叨它们的名字，随着呼吸一起，声音几乎轻不可闻。

"羊肚菌。平菇。鬼伞菇。"

她会想象公寓墙外的地平线，若有所思地大声问道："你说那里长着什么呢？"

第三部分

PART 3

精神分裂症讲述的是贫穷、暴力和身处失权位置如何将我们逼疯的故事。

——T. M. 鲁尔曼,《我们最令人不安的疯狂》

7. 精神分裂发生学

> 遭受羞辱、虐待和欺凌的人患病的可能性更大。生来贫穷或生活贫穷的人患病的可能性更大。黑皮肤的人在白人社区患病的可能性更大……遭受生活打击之时,人们罹患精神病的风险更高。[1]

SCHIZOPHRENOGENESIS(精神分裂发生学)= schizophrenic(精神分裂症的)+ genesis(发生学),意思就是:精神分裂症的产生。这个词有时指精神分裂症的发作,有时指起因。心灵裂变的故事。身处失权位置的故事。

华盛顿州奇黑利斯市,1986

地上到处都是腐烂的水果,小小的紫色果实渗出甜美的黑色汁液,流入灰尘之中。它们已不再适合制作油酥面饼,已经变成了蜜蜂的美酒。

这是母亲常来的一块黑莓地,腐烂的气息在夏末的微风中飘荡。很快就会下雨,松树、冷杉和其他各种植物的落叶会铺成一条毯子,掩盖那些死去的莓果。不远处,一棵橡树或榆树会生病,枯萎的身体将滋养新的生命——树干上可能会钻出一簇舞茸菇。我母亲今年将不会去那里采掘。

季节将再次变换,对气候温和的美国太平洋西北部来说,这里的冬季冷得反常。有时一连好几个星期都看不到太阳,母亲要找到在室内打发时间的新方法。有时,她要花时间照顾我生病的父亲,他第三次和第四次心脏病发作时,要看护他,不过更多的时候,她会被家里新买的遥控电视吸引。她会坐在米色的组合沙发上,双脚也踩上去,在《幸运之轮》和《狂野小丑》电视节目中寻找隐藏起来的信息。她会在显而易见的信息之外寻找线索——主持人帕特·萨亚克抑扬顿挫的声音、手腕的快速移动、轮盘的转速、小丑和魔鬼的图案,以及所有这些元素的重复模式。

春天将再度到来,但她不会再出门去寻找蘑菇或蕨类,夏天她也不会再去寻找黑莓。她再也不会涉入荒野。

我十五岁那年,因为母亲生病,父亲的病越发严重,世界变得一片黑暗,我们的厨房也变得空空落落。我感受到的稳定或动荡,从前一直和母亲的健康相关,当她采掘食材时,家庭生活就让人备感踏实。但不知为何,我几乎没注意到她是在何时突然不再去森林的了。她不再去做她最爱做的事,这本应是个警告,她正慢慢患上西医中所谓的"精神疾病",韩国人可能会将其描述为"精神受苦"。不管你选择怎么称呼,我花了一整年时间才看清,那东西正在吞噬她。

她的病情一开始并不明显,被我父亲的病给盖过去了,他的病是可识别的，但精神疾病永远无法像它那样确诊。1986年，父亲第三次心脏病发作。

当时我在念高二，应该是在9月底或10月初，一个温和的秋日，母亲来网球训练场接我去医院。自从七年前哥哥成为镇上的网球明星以来，教练为我家投入了许多心力，他找到母亲，表达了对我的成绩的担忧。

"我注意到格蕾丝最近注意力不集中，"他说，"她需要加把劲。"他身高六英尺八英寸，比母亲和我高出一英尺多，可以说是在居高临下地和我们谈话。

此事就发生在那三个男孩打断我的练习，当着全队人的面假装强暴和嘲笑我之后不久。母亲对那件事一无所知，所以给出了一个不同的解释。

"你知道，格蕾丝最近有些伤心，因为她父亲犯了心脏病。"

"妈！"我小声叫道，因为她暴露了如此隐私的事情而感到窘迫。

"不不，没关系。"教练先是向我保证，然后又将注意力转回我母亲身上。

我为自己的窘迫而感到尴尬，好像我是个坏女儿，吝于表露悲伤。

两个大人继续谈论我父亲的病情，我则一边用球拍敲打自己的小腿，一边看着空中飘浮的积云。我脑海里充斥着父亲第一次心脏病发作时的画面，当时我七岁，去重症监护室探望他。"格蕾丝呀，告诉爸爸，你给他买了什么。"母亲是指我坚持要买的紫罗兰。但我的舌头却仿佛是铅做的，一点都不听使唤，我挣扎着伸出双手，将花盆捧到了父亲面前。

怎么回事？为什么不吭声？我以为父亲会这样说，但他也说不出话来。他的嘴唇做出了"谢谢你，宝贝"的口型，声音却咿咿呀呀不成语句。

我的恐惧越发强烈，因为我想起那些紫罗兰被病房刺目的白光照射的样子，父亲的胸膛被切开了，所以脸色格外苍白，如同馅饼面团的颜色。淡淡的花香中混杂着死亡与消毒剂的臭味。

我不敢想象再去医院会发生什么。我只想完成网球训练，然后和珍妮出去玩，听"治疗"乐队的歌，讨论男孩们。有时我们也谈论重大的哲学问题。"上帝不是天上的某个人，"有一次，我们躺在高中校园的草坪上凝望天空时，她对我说，"上帝就是天空，是云朵，是树林，是你和我。"

我的意识飘回到当下，我听到网球教练在祝福我父亲能早日康复。我看见珍妮的金色鬈发在球场那头晃动，她在挥手告别。

"Gaja。"母亲说，意思是"走吧"。

我们上了汽车，去医院看我父亲，再一次地，我坐在病床旁的椅子上看着他，没有说话。

父亲再次成了病人，母亲成了护士。他们这时已经熟悉了各自的角色。母亲总是确保遵循医嘱，围绕着父亲想吃的东西规划菜单，但只要医生吩咐减少钠和饱和式脂肪，或者增加膳食纤维的摄入量，她都会做出调整。而且在"植物蛋白"这个概念尚不流行的时候，她就在制作"大豆蛋白香肠"和豆腐菜肴。她一直担心父亲的心脏，努力让他不做需要耗费很多体能的事。她做两份工作，以便不多花他的钱，即便如此，她还是会把房子打理得一尘不染，十分舒适。这是她的第三份工作。

她之前从未逃避自己的照护职责，但当医生建议父亲要减轻压力时，她能做什么呢？我父母的关系本身就压力重重。不满和过劳撑爆了她的情感裂缝。父亲总会对她的挑衅做出反应。

他唯一知道自己要做的，就是从商船船长的岗位上退休，但退休又引发了新的压力，主要是金钱方面和我的母亲。

父亲的退休导致他俩的冲突进入了一个新的阶段。这是他们自相识以来，第一次在一起生活超过三个月时间。在船长的岗位上，所有船员都是男性，全都任他差遣，离开这份工作回到家中，同焦虑的青春期女儿和脾气火爆的妻子一起生活——这两个女人他都无法控制——一定是个艰难的转变。他的健康状况很糟，总想随时都能成为大家关注的焦点，但母亲这些年来却变得越来越独立，即便她能，也不会满足他这个需求。每过一天，他的痛苦都稍有增加。这让我纳闷，这些年来，距离是否一直是维系我父母关系的黏合剂。

家庭争吵成为一种常态，他们中总有一个人扬言要离婚。我大部分时间都待在房间里，努力将父母和他们之间的问题挡在门外。有一次，尽管我把音量调到了最大，用"苏克西与女妖"乐队的《幸福之家》来掩盖他们的争吵，但我还是听到母亲大吼："等格蕾丝去上大学了，我就离开你！"

实在是太过分了。我冲出去大喊："现在就去离婚吧，这样我就不用再听你们吵架了！"我的爆发吓得他们暂时屈服，结束了争吵，但我没有幻想过自己有任何力量能真正改变事态。

他们在一起的时间越来越多,不仅是因为父亲不再工作,还因为母亲也突然不再去采掘食材,更多地待在家中。父亲没过多久就开始抱怨,说希望能回到海上,说母亲会害死他。我父母的婚姻关系一直都不稳定,有时还会发生暴力冲突。在我的记忆中,他们之间最令人难忘的一次争吵发生在我非常小的时候——当时我身高只到父亲腿部,那么一定是在我两岁或者三岁的时候。父亲可能觉得我年纪太小,不可能记得。的确,这件事在我的记忆中被压抑了十多年,直到有一天他嘲笑母亲有大象血统,因为她的鼻子里有象牙。

"你的鼻子里为什么会有象牙?"我笑着问。但母亲的表情并没有显示她觉得好笑。

"鼻子断了,他们用象牙修补的。"她嘟囔着移开视线。我能感觉到她的愤怒,其中掺杂着怨恨和羞愧,于是知道,不能问是怎么断的。

然后,记忆涌上心头。

我父母在餐厅里冲彼此吼叫,事态很快就升级了,父亲打了母亲。我哭号着求他别打了,但他又打了起来。我朝父亲跑去,伸开胳膊抱住他的腿,踩在他的脚上,想着这样就能拖住他,好让母亲有时间逃走。但父亲拖着我走,还是将母亲逼到了角落。我看不见发生了什么,因为我的脸埋在他的大腿上,但接下来我听到骨头撞击碎裂的声音,母亲在尖叫。我咬父亲的腿,他用力一踢,将我踢飞出去,撞在餐厅的椅子上。他甚至连看都没看我一眼,但也可能是因为我没有发出哭声。摆脱束缚后,他又开始殴打母亲。面对他殴打母亲的画面,我无比恐惧,以至于我的身体甚至都没有感觉到疼痛。我爬起身来，再次朝他的腿发起攻击。

我写到这里时，已是一个幼儿的母亲。我几乎无法理解，父亲当时到底有多激动，才会看不见自己对我做了什么，看不见他对我造成的伤害。以及他在我心中种下的种子。二十多岁的时候，我曾试着和他谈过这件事，但他非常吃惊，甚至无法理解我为何会质疑。"那是她活该！"他举起双手，坚称道。

我不记得那次殴打是如何开始和结束的，也不记得它事后造成了怎样的身体伤害，甚至无法确定那次殴打是不是我母亲鼻子断裂的原因。我唯一能确定的，就是那些烙印在脑海中的片段：尖叫声、捶击声，还有餐厅里的椅子。最重要的是，我记得自己紧紧抱住父亲的腿，仿佛把整条命都押在了上面。

蹒跚学步时见证的那次殴打并非父亲唯一一次对母亲施暴，但随着他年纪的增长和体能的衰弱，母亲变得不那么好对付了。有一次，在我读八年级时，她绰起一把和我当时摔倒后撞上去的椅子一样的餐厅椅子，砸向父亲。我没有目睹那一幕。我走进去的时候，事态已经平息。父亲在浴室的一个柜子里摸索，然后用颤抖的双手打开一盒创可贴。他的眼镜断成了两半，锯齿状的金属框割伤了他的鼻梁。

"这样你该长长教训了，看你还敢不敢惹我，你这个一无是处的浑蛋。"母亲在走廊里啐了一口。

"你母亲拿椅子砸我！"父亲对我说道，我瞠目结舌地看着他们两个。

在这些插曲发生之后的日子里，我父母就像什么都没发生过一样继续生活。他们的争斗就像风暴，打破了沉闷的天气。

但随着父亲健康状况的恶化,我变得更加同情他,到我上高中时,我经常会站在他那边。跟母亲一起生活,已变成一种挑战。

她经常会焦虑不安,纠结于镇上的某些人,为他们对她的事情"指手画脚"而耿耿于怀,经常会担心绿山的同事或我们的邻居在散播我们家的谣言。这并不新鲜,因为我们长期以来一直是八卦的对象,但之后她疑心越来越重,许多人都被列为潜在的敌人。根据六度分隔理论,凡属于她不信任之人小圈子的成员,都会受到她的审视;而那些人的密友则会被自动列入黑名单。很快,整个地区都成了恶意行为的温床。

有一天,我在厨房给一个朋友打电话,听到有人窸窸窣窣地拿起了父母卧室里的分机。母亲的声音打断了我和朋友的交谈,她严厉但冷静地说道:"挂断电话。立刻挂断电话。"我照做了,出于尴尬。

"天哪,妈妈!你为什么要那样做?"

"你不准再和那个朱莉说话。她是坏人之一。"

"你在说什么啊?"

"她住在阿德纳,不是吗?"

"所以呢?"

"你不知道吗,格蕾丝?"她似乎被我的天真激怒了,"那个镇上的人全都想伤害我们。"

"我的天哪!"我大喊着哭了起来,然后冲进了自己的房间。

几个月以来,她一直对父亲说,有人在监视她、在背后议论她，或者公然与她对抗。我不记得父亲是否对此做过什么，或者只当她是在"胡扯"。

1986 年 3 月 24 日

爸爸：

你好！你最近好吗？我很好……妈妈想给你写信来着，但她一直很忙。她在帮默多克夫人打理院子。她关于绿山的那番胡言乱语着实把我给逼疯了。或许她没有胡说，只是太过夸张。任何友善对我的人，她都觉得是想伤害我。她已经毁了我的社交生活。不只是学习成绩，良好的社交生活是很重要的，尤其是在我这个年纪。我认为在这一点上你比妈妈更懂。好了，我没有别的事可说了。我只是想跟亲爱的爸爸道声好。妈妈要我转达她的爱。我也爱你，即便我们有时候相处得并不融洽。我不知道没有你我该怎么办。

永远爱你的，格蕾丝

2016 年，我发现了这封寄到关岛给父亲的信，那里是他退休前最后驻扎过的地方。这是我对那一年所发生之事持有的唯一切实证据，但它却与我的记忆相左，因为我的记忆告诉我，母亲的妄想症始于秋季。

我不记得父亲有没有回复这封信，甚至根本不记得自己当时竟然写过它，但现在我看到的却是，我的言语间其实是在求助。1986 年 3 月，我内心已经把母亲的抱怨判定为"胡言乱语",不过我也有一丝怀疑,也许她讲的是真话。

她的抗议中有一些真实的成分,不只是疯子的胡言乱语。有多少次,讲真话的女性却被贴上了疯子的标签?到纽约读研究生后,我经常问自己这个问题。

记忆中我第一次明确表达对成年生活的期望是在1984年。当时刚出版第一部作品的西雅图新锐作家丽贝卡·布朗[*]来我所在的初中开了一个创意写作工坊。她走到我桌前,问我的愿望是什么,我毫不迟疑地告诉她,我想生活在纽约。"你很适合那里!"她说。

我虽然不确定她是什么意思,但我把她的话当作褒奖。我其实也不确定自己想表达什么意思,我只是觉得纽约和奇黑利斯截然不同。纽约是个大都市,充满了可能性,充满了形形色色的人。

到1986年,我对自己想逃离什么有了更具体的认知。我想逃离的不只是我父母,还有整个小镇。那里思想狭隘的人憎恨我爱的一切,憎恨我的一切。他们的任务就是传播他们的仇恨。十五岁时,我还不知道他们的组织性有多强,也不知道,正是这些人在让我母亲遭受折磨。

除了在绿山的同事,另一个让我母亲最头疼的团体是约翰·伯奇协会,这是一个成立于1958年的极端右翼组织,其名称源于二战末期一个被中国人杀死的美国人。他们的任务

---

[*] 丽贝卡·布朗(Rebecca Brown, 1956—),美国作家、教师,居住在西雅图,曾荣获华盛顿州图书奖等奖项,作品包括《美国恋爱故事》(*American Romances*)、《可怕的女孩》(*The Terrible Girls*)等。

是铲除美国的共产主义思想,从而支持冷战。在他们看来,废止种族隔离政策、公民权利及任何类型的社会福利或社会公平,都是共产主义削弱美国的阴谋手段。他们提醒追随者要注意政府的阴谋,还会给"人权"等词汇打上表示强调的引号。

但美国主流社会很少有人认真对待约翰·伯奇协会。1961 年,《纽约时报》贬斥他们是"极端分子";1963 年,鲍勃·迪伦写了一首辛辣讽刺的歌曲,即《谈谈约翰·伯奇妄想症蓝调》。到 70 年代,他们似乎已经淡出了美国政界。但在奇黑利斯这类地方,在我们一家还住在那里的时候,该协会依然活跃,并为汉密尔顿农场的招牌提供了许多口号标语。

我母亲经常会猜测,哪些邻居和同事是伯奇党。即便是在当时,我觉得她的警惕也并无任何不合理之处,因为众所周知,那群人想清除镇上的移民,尤其是从共产主义国家来的人。当时,华盛顿州乡村地区的白人开始认识到,韩国是一个独立于中国和日本之外的国家。人们的问题开始从"你是中国人或日本人吗"变成"你是朝鲜人还是韩国人"。但如果提问的是伯奇党人,无论哪个问题都是危险的。当心咯,你们这些共产主义者![2]

二十五岁时,我搬到纽约继续我的研究生学业,而在那里遇到的同龄人中,没有一个人听说过约翰·伯奇协会。感觉就像是,我搬到了一个很远的地方,远远离开了成长年月中充满憎恶与偏执的政治氛围。但到了 21 世纪头十年的中期,进步媒体上开始出现该组织重新崛起的新闻报道。一些文章发出警告，称该组织对共和党的影响正越来越大，如果不认真对待，可能会对美国民族造成威胁；另一些文章则辩称，损害业已造成，他们已经扎根得够深够广，遍布美国的保守地区。一位观察家指出，特朗普的当选就是该组织对美国政界持久影响的证明。

2018年，约翰·伯奇协会的网站在谈论所谓的移民车队时称："这是一种入侵，而非'人权'。"这篇文章敦促读者给总统打电话，要求建设一座军事化的界墙，结束政治庇护。

在奇黑利斯这一类宁静的乡村社区，他们查处共产主义者的秘密行动有了成效。伯奇党人的议程将成为国家法律。耶呜，我现在是个名副其实的约翰·伯奇党人了！[3]

尽管我父母似乎对彼此的存在越来越没好气，但他们内心对彼此依然残留着些许忠诚，父亲催促母亲辞去工作，因为她回家时总是很苦恼。

母亲真的辞去了绿山的工作，不用工作也不用采掘食物之后，她的生活突然间静止下来。她开始看电视，这是她以前很少有时间和兴趣做的事，我一开始觉得，休息一下对她会有好处。她尤其被《幸运之轮》吸引，会生动地小声自言自语，讨论谜题，有时只是猜测隐藏的词汇，有时则是质疑背后的含义。"我说啊，他们为什么要说那个？"她会停下话头，像是在倾听，眼睛专注地盯着屏幕。"你们说那话是啥意思呢？"

也有些时候，她似乎在跟一个并不在场的存在物说话——对着家什小声说几个字和句子。我来回犹豫，担心她出了心理问题，又告诉自己，大家偶尔都会自言自语。但母亲不只是说话这么简单。她似乎在小声与某人争论，有时会非常激动，以至于无法专心应对真正在同她说话的人。

有一天，我们去购物，路上停下去银行存钱。我们把车停在免下车服务处，一个漂亮的金发出纳员热情地招呼："你们今天过得好吗？"

"很好。谢谢，你呢？"我母亲回应道。

"哦，也没什么可抱怨的。唐最近感觉如何？"

我母亲皱起眉头，瞪着那位出纳员。"你别再谈论我的丈夫。"

女出纳员吃惊地说："哦，我——"

"这不关你的事，"我母亲眼神凌厉，厉声说道，"你为什么总在我家周围四处打探，嗅来嗅去的？你想对我们做什么？"

"妈，别说了。"我恳求道。她又盯着女出纳员看了一会儿，女孩此刻已经呆住了，接着她才驾车离开。

"你为什么要那样做？她什么都没做！"

"你没听到她怎么说你父亲吗？"

"哈？那只是人们寒暄时的客套话。天哪，妈妈！你怎么回事？"

那时候我以为，她一定是觉得那个金发女孩对我六十七岁的父亲有所图谋，但现在想想，更有可能的是，母亲的大脑把"唐最近感觉如何？"这句话翻译成了完全不同的意思：唐在菲律宾真的还有一个家庭吗？你太傻了，竟然相信他会忠诚于你。唐在向俄国人泄密。他向戈尔巴乔夫举报了你在朝鲜的哥哥。朝鲜……你最好当心，因为伯奇党已经盯上你了。

精神分裂发生学

她越来越以为，人们散播的有关我家的谣言都与高调的政治家有关。我之所以会意识到这一点，是因为发现她穿着浅蓝色裤装，在房子里跑来跑去找车钥匙。

"妈妈，怎么了？"

"我必须去参加一个重要会面！我要迟到了！"

"什么会面啊？"

她停了一分钟，严肃地看着我。"格蕾丝，我必须告诉你一些事。"

"什么事？"我的心开始怦怦撞击。

"人们在说咱们家的坏话，我必须去澄清。"

"什么坏话？"我感觉自己被冻住了，像是在噩梦中被人追赶，双腿却无法动弹。

"他们说你哥哥是布思·加德纳的孩子。"

"什么？那太荒谬了！"我虽然知道人们对我们的出身有所怀疑，但谁会相信我母亲跟州长有染？

"我知道。谁会散播那样令人讨厌的谣言？你知道，格蕾丝，这不是真的。我从未对你父亲做过那种事。"但她的解释却更不合理，因为我哥哥并非父亲的亲生孩子。哥哥在我父母相识的五年前就已经出生。

"妈妈，那太疯狂了。谁会说那样的话啊？"

"那些人想毁掉我们家！我现在必须去见见布思，好让他洗清我的污名。他在等我！"她匆忙冲出家门，消失了两个小时。

她真的和州长有约吗？如果你只是个普通人，这种事是可能做到的吗？如果她直接找上门要求见州长呢？他们会叫保安把她关起来吗？她回家后表示，会面进行得很顺利，再没什么可担心的。我无法再否认母亲出了问题。

一开始我试图寻找"合理解释"——人们为压抑直觉总会为自己找各种理由。父亲一直把她的古怪举动归咎为更年期作祟，他可能持一种过时的观点，认为"人生变化"所导致的"疯狂"根本不是疯狂——不是一种值得认真对待的严重苦难——而是一种女性的弊病。[4]

几十年后，研究者才发现，伴随更年期而来的雌性激素水平下降实际上可能是精神分裂症的诱因，雌性激素疗法可能是一种有效的治疗方法。[5]十五岁的我对于更年期和精神分裂症都了解甚少，所以我一开始也追随父亲的思路，认为母亲"只是到了更年期"。

或者也可能是悲伤所致。几个月前，我的外祖母去世了，她和我的表哥振浩及表嫂阿顺在美国生活了近五年，振浩在战争中失去了双亲，是外祖母将他养大成人。

在那些年里，我们差不多每个星期六夜晚都是在俄勒冈州的外祖母家度过的。在那里，我们所有的食物都盛在碗里食用：一碗米饭，一碗汤，小碗泡菜和调过味的蔬菜，一个浅盘用来装炖鱼或酱牛肉，最小的碗装酱汁。每顿饭吃完，剩菜都会留在碗里，用外祖母从韩国带来的方形硬挺菜罩罩起来。

在1980年，外祖母刚刚移民过来时，年纪似乎就已经很大了。她出生于1900年——日本入侵朝鲜半岛之前，那是工业化开始之前的时代，半岛因为意识形态一分为二之前。她将白色长发挽成发髻，用一根木簪固定，穿传统韩服和胶鞋。因为一辈子用脑袋顶包袱、背孩子，外祖母的背是

精神分裂发生学

驼的,身高只有四英尺十英寸,是个名副其实的小老太太。

她从未想象过韩国能实现现代化,更不可能接受现代美国的生活方式,不过她的确喜欢用一半鲜奶油一半牛奶泡加糖玉米片吃,喜欢看世界摔跤大赛的壮观场面。晚饭过后,她会把我叫到电视机前面——"格蕾丝呀!来看摔跤大赛。"——她会坐在地垫的边缘,掉光牙的嘴巴嘴角上扬,露出微笑。在假血开始喷洒的那一刻,她会鼓掌喝彩:"哎呀,真讨厌!"多么奇异和刺激!

星期日早上,母亲和我准备返回奇黑利斯时,外祖母和我会看到我们两家展开食物交换仪式:母亲带来了一后备厢的新鲜食材,都是她自己采摘的,外加黑莓馅饼和果酱;振浩和阿顺则会搬出一个装满鱼的冷藏箱。双方都会拒绝一番,然后才做出让步。"哎呀,振浩啊!快回去吧!"* 母亲会用老家方言叫嚷,结束这场僵持。快回去!

多年后我才意识到,这些周末探亲的经历让我深刻地感受到,我属于一个家族,而对我母亲来说,这样的归属感甚至更为强烈。

外祖母的葬礼是在波特兰的一座韩国教堂举办的,她和表哥一家以前经常去那里参加活动。祭坛上陈列着外祖母的一幅放大了的大头照,她黄褐色的皮肤上有深棕色的雀斑,嘴唇和眼皮因为八十五年艰苦岁月的重压而耷拉着。照片前方有张镶嵌着螺钿装饰的桌子,上面摆满了水果、年糕、饺子、煎葱饼和其他十几种由阿顺和我母亲准备的食物。焚香的气息飘荡在空气之中。我不认识到场的其他人,但他们一

---

* 此句原文为韩语。

个个都走上前，在我外祖母的照片前鞠躬。整个仪式过程中，母亲一直在哭——那是一种用喉音发出的深沉哀号，那声音充满了整座教堂，响亮而悠长，足以向无数死者致哀。

当遭受生活危机或某种巨大、悲惨的失望刺激时，精神分裂症就有可能发生……一开始的崩溃往往是隐蔽的，起初看起来很轻微，但会造成严重的影响。[6]

一天晚上，即将入睡时，我感觉到房间里有个奇怪的东西。我睁开眼睛，看到一个小小的黑影站在床尾。"房子里有恶魔。"它说。我吓坏了，但当我的眼神聚焦以后，我看到那是外祖母。她穿一件白色韩服，外面罩着一件明黄色的针织背心。她身上散发着一种光明的能量，她在用一种无声的语言说话。"妈咪生病了。替我照顾她。好吗，格蕾丝？"她叫我的名字格蕾丝时，我感觉到她满是皱纹的小手在轻轻拍我的脚。我想回答她，但不等话语到舌尖，她就已经消失了。

第二天早上，我告诉母亲："昨天夜里我在床前看到外婆了。我不确定是真的看见了，还是在做梦。"

"是吗？哦，我也想见见她。"她叹了口气，"我快窒息了。她那么爱你。"

在母亲宣称与州长会面几日之后，我想起这个梦，以及她的反应，以为那个梦的意思是：希望我能满足外祖母的愿望。我不敢对任何人提及这件事，只能自己动手。总之，外祖母指定我为母亲的看护者。那么，这件事就不应该转移给其他任何人。

每天午餐休息时间，我都会避开朋友们，到学校的图书馆去，躲在书堆里阅读十二年级的心理学教科书及临床诊断手册。我不记得自己是否跟珍妮说过这件事，不过我肯定对家里隐瞒了自己的研究，直至我用充足的精神疾病知识武装自己，提出一个可信的论断。

精神分裂症的诊断标准

A. 在疾病的某一阶段，至少出现下列症状之一：

——怪异的妄想（内容显然很荒谬，缺少可能的事实依据）……

——如果伴随幻想，则幻想表现出被害或嫉妒内容……

——幻听……

——明显不合逻辑的思维……

B. 工作、社会关系和自我照顾等方面的能力较从前有所退化。

C. 持续时间：疾病迹象连续出现至少六个月……[7]

我阅读的每一本书中都或多或少说了同样的内容，我开始确信，我母亲是精神分裂症患者。但高中图书馆里并没有能够帮助我了解致病原因的书籍。有些书当时甚至尚未写出。

在1986年，精神病学研究的主流思想是，精神分裂症是一种随机、严格的生物学现象，是一种由基因引起、可通过药物干预治疗的大脑故障，即"生物—生物—生物"范式。[8] 成因和疗法都无法在社会层面中找到。

80年代的生物医学模型完全颠覆了60年代的精神分析模型，后者将精神分裂症归因于人们的童年及其对母爱缺失的反应，出现了"精神分裂症源性母亲"这类术语。而生物—生物—生物范式则不再责备母亲，但它也传递了这样一条信息，即如果你有此类基因，那么精神分裂症将是意料之中。社会没有任何责任。

三十年后，研究才回到另一个方向，指出："我们现在有直接证据表明，某些社会环境比其他环境更容易导致人们罹患精神分裂症……这个社会的什么东西刺激了我们。"[9]

那年哥哥回家休假时，我私下里找他和父亲到办公室里谈过。他们等待我发言的时候，房间里的气氛变得很紧张。"我觉得妈妈出了些问题。"我说完，忍不住哭了出来。我忘了事先准备好的说辞，说我一直在阅读《精神障碍诊断与统计手册》[*]，她的每一种奇怪行为都与精神分裂症的症状相符。我跳过了这一整段介绍，脱口而出："她患了偏执型精神分裂症！"

父亲和哥哥异口同声地表示否认。

"什么？不可能！"哥哥叫道。

"你怎么能那样说你母亲？你这该死的骗子！"父亲说道。

父亲猛烈指责我时，我的心碎了，不光是因为我想捍卫自己的人格，还因为我也无比希望他是对的。我当时十五岁，完全不知道还能怎么办。

我在想，如果我不是第一个见证母亲崩溃的人，如果我是刚刚大学毕业的老大，被一个小得多的胞妹告知，母亲已经失去理智，而且得的不是随便什么精神疾病，而是最被人

---

[*] 以下简称《手册》。

鄙视的那种疯病，那我会是什么反应。我可能也不会相信。

但父亲的理由是什么呢？他已经看到了母亲行为的变化，九个月前我曾写信告诉他，情况在恶化。他否认，可能是受恐惧驱使，他害怕母亲消失在她自己的幻想之中，只留下一个妻子的空壳。可能他需要相信，母亲会继续照顾他，直至他咽下最后一口气。

得不到家人支持的我决定去当地精神健康中心寻求专业帮助，找咨询师谈一谈。招呼我进办公室的是个年轻的白人，大概二十过半的样子。十五岁的我并不知道要询问他的年纪和经验。在我看来，二十岁的人是非常明智的。我对自己的困惑感受无能为力，因为我担心找陌生人谈论私密之事从某种程度来说是在背叛我的家庭，但我告诉自己，这样做是正确的，也是唯一应该做的。我希望这次见面能有个圆满结局。我很快就能找回母亲。

"那么，你今天来所为何事呢？"咨询师问。

我担心自己会因为紧张而口齿不清，结果却完全相反。我的表述清晰而果断。"我认为我母亲患了偏执型精神分裂症。我从高中图书馆查了一些书籍，每一条都符合。"

"她有哪些症状？"

"她认为有人在跟踪她，认为罗纳德·里根窃听了我们的电话。她认为我的一个朋友参与了一项政府阴谋。她看《幸运之轮》时会觉得谜题在向她传递秘密信息。"

"你是对的。听起来的确很像精神分裂症……她多大年纪？"

"四十五。"我说。咨询师不安起来，我等待着他继续发言，但他却很安静，仿佛不知下一步该怎么办。

"那么，我该怎么帮她呢？"我问。

"不幸的是，除非她同意接受治疗，否则你什么也做不了。只有当她伤了某人时，你才能送她住院接受治疗。"

"你是说，警察能让她寻求帮助？"

"是的，但……即便如此，我也无法确保能起多大作用。"

"为什么呢？"

"精神分裂症是一种非常严重的疾病。"

我被咨询师的回答弄糊涂了。"可是如果是那样，不是更应该采取行动吗？"

"你母亲四十五岁，恐怕现在已经太迟了。"

"啊？什么意思？"

"如果你早些发现，那我们或许还能治疗。我很抱歉。"

"怎么会这样？你们不是能帮忙吗？你们为什么不帮我？"

愤怒和失望在我心里翻腾，在我的胸口拧成了一个紧紧的结。这个男人说起话来是如此自大，我想扭弯他的胳膊，把它当干树枝一样拧断，直至他大叫，表现出真正的悔意。我眯缝起眼睛，泪水顺着我的黑色眼线滚落下来。

"那就只能坐视不管？现在我回家，只能接受？我只能与之共存？永远？"

"我很抱歉，但我们对你的母亲无能为力。"

这个专家刚刚告诉我，我母亲的生活已经被丢进了垃圾箱，不值得挽救。那是我第一次接触精神健康机构，我没有任何可以参考的框架来评估自己所获得的建议，以理解咨询师做出假设的基础，即我母亲在她二十岁时就已经患上了精神分裂症，这在男性患者中很普遍。精神病学的观点是，等待治疗的时间越长，结果就越糟。他可能以为，我母亲的症状被耽搁了二十年。而传统上有关精神分裂症的治疗经验一直都建立在男性患者的基础之上。

男性的发病高峰在青少年晚期到二十出头之间，女性则是在二十五岁之后。[10]而女性还有第二个发病高峰，始于四十五岁，一般与更年期到来的时间重合，但是研究人员直到1993年才发现这一点，而且这一发现从未成为主流认知。[11]

"一百年来，年龄一直是精神分裂症的诊断标准，在《手册》中也是这样说的，精神分裂症有时存在年龄限制：直到80年代，一个人如果超过四十岁，无论男女都不可能被诊断为精神分裂症患者。"[12]直到2020年，"网络医生"等热门网站仍宣称："十二岁以下或四十岁以上的人很少会患精神分裂症。"[13]但关于精神分裂症的认知却与现实矛盾，四十五岁的妇女可能正在经历病发阶段。

几十年后回望那一刻，那正是我的"恨"*的起源——这是一个无法翻译的韩语词，意为"对不公之事未得解决的怨恨""一个纠缠在一起、无法解开的……障碍"或"缠结的悲伤"。[14]"恨"不仅代表一种持续创伤和解决方法缺席的意识，它本身也是一种解决方案。[15]去过那家精神健康中心之后的几天里，各种声音侵入我的大脑，齐声喊叫着争夺我的注意力：

她患了偏执型精神分裂症。
你怎么能那样说你母亲？

---

* 此处原文为"han"，为韩语"恨"的拉丁化拼写。

你不知道吗，格蕾丝？那个镇上的人全都想伤害我们。

妈咪生病了。替我照顾她。好吗，格蕾丝？
只有当她伤了某人时，你才能送她住院接受治疗。
她患了偏执型精神分裂症。
你这该死的骗子。

她患了偏执型精神分裂症。
恐怕现在已经太迟了。
好吗，格蕾丝？

接着，母亲和我吵了一架。点燃战火的可能是我们平时就有的某个矛盾：她认为我学习不够努力，或者我的一个朋友是间谍。我觉得这是帮她的好时机。那些声音仍在冲我吼叫，这一次是在告诉我，我需要将战斗升级，以证明母亲是个危险人物。我说了些话来激怒她，让她打我，一些她不可能预料到的话。结果她狠狠地打了我一耳光，在我脸上留下了一个红印子，我拿起电话报了警。只有当她伤了某人时，你才能送她住院接受治疗。

警察上门来逮捕她，但不知为何，我没想到事情会发展到那一步。我以为自己能向他们解释，我希望她能得到与精神病相关的治疗，而他们将告诉她，她必须接受治疗。他们将她铐了起来，那一刻她脸上的羞愧和愤怒打消了我脑海中的每一个念头。

到了警察局，我把精神健康中心那位咨询师的说法告诉了警察，恳求他们送她去医院，而不要将她关进监狱。"对不起,亲爱的。事情不是那样的。我也希望我们能帮助你妈妈,但我们对她无能为力。"这是我第二次听到权威人士说这句话:我们无能为力。

我对那天晚上其余事情的记忆已经模糊不清了,只记得母亲获释后与父亲所说的话。"什么样的女儿会把自己的母亲往监狱送啊?"她说。"你是这个家里不受欢迎的人。"父亲说。

我最后一分努力也已完全失败。

高中剩余的时间里,我都在学着与母亲的精神分裂症共处。我任由自己沉迷在音乐、文学和男孩子之中,抽大麻,每天躲在珍妮家。

母亲会自言自语,会将大量精力用来与伯奇党人及罗纳德·里根做斗争,但她还算正常,所以家里人都设法假装我们是个正常人家。随着时间的推移,我们大家学着忘记我对她做过的那件可怕的事,忘记那些声音是如何迫使我做出那件事的。的确,有些时候,她还是从前的自己,足以让我相信她已经恢复。有些时候,她会离开电视机,花一天时间去"任你摘"农场采摘草莓,第二天制作果酱,或者做一顿大餐,尽管没有什么特别的事。还有些时候,她会说一些政府尚未在她大脑中安装监控设备时经常说的慈母教诲。我从来没有上学的机会,但是你有。格蕾丝呀,继续用功学习吧,你可以做任何事。你的前途是那么光明。

或许那正是我毫不犹豫去了三千英里外的大学念书的原因,因为我拿到布朗大学录取通知书那天,父亲泣不成声,双手颤巍巍地把那封信读了一遍又一遍,因为母亲人生中第一次喝了一杯香槟，在客厅里转着圈跳舞，因为我知道对我出身无名家族的父母来说，这是一件多么惊天动地的大事。从我意识到母亲心愿的那一天起，我就知道她希望我能进入常春藤盟校。

我为自己被录取而感到无比自豪，父母的喜悦更是放大了我的骄傲。最重要的是，我感受到了自身欲望所带来的痛苦。我想超越悲惨小镇和母亲的妄想症的束缚。世界再一次变得无限广阔，我将走出黑暗的青春期，走进另一个春天，生活将重新开始。

而且，去上大学让我与家里保持了距离，加上身处各种思想和批判性思维的世界，这些最终将引导我去探寻母亲精神分裂症的肇因。每一次获得新发现，我的"恨"就与她的"恨"纠缠得更加紧密，我能收集到更多的情感残余*，让我在生活中做出决定时拥有更多的力量。当我努力想解开我们的"恨"时，松开的线头将我带回到1986年，十五岁的我第一次通过"用后即弃"的视角观察母亲，第一次意识到，她的人生被骗走了，她被丢弃在大地上，像个孤魂野鬼一般四处游荡。

三十二年后，我仍然努力想解开这个结。

纽约市，2018

我目前正在教授一门精神疾病社会学的本科课程，内容是关于社会精神健康环境的恶化，而社区被认为是替代精神

---

* 情感残余（emotional residue），心理学术语，指人们的情感在物理环境中留下的痕迹。

疾病治疗机构的更为人道和有效的方式。母亲的第一位美国英雄约翰·F. 肯尼迪于 1963 年签署了《社区精神病保健中心法》，但政府对社区精神健康机构的投资从来都不能满足所有人的需求。1981 年里根上台后，开始削减联邦政府在精神健康服务方面的投入，直至最终减少至原本预算的 11%。[16]

课堂上，我突然产生了一个想法。母亲总是说，里根想把她拉下马，也许她终究是对的。

社区精神健康机构的资金严重不足，会有意疏忽病情最严重的患者，因为病得最重的人耗费的资源最多。

我们对你的母亲无能为力。

在缺乏真正的精神健康护理的情况下，患有精神疾病的人都被关进了监狱，或者被丢在大街上自生自灭。据艾伦·弗朗西斯说，正是由于这些原因，美国才成为世界上最不适合罹患严重精神疾病的国家。[17]

两个星期后，我将带领学生探讨娜可莎·威廉姆斯的案例，这是一位有天赋的年轻黑人女性，她的精神健康状况不断恶化，直至流落纽约街头，无家可归，最终坐在第五大道和 46 街交口的长椅上死去。[18]我的一个学生会说，这个故事之所以吸引她，是因为娜可莎一开始也是个大学生，而同样的结局也可能发生在班上任何一个同学身上。"在我们读过的所有故事中，患者一开始都是很体面的，直至某件事情触发了他们的疯狂。导致娜可莎疯狂的，或许是性虐待。"

那堂课结束后，我将再次想起母亲。1986 年是不是还发生过其他事，某些我还未尽全力去了解的事？我是不是过分执迷于自己所构建的叙事，以至于忽视了眼前发生的事情？我将闭上眼睛，让这个故事的所有碎片散落，但绿山仍将耸立不倒。

记忆将会浮现。

十岁或十一岁的时候，我问过母亲能否带我去她工作的地方看看。我的好奇心让她陷入了恐慌。"不，不，不！"她大喊，"你都不知道那里都有些什么糟烂事！你永远都不能去那种地方！听到了吗？"那时我以为她这样说是因为不希望我接近那些少年犯。

我十五岁的一天，她下班回来，在卧室同父亲交谈，显然很烦躁。房门是关着的。她的声音很尖锐。父亲劝她小声些。母亲对绿山的抱怨已经从"他们是怎么议论我们的"变成了"他们是怎么对我的"。

我将继续深入记忆寻找线索，探寻那里可能发生的事情。他们对她做了什么过分的事？由于无法想起任何具体的线索，我将上网寻找那个地方的照片，以唤起自己的记忆。点击第一下之后，我将看到一些照片，那是一片庞大的建筑群，紧邻5号州际公路，就在76号出口前的路段。草坪边缘和铁丝网栅栏之间有一排白杨树。即便是在小时候，我也觉得它们看上去像一排士兵，或是一个行刑队。再次点击后，我将发现"那里都有些什么糟烂事"。

奇黑利斯绿山学校猖獗的性虐待事件。[19]

2018年，原告对绿山提起诉讼，声称他们在未成年、被关押在那里时多次遭到强奸。"多年来，绿山学校都存在着不当性行为的文化……对投诉的报复和压制现象很普遍……监督人员主动纵容虐待行为，保护施暴者。"[20] "学校至少有六名或更多儿童遭到了工作人员的虐待，（而这）只是冰山一角。"[21] "一名受害者称,他试过拨打《消除监狱强奸法案》(PREA)热线电话,却被拦下不能使用电话。"[22]调查还显示,那些男孩目睹了员工之间的不当性行为。[23]

从2009年起就有虐待的书面记录,当时的厨师迪安娜·威特斯承认犯下了攻击儿童的罪行,并供出了另外五名有虐待行为的员工的名字,换得了三十天的监禁处罚,但那五名员工都没有被起诉或被要求辞职。"那里的文化就是这样,"她说,"这种事一直都在发生。"[24]在另一个案子中,一位名叫埃弗里特·费尔柴尔德的男员工,于2007年被指控对一名女同事实施了性侵。[25]当被要求就2007年及2009年的丑闻事件做出回应时,绿山的负责人却避重就轻:"当一个机构拥有二百五十名职员时,糟糕之事是一定会发生的。"[26]

这些糟糕之事持续了多长时间?受害者鼓起勇气将施暴者告上法庭的时间最早可追溯到2007年,但糟糕之事的持续时间一定比这要长得多。每一个证人,无论是雇员还是被羁押者,在描述中都声称,性侵在该机构的文化中普遍存在、根深蒂固。

1986年,威特斯三十岁,费尔柴尔德二十六岁,我母亲每天早晨下班回家,都为"绿山的坏人"感到不安。有没有可能是他们在那里虐待男孩,攻击其他员工,并要求我母亲闭嘴?如果坏人不是他们,那就是其他人?我试着想象她在这种环境中的样子,想知道她目睹了怎样恐怖的场景,她可能遭遇了什么,她有可能被邀请去做什么卑鄙勾当。我想象着,这种创伤与她在美军军营的过去,与我们家族被日本殖民和当作军队性奴的模糊历史,产生过怎样的交互影响。

或许正是性虐待导致了她的疯狂。

组成这个结的另一股绳索也将松动。在一个系统化地侵犯未成年人并将这种虐待保守为机构秘密的地方，她上了十一年夜班。

    这个社会的什么东西刺激了她，但这个"什么东西"不能被简化为任何单一的因素。它是绿山的恐怖环境，也是反对移民的刺耳言论，比如"这是一种入侵，而非'人权'"，也是我母亲在太平洋两岸都经历过的毁灭性冷战。是我父亲认为"她活该"的态度。是外祖母的去世，是母亲的第一个家的失去。

    母亲发疯三十二年后，我将把这些线头松开，看清每根线的走向，看清导致她发疯的，其实就是这个绳结本身。

8. 布朗大学

1989 年 10 月 23 日

嘿,妈妈、爸爸!

贺卡上的人像我吗?我不知道是什么驱使我买了张万圣节贺卡。我猜我只是觉得它很可爱。不过我还要告诉你们,我买这张贺卡的同时,也买了些笔记本,这样才公平!希望你们不要介意。

我想让你们知道,我为拥有你们这样的父母而感到非常幸运。我想起学校的一个朋友,她叫埃莱娜,她买不起外套;还有克里斯,他父母根本不想帮他支付上学的费用。不知道我做了什么,竟能拥有这一切。嗯,谢谢你们。

对了,如果你们还没听说,布朗大学终于赢了一场橄榄球赛,对手是康奈尔大学,比分是 28∶7,或者大差不差吧!

你们的小食尸鬼祝你们万圣节快乐。

再过不到两个月,我就能见到你们了!

爱你们的,格蕾丝

在布朗大学的第一个学期，我感觉到了一种轻盈，我的精神可以超脱身体的束缚，翱翔在一个没有限制的世界。大学让我尝到了成年生活的滋味，更重要的是，让我可以做个孩子，怀着好奇心去观察这个世界。与父母的分离让我拥有了一些遗忘时刻，让我只看到他们的优点。

从乡村公立高中到常春藤盟校大学的转变让我感到紧张，但事实证明，好奇心比恐惧更强烈，所以我在教室里可以坚持自我。在那个环境下，我并不是一个出色的学生，但我有能力，这就足够了。

我惊讶地发现，我在学校的社交活动中非常活跃，这是我从来不曾设想过的。在奇黑利斯的成长岁月中，我一直很害羞，有点像个独行客，只有珍妮一个真心朋友。来到布朗大学之后，我迷上了我的新同学们，因为他们的生活是如此有趣，与我完全不同：他们要么来自城市或城郊，念过的高中比我家乡的整个镇子都大，要么就来自法国或瑞士的小型国际学校。他们的民族和种族背景是我在成长岁月中从未见识过的；我以前从没见过犹太人、意大利人和南亚人，没见过任何没有墨西哥血统的拉美移民，不认识任何公开身份的同性恋者。在我的家乡，哪怕你只是被认为是同性恋，最好也要做好挨揍的准备。正如珍妮的男朋友去年夏天经历的那样，当时他们两个手牵手走在街上，结果他被一群穿牛仔靴的人打得遍体鳞伤。奇黑利斯的孩子们把牛仔靴和穿牛仔靴的人叫作"乡巴佬"不是毫无根据的。珍妮和男朋友是一对异性恋情侣，但这也于事无补。对那些人来说，珍妮的男朋友仍是基佬。

在布朗大学的头几个月，我简直是在催产素的快乐海洋中畅游，几乎与任何愿意接纳我的人都迅速建立起了友谊，不过后来维系下来的朋友都和我类似，要么是移民或有色人种，要么出身于必须牺牲某些东西才能送他们进常春藤盟校的家庭。雅克塔是我大一时关系最好的舍友。她是个超美的黑人女孩，来自康涅狄格州，是一名受过古典乐训练的钢琴手，她的演奏带着一种优雅的非洲中心主义风格。她的偶像是妮娜·西蒙*，我们会在她的房间里随着《我的宝贝只在乎我》的旋律跳舞，或者坐在那里一边抽丁香卷烟，一边听《四个女人》。桑德拉是我另一个密友，我是在一个环境研究课上认识她的，后来还和她一起去巴西旅行了。她出身于纽瓦克一个家族关系紧密的巴西裔家庭，她是四个孩子里最小的一个。她也很迷人，长着一双海绿色的眼睛，皮肤是深棕色的。不同于其他许多学生，我们不是"二代"。我们是家族里的第一代大学生，而我们这样的人在学生群体中只占一小部分。和她们在一起，我会觉得自己属于一个特殊群体——我们是强大而美丽的弱势群体，我们将一同崛起。

在我们的同学中，有富人和名人的子女——戴安娜·罗斯**、特德·特纳、马龙·白兰度的孩子都是毕业班级的同学，此外，还有海尔·塞拉西的孙子、盖蒂石油公司的继承人。我还有一些同学，他们的父母是位高权重的政治家、著名文

---

* 妮娜·西蒙（Nina Simone, 1933—2003），美国歌手、作曲家，创作风格有蓝调、灵魂乐等。
** 戴安娜·罗斯（Diana Ross, 1944— ），美国歌手、演员，格莱美终身成就奖得主，曾因电影《蓝调歌女》荣获奥斯卡奖提名。特德·特纳（Ted Turner, 1938— ），美国有线电视新闻网（CNN）的创始人。马龙·白兰度（Marlon Brando, 1924—2004），美国演员、导演，代表作有《欲望号街车》《教父》等。海尔·塞拉西（Haile Selassie, 1892—1975），指海尔·塞拉西一世，埃塞俄比亚帝国末代皇帝。

人、外国政要、《财富》500强公司的首席执行官。他们拥有游艇和许多乡村别墅，在园丁和司机的陪伴下长大，会随意将"夏天"和"冬天"当作动词来用。

布朗大学有我从未听说过的社会阶层分类，比如"老钱"和"新钱"。对这两个阶层的成员来说，一张机票的价格完全可以忽略不计，但对我父母来说，这却是一笔奢侈消费。在那里念书时，我是我所遇见的学生中唯一一个没有在入学前参观过校园的人。我父母可能只是缺少文化资本，不知道在决定念一所大学之前应该先去参观。布朗大学是我的首选，因为他们在招生资料中宣扬支持多元化和多样性。我只申请了这一所大学，那我当然不可能去其他学校。那么参观还有什么意义？我甚至收到过一份"第三世界周末"活动的正式邀请，该活动的目的就是邀请获得录取的有色人种学生参观校园，但我父亲却被"第三世界"这个词激怒了。"他们难道不知道韩国不再是第三世界国家了吗？"他既恼火又困惑。

1988年10月，我申请了布朗大学的提前录取，12月收到录取信时，父亲从大学书店目录中给自己买了份礼物。是一张复古海报，画的是第一届年度玫瑰锦标赛，那是1916年举行的一场橄榄球赛，参赛双方分别为布朗大学和华盛顿州立大学，父亲在华盛顿州立大学的农业科学专业念了三个学期，后来钱花光了，只能搭一辆平板货车回家。

这张海报代表他了结了自己未完成大学学业的遗憾，两所大学1916年——我父亲于三年后出生——的那场比赛就注定了我后来要考上布朗大学。我想象着如果当时能表达自己的心中所想，他可能会这样说。但他只是指着海报，点了点头，嘴唇颤抖了片刻，然后用沙哑的声音说："这份圣诞礼物棒呆了。"

他的另一件礼物是：圣诞节那天，他的心脏停止跳动后，他的胸腔被植入了除颤器。

1989年10月，大学为参观的大一新生的父母准备了为期三天的活动，他们称之为"家长周末"。我给父母施压，要他们过来，因为我不想成为唯一一个父母未到场的孩子。他们让步了，但不打算坐飞机，而是决定开车六千英里，从华盛顿州开到罗得岛州。他们出发的十二小时后，我接到母亲打来的电话。

"格蕾丝呀，我很抱歉啊。"

"怎么了？"

"你父亲的心脏病又犯了。"

"啊！他还好吗？"

"我想没有大碍，但他应该撑不过那么长的旅途。我们已经到爱达荷州了，但他说我们得去医院。"

我感到很愧疚，因为他们是为了我才踏上这趟漫长的公路之旅的，但几乎不等我消化这个消息，母亲就挂了电话。随着"家长周末"的到来，我不禁为自己感到难过，在那群被父母环绕的孩子中，我就像个孤儿，而我的父母则在科达伦的某家医院。

我那时并未意识到即将发生多么重大的变化。母亲仍在以她自己的方式照顾父亲，举止仍像个母亲。仍会给我打电话。仍会说"我很抱歉啊"。我把这些她依然能表达的母爱细节视为理所当然。

我父母并未像他们曾扬言的那样,说等我一进大学就离婚,不过,他们的生活的确越来越不同。母亲一天中大多数时候都坐在米黄色的沙发上看电视,晚上也在那里睡觉。父亲则待在他的办公室里,晚上回卧室睡觉,他会出门拜访他那些开商店的朋友,或者探访表亲巴克的养猪场。大一那年回家期间,我在家中分属于他们两人、彼此独立的里外区域交替活动,只有晚餐时才能将他们拉到一起。

母亲偶尔还会出门;到院子里干活,购买杂物,每星期还会去联合慈善总会或特殊奥林匹克运动会做一两次志愿者,她从绿山辞职后就开始参加志愿活动。总的来说,只要情况需要,她就会走出家门,就像我父亲受够了,于是离开她时一样。

1990 年 11 月 20 日

爸爸:

你好。

抱歉我隔了这么久才写信。我最近非常忙……我很高兴能过几天没有课的日子,不用凌晨两点睡觉,早上七点起床。

我想我知道我想要什么圣诞礼物了。我在信里放了一份目录,里面列出了我喜欢的东西。随信还附上了订购表和两对耳环的照片,但不要两对都买。这样你就能给我一个惊喜。你想要什么,或者需要什么呢?

不用担心我回家期间你见不到我。如果妈妈不介意,我想在家里过平安夜,和你一起在雷蒙德过圣诞(或者至少逗留一段时间)。我肯定会再多去看你几次。我虽然只打算在家里待两周半,但我知道这已经够做完我在奇黑利斯能做的所有事,而且还绰绰有余。希望尽快见到你。

爱你的,格蕾丝

到我大二那年的圣诞节,经父亲发起,他们两人开始了第一次分居,父亲搬去雷蒙德和他的表亲同住,那是个甚至比奇黑利斯还小的渔业小城。圣诞节那天,整座房子都归我们所有,只需要和表叔家的两只暹罗猫共享。房子很小,散乱地堆放着许多无关紧要的家什,比如马的雕像、包着厚实钩织套的抱枕、装有丝带状薄荷糖果的碗。

"住在这里感觉怎么样?"我问。

"还行。没什么可抱怨的。肯定比跟你母亲一起住要好。"

他打开冰箱,拿出一盘火腿,放进微波炉加热。

"你饿吗?"他说着揭开锅盖,锅里正在沸腾。含糖烤豆的味道弥漫了整个房间。"你父亲不太会做饭,不过我总归用大蒜和香料补救了一下。"

我们在小餐桌上摆好了两人份餐具,吃了剩下的火腿和烤豆罐头。与从前在家里吃过的任何一顿饭相比,那晚我们共享的那顿寒酸晚餐的氛围似乎都更亲密。那是他第一次给我做饭。环境的陌生让我对父亲更感熟悉,但与此同时,环境的改变也展露了他个性中新的方面。他的声音很轻柔,语气听起来像是在致谢。

晚饭后,他送给我一对像特林吉特族图腾柱的银耳坠,是我在信里要的两对之一。我不记得他上次送我礼物给我惊喜是什么时候了。

过去,我的大多数礼物都是母亲选的,只有六岁生日那次是例外。那天我放学回家,发现客厅里有一台小型鲍德温立式钢琴,我惊呆了,竟然能得到这么大的礼物,于是叫了起来:"这是我收到的最棒的礼物!"父亲流露出骄傲的神情。他梦想着有一天我能为他演奏他最爱的古典乐曲——拉赫玛尼诺夫的《升C小调前奏曲》,我勤奋地练了九年。十五岁时,我不再弹琴了,我的兴趣开始向其他方向偏移,母亲气疯了,不过在最后一次钢琴演奏会上,我的确弹了拉赫玛尼诺夫的协奏曲。父亲在前排看着我,眼里闪烁着泪光。

我打开首饰盒,佯装出很渴盼的样子。"谢谢你,爸爸,我很喜欢。"

"不客气,亲爱的。我很高兴你喜欢。好了,你的生日就要到了。你有什么想要的吗?"

"嗯,我可能会用到一些厨房用具。我想学习做饭。"

我之前在大学里的全部做饭经历都是靠三种工具实现的:微波炉、火锅和母亲作为饯别礼物送我的电饭锅。

第二天,我们开车去了当地特价购物中心的一个厨房用品店。我挑了两个金属材质的搅拌碗、一个打蛋器、两根木勺和一把铲子。总计花了约四十美元,这对退休后的父亲来说不是一笔小数目,但他问了我好几次,还有没有别的想要的。"没了,"我说,"对于初学者,这就够了。"

到了要回母亲那边时,他问能不能给我拍张照片。后面几次去看他时,我看到他1990年圣诞节给我拍的那张照片就放在他的桌子上。照片里的我站在他表亲的客厅里,背景是一张谷仓主题的墙纸,还有一棵人造圣诞树,我穿着一件紫色羊驼呢毛衣,是那年秋天从学生会的一些嬉皮士那里买的。图腾柱耳坠从我的黑色长发中露了出来。

那个圣诞节或者那一年绝大多数时间里,我几乎没有母亲的记忆。大二那年和她在一起的最深刻的记忆是母亲节那个周末,她来探望我,那将是她最后一次休假。哥哥陪她飞到罗得岛,然后自己从新泽西一路开车过来,他们住在市中心的奥姆尼比尔特摩尔酒店一个能眺望整座城市的房间里——这一切都是哥哥送她的母亲节礼物。我很感激哥哥所做的这一切,现在甚至更加感激,因为我意识到,他自己在外读大学期间,妈妈从未能去探望过。

这与她过去的旅行经历相差甚远。童年时代的家庭度假都是沿着西海岸的公路旅行,住6号汽车旅馆,床铺摇摇晃晃,能闻到陈腐的烟味。我只记得两次旅行:一次是1976年去加利福尼亚,另一次是1980年去不列颠哥伦比亚。这之间的那些年,以及之后的几年,父亲都食了言,母亲伤心哀叹。你从没带我去过任何地方!我的生活只有工作。她希望父亲能带她去游览美国所有著名地标景点:大峡谷、尼亚加拉瀑布、华盛顿哥伦比亚特区、纽约城。我在这个国家生活了这么多年,为什么哪里都没去过?

或许比尔特摩尔酒店让她的美国梦离实现更近了一步。"哇,我喜欢这家酒店。"她说着,手指拂过洁白的床单。那一定很激动人心吧,能体验商务级别的住宿环境,暂时将自己视为一个地位很高的人。

布朗大学

母亲能来，我也很激动。两年来，我是自己所知的学生中唯一一个家人没有来访过的，我都等不及要将她和哥哥介绍给我的朋友们。到了我的宿舍后，他们见了我的两个室友，不过，我关系最好的朋友们那个周末都去看望自己的母亲了。七年后，桑德拉、雅克塔和我都住在纽约时，我会对她们说："我突然想到，你们一定觉得我说我有母亲是在撒谎，因为你们从没见过她，可能也永远见不到她了。"

我在宿舍外的院子里看到了另一个朋友，于是招手让他过来。"你好。很高兴见到你。"母亲平淡地对他说。我早就习惯了她的行为方式，几乎没注意到她和那个朋友没有任何目光交流。我只是沉浸在她来见证我的大学生活的喜悦和激动中。那一刻，我为她感到骄傲，那些年里，我从未感受过那样的骄傲。几天后，关于我母亲，那个朋友对她只说了一个印象："你妈妈很怪。"

"你这是什么话？"我回击，无法掩饰受伤的心情。

他没有道歉，而是又说了一遍："但她就是很怪。"

离家在外上学，让我忘了母亲在他人眼中会是什么样子。

1991年，我没有给父亲写信。

就算我大二之后给他写过信，我写的也不会是他想听到的。

有好几次，我都感觉到，父亲和我之间正在出现裂痕，但我可能是直到大三那年才第一次意识到那些裂痕的存在。

我那时已经开始了一项为期一学期的海外学习计划，但六个星期后，我的旅行中止了。在我定期打回家的一个电话中，父亲告诉我他就要死了。"我真的觉得我坚持不了多久了，格蕾丝。"所以我飞回了家，以为他会躺在病床上，结果却发现他在前院打理花草。又一次奇迹般地恢复。

所以我秋季回到了布朗大学，由于注册较晚，学校的所有宿舍都满了，我成了少数几个在校外住宿的大三学生之一。我在福克斯角和两个大四女生合租一套公寓，每月二百五十美元，那是个没有活力的葡萄牙语社区，步行十五分钟可达校园。公寓在一栋两层木头房子的一楼，带一个门廊，外立面的薄荷绿油漆剥落了，内部的地板有划痕，有些破旧，但也颇有维多利亚时代晚期的风情——天花板是锡制的，地板暖气通风口上装饰了铁栅。我有生以来第一次拥有了一个属于自己的设备齐全的厨房，终于可以使用父亲当生日礼物送给我的搅拌碗。

我买了莫莉·卡曾的《魔法花椰菜森林》和《在穆斯伍德素食餐厅过周日》等烹饪书，烹饪成了我近来最喜欢的避世途径。这并非有意识的逃避，它让我能够沉浸在当下，专注于测量、混合和切剁的工序，专注于对自己的作品进行品尝和细微的调整，将其变成一道可同他人分享的菜品。我对烹饪的专注让我不至于神思恍惚，或者为父母的问题而苦恼。我的成年生活将在厨房这个空间中蓬勃展开，而它衬托的正是我家庭的解体。

父母的第一次分居并未持续太久。我从巴西回来时，他们又在一起了，但母亲却变得更加孤僻。

她不再拉开窗帘，也不再开灯。她只是坐在沙发上，那里永远一片黑暗，她双脚斜放，双膝弯曲，下巴缩在胸前，眼睛半闭着。虽然有两年的时间，父亲都眼看着她在沙发上日渐消瘦，但他依然认为，她这副样子是为了报复他。

"你母亲如果愿意，可以回去工作。真要命，她如果真的想，尽可以像从前一样——打理房子，做饭，和我做伴。你知道，就和她从前一样。但她就是不愿意，真该死。"

我刚成形的女性主义思想对他的期待做出了否定回应。"为什么总是要她给你做饭和打扫卫生呢，爸爸？你知道，你自己也可以做一做！"

我忽略了他上了年纪，而且心脏还有病。我虽知道他有四次都差一点死去，但依然对衰老和身体上需要帮助没有真正的概念。不过，基本情况是，不管他如何抱怨，母亲都不可能从精神分裂症中恢复过来，所以他告诉母亲，现在轮到她离开了。这一次，他们的分居导向了离婚。

母亲在俄勒冈弄了一套公寓，以便离我表哥振浩近些，我一直都知道，振浩是她最亲近的家族成员之一；外祖母收养振浩时，振浩五岁，我母亲九岁。

我从来没有对她和振浩及阿顺在一起时是否得到了良好的照料产生过疑问。直到第二年，我才了解到，我的表哥、表嫂很少能见到她，因为她不肯离开公寓，也不接电话。他们从未发现她有精神疾病，可能还奇怪她为什么从来都不想见他们。在韩国，人们对精神疾病几乎没有概念；三十多岁时，每次向姨妈解释母亲为何从不跟我一起回韩国，我都会因为别人的提醒而想起那个事实。我能想到的最接近真相的解释是"她的精神受伤了"。

一旦体会到不和父母一起生活是什么感觉，再和他们一起住就变成了一种精神痛苦。母亲的痛苦与此不同。我的痛苦促使我离开，而她的痛苦却将她困在了沙发上。

除了拥有了厨房之外，1991年秋季返回布朗大学还带给我另一个意外之喜，一个新的好朋友。拉斐尔正在攻读葡萄牙和巴西研究的硕士学位，这也是我在本科阶段学的专业。他是个有波兰和西班牙血统的墨西哥裔美国人，但他会打趣校园里的身份政治文化。"我对自我身份的认同是奇卡诺[*]女人，"他模仿我们的一个同学说，"你的身份是什么？"

要将他放进一个类别并不容易。他也是犹太人、同性恋者、跨国生活者（在墨西哥、巴西和得克萨斯州长大），无礼但说话温柔，还自称是自然界的怪胎。小学时，他被要求为最能代表他的动物画一幅画，他选了鸭嘴兽，少有的下蛋的哺乳动物之一。他对我的思维产生了影响，促使我更深入地质疑自己成长环境中的社会规范。遇到他的时候，我对自己的性取向已经怀疑好几个月了，但因为担心父亲不会再爱我了，所以不敢说出自己的感受。我念初中和高中时，正是艾滋病危机爆发的早期，父亲对"那些该死的堕落之人"冷嘲热讽，并警告我要远离他们。但我与拉斐尔新建立的友谊让我战胜了自己的恐惧。和拉斐尔在一起时所感受到的那种被接纳的感觉，我之前从未有过。

首先，拉斐尔向我展示了玩乐与放纵的重要性。我们有时会抽大麻，为吃东西添点乐趣，然后纵情享用我们的larica——这是桑德拉教我们的一个葡萄牙语词，意思是"小点心"。我们跋涉到学院山以外的街区，寻找精致美食，比

---

[*] 即墨西哥裔美国女人。

如奶酪蛋糕圣代,然后咯咯笑着狼吞虎咽。他教我跳萨尔萨舞,让我彻底摆脱了拘谨,我们跳舞到深夜,既光顾"芳香之家"这类拉丁风格的舞厅,也去杰拉尔多店这类同性恋俱乐部。如果说,在新厨房做饭让我感到踏实,那么和新朋友跳舞则会让我如释重负。和他在一起让我能够专注于当下,将自己从过去的创伤中解放出来。

他和我的其他朋友相处得很好,尤其是和桑德拉,因为他们都与巴西有某种联结。我感到一种巨大的成就与宽慰,我终于找到了一个小团体,我不仅是其中的一员,用拉斐尔的话说,我还是"黏合剂"。一直以来,都是你把我们维系在一起。拉斐尔成了我主动选择的家人。几十年后,我儿子会叫他拉法叔叔。

大学的生活经历日益拓展了我的世界观,我与父亲也就日渐互不相容。这不光因为我与"该死的堕落之人"亲近,还因为我选择的研究课题。

我父亲是个有着强烈知识分子气的蓝领。他是英语文学的热心读者,甚至用塞缪尔·泰勒·柯勒律治的诗给自己取了个绰号叫"古舟子"。他对阅读的热爱感染了我,我每个学期都会上比较文学的课程。他将辛苦赚来的钱大部分都投入到我的教育上——不只是大学教育,还包括为了帮我考上大学的所有准备:初中的两年法语私教课,高中的两次法国海外学习之旅,由此,我才能流畅地用法语阅读。

到布朗大学后,我发现自己更喜欢阅读不熟悉的国家的文学作品——不是法国的,而是法语世界的,比如马提尼克岛和马格里布等地。学习葡萄牙语后,我也瞥见了葡语世界的风景。在学习日本文学译作的同时,我也研读了特西提·丹格瑞姆加*和玛丽亚玛·巴**等非洲女作家的作品。我想父亲会支持我的,因为他一直会从新加坡和果阿等遥远地域给我带回小装饰品,以此来培养我见识世界的渴望。不过话说回来,他带的是小饰品,而非文学作品。

"他们不教你别的东西,真他妈可惜。"他耐心地等了几个学期,等着我去上他认为我应该上的那类课程,然后说道。他所说的"别的东西"指的是西方经典。他那时一直在阅读阿兰·布鲁姆的《美国精神的封闭》,我却纵情于有色人种的著作。他不赞同我的选择,并且否定我所读作家的文学贡献,这让我很受伤。在布朗大学的学习和社会经历让我第一次感觉到,我已经足够好。我无须变成白人,也不需要努力成为白人,我原本就有发言权。

"西方作家并不高人一等,"我告诉他,"只不过被殖民世界的人已被压制太久,以至于你从来都没有机会听见他们的声音。那你怎么会知道他们有多么珍贵?"

"看看非洲和印度独立后发生了什么!"他摇着头说。

"啊?"我完全被话题的转变给弄糊涂了。

"那些人不知道该如何管理自己。"

"那些人?"我努力消化父亲刚刚说的话,已经不只是关乎文学了,"你的意思是,你认为他们被殖民更好?"

"他们以前常说,大英帝国的太阳永远不会沉落,"他的

---

* 特西提·丹格瑞姆加(Tsitsi Dangarembga,1959—),津巴布韦作家、导演,1989年因小说作品《不安处境》荣获英联邦作家奖,另有纪录片作品《每个人的孩子》等。
** 玛丽亚玛·芭(Mariama Bâ,1929—1981),作家、政治活动家,出生于一个富裕家庭,是塞内加尔文学的先驱人物,作品有《如此长的一封信》等。

声音充满了怀旧的语气,"那是真的,真该死!"

在和父亲争论这些问题时,我逐渐意识到,我也是他所鄙视的他者之一。在友谊和爱情方面吸引我的,都是与"第三世界"有联系的男男女女——不过,即便是我们,也对这个术语是否恰当有过争论。"发展中国家"取代"第三世界国家",成了一个政治正确的术语,但"第三世界"这个词却更加有力地提醒着人们,国家与国家、民族与民族之间存在不平等的权力关系。这个词也涵盖了那些可能来自欧洲殖民国家,但在社会和经济力量层面依然落后的移民群体。在罗得岛的普罗维登斯市,这个术语就囊括葡萄牙语社区的居民:这是一个以语言区分的大型少数族裔社区,虽然社区的后院就有一座常春藤盟校,但除了做看门人和食堂员工,他们在校园里并不常见。我开始觉醒,开始理解自己也是一个被殖民的人。

我父母这次离婚只比第一次分居的时间稍长一点。一年之内他们就复婚了。他们重归于好后,我见到他们时无比感动,哭得几乎止不住眼泪。"有多少成年的孩子有机会祝贺自己的父母结婚快乐?"父亲只点了点头,因为他也哽咽起来。母亲却很沉默,表情无法解读。我提醒道:"你感觉怎样,妈妈?你不开心吗?"她噘起嘴唇,以最轻微的幅度点了点头。我以为这意味着,他们的关系变好了,他们已重新发誓要照顾彼此。

但再一次地,我忘记了。我已经忘记和母亲一起生活是什么样子,她和父亲一起生活是什么样子。

1992年

亲爱的唐：

感谢你对大卫·杜克竞选总统事业的慷慨捐赠……

当我在父亲的桌子上发现大卫·杜克的回信后，我们父女之间的一切便再也无法回到从前。1992年，《纽约时报》将杜克的追随者称为"右翼种族主义者"，[1]《洛杉矶时报》则指出，根据杜克的说法："美国民主正处于危险之中，因为非白人、非基督徒族裔群体的增长，正将这个国家变成'一个第三世界国家'。"[2] 正是这种言论为他吸引了支持者。在共和党的初选中，杜克在华盛顿州所获选票比在其他任何州都少。华盛顿州只有1.16%的共和党人为他投票，而我父亲就在其中。

"爸爸，这是什么？"我拿起那封信，惊愕地看着它问道。我想大喊："大卫·杜克是个白人至上主义者！"但我的肚子却像是刚被狠揍了一拳，所以那句话是气喘吁吁地说出来的。父亲对我的强烈反感视而不见，说美国正在往错误的方向走，大卫·杜克正是将其引回正确方向的人。"这是我们国家眼下所需要的。"

童年的记忆开始涌遍我的身体。其中有常见的那类身为种族暴力受害者的记忆，我永远无法真正忘却的那类，但它们很快就被另外一段我是犯罪者的记忆打断。

我那时三岁。我们的报童，镇上唯一的黑人小孩，骑着自行车来了。我跑到纱门口，看到他很高兴。"嘿！黑——！"我招呼道，因为我以为那是他的名字。母亲立刻将我拉走了。"太抱歉了,"她对男孩说,"她不知道那个词是什么意思。啊,我很抱歉。请原谅她。"

她抓着我的双肩说:"格蕾丝,你永远都不能用那个词称呼任何人。"

"可爸爸就是那么叫他的。"我轻声说,一种我还无法命名的灼热感在我体内蔓延开来。

这一幕重现脑海,让我充满了恐惧和羞愧,父亲教会我那个词时,我年纪还太小,无法理解其让人丧失人性的力量。他随心所欲地使用那个词。伊尼米尼迈尼哞,抓住了黑鬼的脚指头。*

我不知道时隔这么多年,那个男孩是否还记得我,他回望自己的人生时看到的偏执的面孔,是否就是那个三岁的亚裔女孩的脸。然后,我又更加不安地想到:如果那个男孩就是我哥哥上高中时自杀的那位名叫克里斯的同学呢?那个报童和我哥哥差不多年纪,而克里斯是我哥哥所在的高中唯一的黑人少年。如果我是导致克里斯死亡的连锁事件中的某个小小环节呢?

这段记忆又勾起了另一段记忆,这一次是父亲管母亲叫"蒙古人"。

我当时十岁或十一岁。我正坐在厨房餐桌边,父母争吵起来。"你为什么要说那样的话啊?"母亲说,"我都说了你别说了。"父亲反唇相讥:"可是,你有部分蒙古血统,不是吗?"然后他开玩笑说我是"蒙古小孩"。母亲勃然大怒,喊道:"我要跟你说多少次?别说那个词了。"父亲再一次毫无

---

* 这两句出自英语儿歌《伊尼米尼迈尼哞》("Eeny Meeny Miny Moe"),作者的父亲将第二句中原本的唱词"老虎"改成了针对黑人的歧视性词语。

歉意地傻笑:"但她的出生证明上就是这么写的啊。"

我攥紧了拿信的手,将大卫·杜克的信纸揉成一团。等终于喘过气来,我将信纸朝父亲砸去,并且用尽全身力气喊道:"你觉得你在和谁说话?我就是你的亚裔女儿啊!"

父亲瞪大眼睛,磕磕巴巴地说:"但——但——你在说什么呢?你——你不是黑人。"

"可我也不是白人!"

父亲成年后有许多时间都是在亚洲度过的,他早就喜欢上了亚洲人,白人至上主义者的使命是让所有非白人种族保持从属地位,父亲或许是在一厢情愿地无视这一点。又或者,他可能一直认为,亚洲人比其他非白人种族更容易接受。毕竟,在他成长的年代,西方式的种族思维构建了"人类大家庭"的殖民等级制度(例如:"蒙古人"低于"高加索人",但高于"黑人")。他可能已经内化了这样的观念,即亚洲人是勤劳的模范少数族裔,只要有他这类人的一点帮助,是有潜力接近白人的。我对白人身份的拒绝一定让他觉得自己很失败。

他也无法理解,种族统治的表现形式不仅限于白人恐怖分子在你家前院焚烧十字架。它也可能化身为和你一起生活的人,化身为你爱的人。化身为那个会捍卫我出生的国家、他找到妻子之地的男人。他们难道不知道韩国不再是第三世界国家了吗?但在20世纪60年代,他遇到我母亲的时候,它还是,至少根据他的定义是。

他也不能理解,他之所以能有机会去亚洲,都是因为美军及其所占领国家之间极为不平等且充满暴力的关系。他在菲律宾、关岛、冲绳和韩国都待过一些时间,因为美军在那些地方建有军事基地，而作为美军成员，他被赋予了特权，比如能公开接触当地妇女。能公开接触我母亲。而我那时尚不了解这些。

我从他身边走开了，试着平复心情，但哥哥几星期前说过的一些话却像蚊子一般在我耳边嗡嗡作响。"爸爸是担心你会跟黑人男性约会。"我跟谁约会跟他有他妈的什么关系？我想到这里，又冲进了他的办公室。

"我听说你害怕我跟黑人男性约会。行啊，那如果我约会的是黑人女性，你会感觉好一些吗？"虽然我当时没有任何约会，但我的圈子里多数都是黑人和棕色人种，而且同性恋者也越来越多。我用这种假设的可能性来告诉他，我不仅不是他近似于白人的女儿，我还是个该死的堕落到极点的人。

父亲绷着脸，满脸怒容。"你母亲知道你是这样的吗？"

不容耽搁。我必须赶在他之前告诉母亲，于是我冲进客厅，在沙发上挨着母亲坐了下来，深吸一口气。"妈妈，有些事我必须问你。"

"啥？"

"如果我爱的是女人，我是说爱情的那种爱，你仍会爱我吗？"

她的目光在房间里扫视了几秒，然后用平静、沉稳的声音问道："哦，你不是那种人，对吗？"但片刻后，她轻轻拍了拍我的大腿。"我当然仍会爱你。呵！什么样的人会不爱自己的孩子？"

父亲开始给我写信，谈论我"堕落的生活方式"，一开始他会署名"爱你的爸爸"，渐渐地，署名只剩"爸爸"，之后索性连问候带署名都一并消失了。从那时起,我不再打开他的来信。

我们再也没有谈论过我的爱情生活,直至毕业一年后,我开始和男朋友恺撒同居,后来和他一起生活了十年。哥哥会说:"爸爸对墨西哥人是没有偏见的。他只是松了口气,你喜欢的是男人。"

虽然我在大学期间不能原谅父亲的偏执,但后来我能够将他放在他所处的社会背景之下去理解他。在他一生的绝大部分时间里,同性恋都被视作一种道德缺陷、一种犯罪和一种疾病。在 1976 年之前,同性恋在华盛顿州是非法行为;在 1980 年之前,《手册》将同性恋归为一种精神疾病;而在 1990 年之前,同性恋是一项被禁止移民进入美国的理由。

我父亲是一名生于 1919 年的美国白人男性,而就在四年之前,总统伍德罗·威尔逊还在白宫放映了电影《一个国家的诞生》,用以警示允许黑人获得自由的危险性。父亲五岁时,三 K 党在奇黑利斯举办了一场最大规模的"超级集会"。[3] 毫无疑问,那可能是他见识过的最大盛事,镇上会集了七万穿戴披风和兜帽的三 K 党人,人数是奇黑利斯居民总数的十几倍。或许对他来说,那次活动之于他,就相当于两百周年国庆日之于我,早年生活的那个重要时刻将塑造他对世界的自我意识。

他成年时,大英帝国的太阳从不沉落;而我成年时,前殖民地国家的人们正涌入大学校园,修改对历史的主流论述,以将自己纳入其中。正如当时的后殖民学者所辩称:帝国在"回写"历史。女性、被殖民者、被压迫者的经历就像一块棱镜,而透过这一新的媒介,我开始看见母亲曾经面对的不公。我自己就目睹了许多事例，但对她在韩国的过往依然不甚了解。我能确定的是，她从战争中幸存下来，从事过某种服务业工作，而且被剥夺了上学的机会。我当时的推断是，由于外祖父的死亡、舅舅的失踪，母亲在某个时间点成了养家之人。

在一堂关于双语教育的课上，我了解到约翰·奥格布的非自愿少数族裔理论——一些群体之所以会处于所有少数族群中从属地位末端，是因为他们是被迫成为一个社会的组成部分的，比如美国的墨西哥裔、美洲原住民、非裔，或者在日本的朝鲜人。然后，真相得到揭露。我意识到，我母亲之所以会出生在日本，以及每当我问起这个问题时她都闭口不谈，是因为她的家人，或者说至少她的母亲，曾是被强迫劳动的劳工。我将这一顿悟告诉了桑德拉，她轻笑着说，她认为这是一种武断的区分。"强迫劳动和奴隶制有什么区别？"我就她的问题展开了思考。"强迫劳动"是一种委婉语，或者只是一个囊括多种形式的奴隶制的更广义的术语？无论母亲诞生在任何奴隶制形式下，我都感到非常恐慌。

在布朗大学念书的时间越长，我离童年就越发遥远，将父母放在显微镜下观察的次数也就越来越多。我发现，我家庭内部的权力动力学映射着一种更大的社会不平等动力学，而我父亲成了我的主要批评对象。他如此努力争取的东西——为我提供一流的教育——正是造成我们之间巨大、深刻分歧的原因，这个分歧令我们再也无法站在同样的立场上。

我们不再交谈了，直至我大学毕业前两个星期，他打电话来说："我准备好和解了。"但我没有。

我在电话里冲哥哥大哭，因为我最大的愿望是母亲来参加我的毕业典礼，尽管我非常清楚，她变得惧怕陌生人了，当然也无法忍受人群。

"你就不能说服她吗？"我恳求道，没有想起她也没能参加哥哥的毕业典礼的事。

"呃，我怕是不行，不过还是有一个人想参加的。"我感到很矛盾，接下来的几天时间，我一直摇摆不定：父亲来参加典礼，或是不让他来，究竟哪一种结果会更糟呢？最终，我无法接受他到场，而母亲留在家中，在她的黑暗角落里蜷成一团。

我独自参加了自己的毕业典礼，这个我曾经以为会成为父母一生中最骄傲时刻的活动，却没有他们的见证。我听着典礼上的演讲，说我作为布朗大学的毕业生将取得怎样的成就，等待我的将是何等激动人心的新生活，心里感受到的，却只有父母的缺席。

9. 1月7日

罗得岛州普罗维登斯市，1994

二十三岁那年，我记忆最深刻的是雪。那年冬天，似乎每隔几天就会下一场雪，有时能积一英尺深。虽然我已经在普罗维登斯市住了四年，却依然不习惯"风寒指数"（我在成长过程中从未听说过这个概念），不适应小冰粒打在脸上的触感。奇黑利斯很少会冷到下雪的程度，就算有雪，也是以轻柔的粉末状出现，而且持续时间很短，只在上午的几个小时里覆盖大地，到中午时分就已经化进了潮湿的地面。

大学毕业后，我搬去了史密斯山，是普罗维登斯一个古雅的社区，靠近州府大厦，我住在斜坡上一座19世纪马车房的顶楼。我对那年降雪量的感知因为买了第一辆车而越发深切，我买了一辆87年产的银色大众高尔夫，车子配备的是标准变速器。即便是少量的积雪，车子要在车道上停车也会变得危险，而且由于铲雪的缘故，我的手臂和后背一直很疼。

记忆将我带到了雪天，这是一件很奇怪的事，因为那一年有远比这更为重要的事情值得记住，比如过去那位母亲再也回不来的折磨人的恐惧。1994年的新年前夜，那些将我的家庭勉强维系在一起的虚构的东西破裂了,并且有要将我也一起打碎的可能。

1993年快结束的某个时候,在父亲宣布与母亲关系结束后,母亲搬到了新泽西州离哥哥的房子约一英里远的一个绿树成荫的郊区社区。

哥哥和他妻子想让母亲住在他们附近,已经为此忙活一段时间了,因为母亲的需求远超父亲所能给予。我很感激他们想要照顾母亲,不过我当时应该没能表达这份感激。我那时刚从大学毕业,渴望能有机会开辟事业和感情生活,哥哥和他妻子比我年长,生活更稳定。他有一份薪水可观的工作,是个投资银行家;他们刚购置第一座房子,生了头一个孩子。母亲住在那边的话,能融入他们的生活圈子,那样的可能性是我无法提供的。此外,哥哥是母亲的第一个孩子,也是她唯一的儿子。在韩国,照顾年迈或生病的父母是长子的职责。成年女儿的责任是松开与母亲的联系,转而与公婆建立新的联系。我的嫂子虽然是一位出身阿肯色州的白人女性,却早已明白这些文化习俗。明白她要像我母亲的女儿一般行事。明白我哥哥的地位总是高过我。

"不管他叫你母亲做什么,她都会去做。"嫂子会这样评价,而这一次,他让妈妈去新泽西生活。

他还告诉母亲,她必须去看心理医生,我一方面觉得这是天赐良机,她终于能得到一些治疗了,另一方面,这一发展也搅起了多年来我因为此事而沉淀的情绪浮渣——我因为无法让她获得帮助而感受到的挫败,我因为那次报警所酿成的灾祸而感受到的尴尬。我的家人曾经甚至因为我敢说"精神分裂症"这个词而排斥我，这让我以为，我只有沉默才能获得他们的宽恕。

我还是设法与母亲的疯癫共处，因为她仍有能力处理自己的基本事务。她有能力进食和梳洗，如果知道是我打来的电话，她还能回应。你给我一个信号，好吗？响两声就挂掉，然后再打过来。我之所以能设法与之共处，是因为在嫂子出现之前，其他人都不肯承认发生了什么严重的问题，而我自己又缺乏解决的资源。

我记得，嫂子第一次说母亲有"问题"时，我在念高三。好像就是在那一次探亲中，她和哥哥坐在我们厨房的餐桌旁，漫不经心地宣布"顺便说一下，我们结婚了"——这句话让父亲惊掉了下巴，母亲则目光闪烁。

但不知为何，嫂子坐在亮白色的厨房餐桌旁、坐在耀眼且嗡嗡作响的荧光灯下的记忆，却变成了另一番模样。也是同样的场景，但在场的人更少，母亲和父亲不在。我觉得你妈妈有问题。她说，她娘家有个亲戚（可能是一个姨妈？）也有问题。我胸口的结先是被拉紧了，然后在她说完后又稍稍松开了些。这个消息她更多地是想说给我听，而非给哥哥听吧？这是不是意味着，她能明白我一直在经历的事情，而且很快就会让我哥哥也理解？是的，我母亲有问题。这是一个委婉的说法，说话的人是一个在我们家庭中地位足够稳固的人，所以她才能提起这个从前一直是禁忌的话题。也许我们就需要一个局外人来改变事态。

到我大学毕业时，哥哥和嫂子都已经可以直接说"精神分裂症"这个词了。

尽管我母亲已经有许多年都差不多是闭门不出的状态，而且越来越只待在一个房间里，但离开她熟悉的房子，前往国土另一边，住进另外一座房子，这件事似乎揭开了她在战争期间度过童年及逃离家园时所受的一些创伤。

她的新住所是一间一室公寓，在一座被茂密枝叶包围的小木屋中。遮蔽窗户的树木为她提供了一些隐私，但当时树叶已经开始变黄，她的伪装也便日渐减少。

我大概是在第二次或第三次去看望她时，才第一次感受到冬天正在我的皮肤上加速呼吸。天空灰蒙蒙的，飘着厚厚的雪云，不等她开始做饭，夜幕就降临了。吃完饭后，我们坐在她的客厅里，一阵低沉却持久的警笛声打破了我们周围原本的宁静。

"你听见了吗，格蕾丝？"她问，"你觉得发生了什么？"

"我不知道。是救护车的声音吧？"我知道不是，但我想给她一个答案。那声音像是通过无线电传送出来的。

"听着像防空警报。"她低声说。

"你以前听见过吗？"

"每天这个时间都有。"她开始拧自己的双手。

我很庆幸现场听见了她所听到的声音，这样一来，她关于防空警报的说法就不会被归为另一种幻听，变成她所做过或说过的另一件疯狂之事。

十年之后，我在写作博士论文时了解到，在朝鲜战争中，死于凝固汽油弹空袭的平民数量多到惊人。美军的火焰和愤怒摧毁了学校和孤儿院，焚烧着哀号的孩子们的血肉。

之后那次探望她时，我到之后发现哥哥正在门前捡碎玻璃。母亲要去看心理医生，但不知道怎么开前门。她的钥匙卡住了，她就从厨房拿了一把刀——从我记事起，她就一直用来拍大蒜和切烤肉片的那把刀——破窗逃了出去。

我在想，当时她是不是听到了警笛声，是不是因为那刺耳的声音钻进了她的脑袋，让她相信情况紧急。她需要立刻离开。

"我该怎么向房东解释这件事？"哥哥在查看狼藉的碎玻璃时问道。

我决定让他自己去编造借口。真相着实有些复杂。

每天都有一些特定的时间，母亲会唱歌——唱一些我嫂子称为"计时"的歌词。一点七分时她会重复唱着"1月7日"，那是我的生日，她用拍卖员的速度一遍又一遍地唱，直至那一分钟结束。

1月7日1月7日1月7日1月7日1月7日1月7日1月7日1月7日1月7日1月7日1月7日1月7日1月7日……

到我哥哥的生日时，她也会一样唱起，但还有一个时间或日期我没有印象：9∶45。她不会像另外两个时间那样重复唱歌，而是每隔十二小时念叨一遍。我第一次看到她这副模样时吓坏了，因为我们当时正在交流一些日常琐事，她突然挺直身子，右手食指坚定地指着时钟，用引人注意的洪亮声音宣布："45年9月！"然后，她又像什么都没发生过一样，注意力重新回到我身上，说完刚刚的话头。我总是被她的这副模样吓到，那样子比她其他的怪癖要可怕得多。我感觉那些话语和行动并不是她的大脑产生的，而是房间里其他某种东西驱动的结果，就好像有一种超自然的力量在利用她的身体说话。

"计时"行为背后隐藏的多层含义将在那一年及随后的几年里陆续揭开。

1945 年 9 月，美国占领朝鲜半岛南部，他们将在那里：

——建立一个名为"韩国"的新国家，总统是一位他们精挑细选的哈佛毕业生；

——为一个"实验室"奠定基础，在那里用共产主义者和可能庇护他们的难民来测试新型大规模毁灭性武器；

——为至今仍留在那里的美国军队建立一套"娱乐性"基础设施。

关于母亲刚到东海岸的头几个月，我的每一段记忆，感觉都是寒冷的。在她暖气不足的公寓里感觉冰冷。在车道上冷得发抖，因为嫂子让我别走，她有重要事情对我讲，而她讲的话像是燃烧弹一般，散落在我心里，有时要在撞落后很久才爆炸。

格蕾丝，你妈妈在做这件事。这件令人恐慌的事。

格蕾丝，你妈妈的状况越来越糟。

格蕾丝，你妈妈——我有些事得告诉你……

离新年还有两天时，她投下了这枚大炸弹，其破坏力迅速而残酷。那个假期我一直和母亲在一起，准备出门去费城的一家商场与桑德拉和雅克塔见面时，嫂子的车开上了车道。她钻出她那辆奶油色的旅行车，开始卸一车的杂货。她承担了为母亲购物的责任，同时要照顾当时还年幼的女儿。现在回想起来，我才明白，要同时照顾一个婴儿和我母亲——两个需求完全不同的新来者——一定让她筋疲力尽。

"你这就要走了吗？"她问。

"只是去买些新年前夜穿的衣服，几小时后就回。"

她脸上能看出多日未眠的疲惫。"格蕾丝，你妈妈——有些事我得告诉你……"

又怎么了？她的声明让我感到沉重，虽然我无法准确说明原因，但她说的事让我在面对母亲的疾病时更加无助和痛苦。有什么新情况，让我嫂子如此犹豫？她平时都是有话直说的，今天为什么要加这句铺垫？关于我母亲的情况，不管她说什么，都不可能吓到我。行动反复无常、情绪波动、幻觉，这些事情我已经体会八年了。她还能说出什么我不知道的情况？

"格蕾丝，你母亲以前是妓女。"

她在说什么啊？我的皮肤变得燥热，几乎无法控制其下奔涌的困惑感觉。"你怎么知道？"我不记得我是否真的问出这个问题了，但不管怎样，她都给出了答案。

"是这样，你哥哥还记得。你去问他吧。他记得她以前经常浓妆艳抹。"浓妆艳抹。盛装打扮，这是那份职业的隐喻。

我的记忆中闪过1984年万圣节的场景，当时珍妮和我临时决定出去玩"不给糖就捣蛋"。"我们打扮成妓女吧。"不知是谁说道。我们当时十三岁，正要开始探索我们的性别身份，妓女是我们所知道的唯一能公开展现性感魅力的女人。我们急忙打扮，化浓妆，梳头发，再换上迷你裙和之前在玛莎百货买的紧身渔网裤袜。那天晚上，我们准备出门时，母亲用身体挡在门口，瞪着我。"你以为自己是什么人，啊？"她轻蔑的语气刺痛了我，我感觉她随时都可能松开交

1月7日

叉的胳膊，给我一耳光。我的声音很温顺，但我立刻就给出了回答。"是朋克摇滚歌手。"即便是在那时，我也知道，她哪怕杀了我，也不会允许我扮妓女。

她那时当然想阻止我。我那是在美化她逃离出来并且想要埋葬的过去。但那怎么可能？她怎么可能有那样的过去？

我的脑袋开始眩晕，我靠在自己打开的车门上，撑着身体，听嫂子继续说。"他从没告诉过你，因为他想瞒着你，但现在你应该知道。你母亲的情况越来越糟。"

瞒住我？母亲的过去，我整个一生都被蒙在鼓里，我不确定这两件事哪一件让我更难受。为什么我是最后一个知道的？

我皱起脸来，想憋住眼泪，嫂子想安慰我，说没有那么糟。"那个俱乐部条件算比较好的。她不是街上的那种。"

即便是在我得知真相之后，哥哥也从未告诉过我。他永远都说不出他妻子说过的那番话，我家里的其他人也都说不出"妓女"这个词。

我问他这是不是真的，他说："你觉得她是怎么认识你父亲的？"好像我没有更早意识到这一点，是一种蠢行。

我询问父亲时，他泪流满面，说："你母亲已经做得尽可能少了。她不想做的。我让她离开了那里。"

"但你不也是和她有了关系才把她弄出来的吗？"父亲盯着我，一副哑然失语的样子。"你知道，"我说，"因为在你把她弄出来之前，你是她的一个顾客？没有顾客，她不可能在那里工作。你知道，有需求才有供应。"

1945年9月，美国接管了"慰安所"，那是一个由日军建立的性奴役系统，美军保留了那些设施，以及之前在其中劳动的妇女，将那些地方改造成了第一批为驻韩美军服务的妓院。50年代，那些妓院将吸引新一批来自乡村的女孩，朝鲜战争之后想要养活自己或供养家人的女孩。到60年代，韩国政府将正式为美国军人提供性服务。

在因为患了精神疾病而不得不待在室内，不再成为他人目光渴望的对象之前，我母亲拥有堪比名人的美貌和魅力——她是双眼皮，画着黑色烟熏妆，总是盛装打扮。她的两颊圆润对称，酒窝很深，牙齿完美整齐，肤色是匀称的沙棕色——富有异国风情，但对绝大多数白人男性来说，颜色并不是太深。我可以想象，她的魅力是如何帮助她在战争期间及战后谋得生计与生存的。

我在研究生阶段研究朝鲜战争平民经历时写过，帮助人们生存下来的变量是年轻、女性特质及英语交流能力。拥有这三种特质就意味着更容易获得美国士兵的帮助，或者在大屠杀中更容易幸存下来。母亲虽然没有接受过正式教育，但她自学了英语，用字典一次学一个单词，并试着通过看大量的美国电影来提高。她美丽，而且会讲英语。母亲决心要生存下来。

嫂子透露的秘密令我感慨万千，购物让我暂时解脱出来，但那天晚上当我回到母亲的住处时，一进门，她隐秘的历史就重重地压在我身上。我看着她静坐在沙发上，仍像往常一样没在做任何事情。

"你想看看我明晚打算穿什么吗？"我试着装作什么都没

有改变一般问道。

"好啊,来看看。"

是一条侧开衩的黑色长裙,配一件黑色蕾丝上装。我在假想中的 T 台尽头左右转动身子,展示给她看。

"非常迷人啊,格蕾丝,"她说,"非常迷人。"她认可了这套装扮,我为此松了口气。

"我要和桑德拉、雅克塔一起去 SOB 参加新年前夜的派对。那是纽约的一家巴西夜总会。"

"夜总会?要小心里面发生的事情。"

"别担心,妈。里面只会跳舞。"

我第一次开始理解,为什么每次只要我提到要去俱乐部或酒吧,母亲就会很警觉。对她来说,那些地方不只是社交和释放的场所。

那天晚上我时睡时醒,每次醒来,母亲作为妓女的形象就会闯入脑海。她就像苏丝黄[*],紧紧搂着她的白人男人。一朵莲花与她的美国大兵约翰手拉着手。不,我想,那不是我的母亲。

我试着想象那样的交易——用性爱换取金钱,母亲待在夜总会的里屋,想象她虽感到羞愧和害怕,却找到了一些足以应对的内在力量。交易发生时,她或许会假装自己是好莱坞女演员,在扮演一个激情洋溢的情人,或者她找到了游离的方法,盯着墙上的某个点看,就像她每次回避我问她在韩国做什么工作的问题时一样。也许那些幻听到的声音一直盘

---

[*] 苏丝黄(Suzie Wong),英国作家理查德·梅森(Richard Mason,1919—1997)于 1957 年出版的小说《苏丝黄的世界》的女主角,后被好莱坞拍成电影,成为东方女性的代表形象。

桓在那里，说服着她，让她坚持到结束。

我试着阻止脑海中无休无止的疑问，停止想象母亲年轻时的形象——她当时应该比我年轻，二十或者二十一岁，一些哼哧哼哧喘着气的美国士兵压在她身上，一个又一个。

不。停下来。

那晚晚些时候，在母亲说了晚安并且以为我已经睡着了之后，我听到她拖着脚走进厨房，嘴里还低声说着话。我听不清她在说什么，但她语速很快，像是在说方言。接着我听到她大口大口地喘气。

"妈，你怎么了？你还好吗？"我循着声音喊道。

她却喘得越来越响，越来越快。我掀开被子，从沙发上站起来走进厨房。我眯着眼睛往黑暗中看，看到她用双手抓着案台的边缘，正靠在上面来回摇晃。

接着，粗重的喘息声、吟唱声、摇晃的动作全都突然停了下来，她一动也不动。"一切都好。回去睡吧。"

我在 SOB 见到桑德拉和雅克塔时，瓦里克街相对来说还比较安静。我们点了朗姆酒和可乐，坐在一张装饰了假棕榈叶的桌子旁。一般来说，盛装出门，尤其是在新年期间，会让我十分兴奋，但这一年的庆祝活动却笼上了一种沉重的氛围。我的悲伤一定盖过了派对的活力，因为她们俩中有一个问我怎么了。

"昨天我嫂子告诉我，我妈妈在韩国时是妓女。"

雅克塔屏住呼吸，然后捂住了嘴巴，她的反应正是我此刻依然能感受到的震惊的映照。但桑德拉似乎一点也不惊讶。她同情地看了我一眼，说："但你一定早就知道。你一定早就知道，事情没那么简单。"

哈？就连我朋友也比我先知道？

我不记得我们在那里坐了多久，也不记得我们是否有过更进一步的交谈，但我隐隐约约记得，我想谈谈，想开始整理我所有的悲伤和羞耻——后来我会通过研究来审视和击败那种羞耻。就算我当时已经开始谈论此事，那也可能会被介绍当晚节目的主持人打断。是一位新近崭露头角的流行歌手，名叫马克·安东尼，穿着篮球鞋，戴一顶翠迪鸟的帽子，他上台时，我们三个已经起身跳舞了。他在唱歌和摇摆的同时，不断用目光与我交流，雅克塔见状大喊着，想盖过音乐的声音："嘿，我想他喜欢你！"我把头向后一甩，笑着说："不是我喜欢的类型！"或许是因为有人关注，或许是朗姆酒的作用，我告诉自己要尽情享乐。去他的吧！这是新年前夜，我们将在1994年到来之际敲响钟声！

1994年，在我根据高中心理学教材对母亲进行诊断八年后，母亲得到了正式的精神病学诊断，确诊是精神分裂症，医生开始对她进行药物治疗。我们以为药物会成为所有问题的答案，因为当时的说法就是那样：精神分裂症和其他精神疾病只是大脑的化学失衡，通过给大脑施用正确的混合药剂即可纠正。

我们等待着药物起效，那样母亲就能够恢复正常。但恰恰相反，她的情感反应变得越发迟钝，抱怨也越来越多。我不喜欢这样。我的双手一直在抖。我的舌头感觉很肿。我的侧脸麻木了。她患上了迟发性运动障碍，这是一种面部和四肢重复不自主运动的症状。为了治疗她的精神分裂症，她被赋予了一种新的疾病。

当时让她停药是不可想象的,因为我们等了这么久时间才让她吃上药,而她也终于同意了。公众对精神分裂症的认知是,这是一种具有暴力进攻性的疾病,尽管我认识的她从未有过这种行为,但负责任的做法是,让她继续服药,这样她就不会伤害他人或自己。

我不记得母亲服用的第一种药是氟哌啶醇还是硫醚嗪,但这两种药自首次投放市场后的几十年里一直受到了严格的监管。和 1994 年的绝大多数人一样,我并不知道有这样的批评声音的存在,即精神病学正在成为监狱产业综合体*的盟友——药物正在沦为一种监狱管控的工具,精神疾病正越来越多地被当作犯罪行为。有时诊断发生在监禁之后,作为一种化学监禁的手段。用监禁代替精神健康护理的趋势将持续,直至监狱中的精神病人远比健康护理机构多得多。这些身体——主要是黑人和棕色人种的身体,被打上了社会疾病烙印的身体——将被集中在大型惩教机构中。种族问题就像一根被敲进了美国价值体系的木柱,这根木柱在美国的精神特质中是如此根深蒂固,它将美国变成了一个伦理上精神分裂的国家。[1] 到 2007 年,洛杉矶县监狱、芝加哥的库克县监狱、纽约市的里克斯岛将成为美国"三座最大的精神科住院设施"。[2] 换句话说,即最大的药房和新式疯人院。

20 世纪 60 年代晚期,人们对精神分裂症的定义发生了极大的改变,它原本只是白人中产阶级家庭主妇和白人男性知识分子的痛苦,现在成了一种"抗议性精神病",落到了

---

* 原文为"prison-industrial complex",用于描述美国政府与企业的利益重叠,二者将监视、监管和监禁手段作为解决经济、社会和政治问题的方法。

愤怒的黑人男性和其他有"反白人妄想症"的人身上。[3] 氟哌啶醇被用作化学约束药物,用以控制反抗行为,通常会开给与黑人平权运动相关的被拘留的精神病患者。氟哌啶醇最早的广告之一就描绘了一个紧握拳头的黑人男性形象,标题写的是:好斗?好战?合作往往始于氟哌啶醇。[4]

几十年后,研究将表明,第一代被开具氟哌啶醇的病人,所获剂量是适当剂量的十倍,这个药量实际上把他们变成了僵尸。研究发现,硫醚嗪与心脏病发作有关,并且缩短了使用者的寿命,其使用也受到了质疑。硫醚嗪在2005年被撤出了市场。

1994年,母亲终于开始治疗她的精神分裂症,开的药就是氟哌啶醇或硫醚嗪。尽管所有迹象都表明,她的精神状况正变得越来越不稳定,但我们却被告知,要继续等待药物发挥作用。

而在我们等待期间,母亲一直说她的精神越来越不适。这样的药物治疗让我觉得有些不对劲。

精神疾病患者的声音等同于矿工的金丝雀*。他们的故事提醒我们,精神病学过度仰赖患病的生物学模型,这种做法是有问题的。[5]

1994年1月7日,我回到普罗维登斯,那天是我的二十三岁生日,一个关系断断续续的爱慕对象计划带我出去吃饭庆祝生日。那是我大学毕业后的第一次真正约会,我急切地等待他的到来时,天空飘起了大片大片的湿雪。等他按

---

* 金丝雀对有毒气体的敏感度超过人体,因此在20世纪曾被矿工用作监控矿井环境的警报器。

响门铃时,地上已经积了一英寸厚的雪。

我用对讲机招呼他进来,他上楼梯走进阁楼的厨房,拍掉肩膀上的雪,说:"我觉得我们可以待在家里,订一份比萨,那样就不用冒雪出门了。"

订一份比萨?我无法隐藏自己的失望,而自新年以来就一直萦绕着我的悲伤也浮出了表面。我不想在他面前哭,尤其不想在这个时候哭,却没办法忍住。我重重地坐在镶了瓷砖的餐桌旁,额头枕在双手上,然后大声抽泣起来。等终于喘过气后,我说:"不只是因为比萨,还因为我母亲。我发现她以前是妓女。"

他站在那里,沉默地看着我哭了一分钟,然后朝门口走去。

"你要走了吗?"

"对不起,"他的声音中有一股寒意,"这让我想起自己以前遇到的一些同样令人不安的事。"

"但今天是我的生日啊。"看到他走下楼梯,回到外面的风雪之中,我呜咽着说。

我看着他的靴子在厨房地板上留下的一小摊肮脏的雪水,用袖子的背面擦了擦鼻子。我什么都做不了,只能钻进被子里,往我的悲伤中蜷得更深了些。

2009年1月7日,《纽约时报》刊发了一个故事,一群从前的性工作者打破几十年的沉默,开始讲述韩国政府在为美国人提供性交易中所扮演的角色。"我们的政府就是美国军队的一个大皮条客。"其中一位发言者说。[6]发声的女性越来越多,最后有一百二十人对韩国政府提起诉讼,指控其致使成千上万的妇女及女童遭受系统性的性虐待。

诉讼将花费八年时间，一个由三名法官组成的小组最终裁定五十七名原告胜诉——原告的这些性工作者在20世纪60和70年代曾为美国军队服务，也就是我母亲在基地工作的同一时间。法庭裁定，政府非法拘禁这些女性，将她们关在带铁栅栏窗户的房间里，强迫她们接受性传播疾病的治疗，这种做法构成了一位法官所描述的"严重侵犯人权的行为，本不应该发生，也不该再重演"。[7]

据文中提及的原告之一朴英嘉（Park Young-ja）称："他们从不送我们去看医生，哪怕我们病得几乎就要死了，可他们却会为我们治疗性病……不是为我们，而是为美国士兵。"朴英嘉还对流行观点提出质疑，否认她和美军基地的其他性工作者是"自愿"卖淫。她指出，一些女性是被职业介绍机构所骗，而且即便是那些了解自己将要从事何种工作的人，也从未答应过那种虐待性条件。"我当时只有十几岁，每天必须接待五个大兵，没有休息日。我逃跑后，他们抓住了我，然后殴打我，增加了我的债务。"这些原告后来也对美国政府提起了诉讼。

读到《纽约时报》的那篇文章时，我听到了母亲的吟唱声。1月7日1月7日1月7日……我之前一直以为她念叨的是我的生日，这时我开始怀疑，这个日期是否代表着她对未来的想象，她在表达自己对那些原告的支援。

2月，珍妮来看我。她是我从前信赖的挚友，也是我成年后唯一认识我母亲的朋友。一天晚上，我们去了一家名叫"X世代"的同性恋俱乐部，地址在我所住街道尽头的一个古老工厂仓库里。虽然只隔一个街区,但那是一条下坡路,冰雪被压得很实,要想不滑倒着实是个挑战。我们在酒吧里坐下来,我喝了一杯鸡尾酒暖身,然后告诉她我所了解到的我妈妈的情况。

她捂着嘴开始哭,但眼神并未中断与我的交流。她就那样哭了很久,不出声地抽泣,目光透过松落的金色鬈发看向我。等到终于能说话后,她摇摇头说:"这太不公平了。"这是我从所有朋友那里得到的最抚慰人心的一句回应,或许是因为她认识的我母亲是一个活生生的、曾经很关爱她的人,不只是总藏在精神病背后的、假设中的角色。

在接下来的那些年里,父亲去世后,我成了母亲的厨师,珍妮会在电话里对我说:"哦,格蕾西。当一切都结束的时候,我想让你知道,你为她所做的事是正确的。"

20 世纪 90 年代,母亲最早进入精神健康护理系统时,我们对精神分裂症尚有许多不了解的地方。我们不知道"第三世界的精神疾病持续时间更短",[8] 也不知道非西方国家的人"几乎完全缓解"的可能性要高十倍,[9] 也不知道"美国文化中对精神分裂症的规范化治疗可能会导致情况严重恶化……因为这种治疗是在反复制造自暴自弃和绝望的条件"。[10] 我们不知道,在世界的某些地方,精神分裂症是可以康复的,而美国并不在其列。

让我母亲受苦的,并不只是基因缺陷或无法治愈的脑部疾病所导致的厄运。她的厄运还表现在,她是在美国得的精神分裂症,而这里正是她梦想着能为自己带来好运的地方。

那一季的最后一场大雪下在3月，就在我第一次有意义的长期关系开始的那个晚上。

我在读大学期间认识了恺撒，每当他的萨尔萨乐队在校园附近演出时，我都会远远地欣赏他。他身材修长，高六英尺，一头齐下颌的浓密鬈发，黑色中有几绺闪烁着白色光芒。

毕业后的那个夏天，我们开始一起工作，是在大学的一个分校——一个提供以英语为第二语言课程和双语教育的中心，不过这时候他的头发已经剃到只剩半英寸。恺撒比我早一年从布朗大学毕业，已在那里有一年专职工作经验，尽管那只是一份用以支持他音乐事业的日常工作。我们两个大体来说都是在做文职工作，不过头衔都有些花哨，这样一来，行政部门就能宣称自己在聘用方面的多样化。他是墨西哥裔，我是亚裔，再加上那个来自佛得角的秘书，我们成了罗得岛几个种族和语言少数民族的象征性代表。

我从毕业以来就一直暗恋恺撒，而在那个暴风雪之夜，他邀请我去他在福克斯角的朋友家参加派对，我对他的好感开始有结果了。

我在为派对精心打扮时，一阵狂风将卧室的窗户吹得咔嗒作响。我穿了一条紫色牛仔裤，一件黑色上衣，脚上是一双即将惨遭蹂躏的意大利短皮靴。我但凡还有一点理智，都不会想钻进自己的车子，然后在五英寸厚的积雪中横穿镇子，更别提还要先把车道铲出来。

到场后，几乎不等我在人群中搜寻，恺撒就从房间对面看到了我。他朝我微笑，他的眼睛是深棕色的，眼角下垂。"嘿，格蕾丝，很高兴你能来。"我扫视房间，确定他是独自前来后抱了一下他。他递给我一杯甜朗姆潘趣酒,我们坐在他朋友从垃圾堆里翻出来的一张沙发上。坐垫的中央塌陷下去,我们的身体靠向彼此,腿挨在了一起。我感觉出我们之间情愫涌动,但不知道是不是自己想太多。

几杯潘趣酒下肚,到了大概凌晨四点的时候,他脱口而出:"我想我爱你,格蕾丝。"他显然喝多了,我可能也一样,但他的表白让我清醒过来。我把他领到主人放在地板上供客人过夜的一张床垫上,让他睡觉。我在他身边躺下来,梦想着未来,他阳光的性格将成为一盏照亮我的黑暗的明灯。

第二天正午前后,我被咖啡壶的咝咝声响和派对客人的聊天声吵醒。恺撒还在睡,我起身走到门外的前门廊上,有两个女人在享受乍临的春光。气温是15.5摄氏度,阳光照得雪地上融化出了一条条小细流。

"天气真好!天气真好!"一个女人一边唱着,一边仰着头展开双臂。

那年春天,普罗维登斯街道两边的连翘蓬勃地绽出了黄色花朵,随后盛放的是黄水仙。4月,恺撒和我第一次接吻。5月,他搬进了我的马车房公寓。

我们收集的美食杂志稳稳地摆放在客厅的书架上,有《美食与美酒》《美食家》《好胃口》《美味》《厨师画报》《红辣椒》。我们在40年代的白瓷炉上做了很多美味佳肴:漂亮的法国菜、香辣的亚洲菜或拉丁菜。烹饪成了我们欲望与希望的化身,在实得购物超市购物也被注入了一起建立生活的浪漫。

我沉浸在恋爱的狂热中,一天天都不会去想母亲。

6月的一天,我拿起电话,听到嫂子的声音。格蕾丝,你妈妈……

我不想从幻想中醒来。多希望能将她静音,就这一次就好,我不想听到那句话的结尾。

那天晚上快十一点的时候,一名州警在95号州际公路上把我拦了下来。我听到警靴重踏走来的声响,于是摇下驾驶位的窗户。

"你知道你的速度有多快吗?"他问。

我开始颤抖,能看见我的双手在方向盘上发抖。

"你都快飙到九十了。"

"我妈住院了。"我哽咽着说。警察的脸色柔和下来。

"在哪儿?"

"新泽西。"我说。我们当时是在康涅狄格州的某个地方。

"小心点,不然你也要进医院的。"我点点头,警察离开时,嘶哑地说了句"谢谢"。

服用氟哌啶醇或硫醚嗪六个月后,母亲试图自杀。自杀倾向是抗精神病药物的另一个常见副作用,但直至7月她第二次自杀未遂时,我才开始怀疑,促使她这么做的可能是药物治疗本身。

她第一次恢复意识后,我抓着她的手,乞求她不要死,许下了我会努力兑现的承诺。我说我要去念研究生,可能是去哈佛。去拿博士学位。只要能让她高兴。我握着她的手,踏上了一条追寻之路,尽管我此前一直在这条路上,只是不自知而已。

10. 馅饼皮女孩

新泽西州普林斯顿市，1994

"毫无价值。"这是我母亲在医院吞下四瓶抗精神病药剂后，因化学残留物而神志不清时说的话。

"为什么，妈妈？你为什么要这么做？"

她咯咯地笑，脑袋靠在枕头上左右摇晃，伸出一只手拧了拧我的鼻子，仿佛我是个小女孩，而非已经开始成年生活的年轻女人。"格蕾丝长了个漂亮的鼻子，不是像她父亲那样的美国大鼻子。"然后她开始用韩语说话，夹着一些胡言乱语，之后才用清晰、清醒的英语回答我的问题："因为我感觉自己毫无价值。"

"毫无价值"这个词潜入了我的心灵，并且像疾病一般在那里住了下来。我用了之后十五年的时间去发现母亲为什么会有那种毫无价值的感觉，去深入了解我心里的那个地方，然后想办法摆脱那个心病。

母亲去世后，我有很多年时间都生活在痛苦的不解中，她的死因是什么，她有可能是自杀的，不管那可能性有多么小。让我同样痛苦的是，我知道自己永远都不可能找到真相。

在我的痛苦终于平息后,我开始烤油酥面饼——在一个商用厨房,每星期烤二十到三十个。在那之前,我自己完整做的馅饼皮,一只手就数得过来。第一个是我五岁时做的,当时母亲勉强答应,让我用她的面团碎渣烤了一个小小的馅饼。那是我小时候第一次,也是唯一一次被允许下厨,母亲担心学做饭会让我偏离求学之路。

不过有一段时间,我的确偏离了那条道路。那是我博士生时期,我成了"准博士",这个时候许多学生都会迷失方向,有时甚至再也回不到正途。我暂停学习是在考完三场博士资格考试的第二场后,这场考试也被称为"口试",内容是就三种不同文学作品展开两小时的流利演讲。

公开演讲一直是我的弱点,我最害怕的事情之一,在那次考试之前,我有几个月一直埋头于阅读满篇术语的文字,沉浸在自我怀疑中。考试通过后,那段日子一直在给我加油鼓劲的恺撒送了我一台闪亮的红色凯膳怡立式搅拌机,我在布鲁克林学院当兼职教师,每星期二百三十六美元的薪水,本来一直在攒钱买。那台搅拌机彻底改变了我的生活。手工搅拌面团、打了一半的蛋白霜和罐装发泡奶油的日子一去不返。我开始以前所未有的方式做蛋糕,蛋糕上面的混合配料有着完美的造型,糖霜充盈蓬松。

搅拌机开启了一条路。三个月后,我报名参加了一个专业的糕点课程。我不敢告诉母亲,但她当时同恺撒和我住在皇后区的合作公寓,我实际上也无法隐瞒。等我终于鼓起勇气告诉她时,她交叉抱起双臂背过身去,说:"我觉得有人在给你洗脑。"虽然我向她保证,我会完成博士学业,但她却讨厌我暂时放下学术生涯，每天在工业厨房中忙到深夜，手肘上沾满面粉。

在这个糕点学校，我又完整烤了四个派。没有一个是完美的，但因为我们是结对工作，所以成败并不是我一个人的责任。我试着向母亲解释这一点，她尝了一个，说："馅料还不错，但馅饼皮需要擀得再薄一些。还不够薄。"总的来说，我在烹饪学校学得还算好，不过做馅饼既非我的强项，也不是我的热情所在。课程结束后，我又开始使用冷冻馅饼皮，因为我不相信自己能做出更好的馅饼。我将它们放在手边，以备需要时能够随时取用。

有一次，我受邀为一个筹款派对准备一套三道菜的餐食，我从冰箱里取出那些馅饼皮，填入杏仁奶油酱和新鲜的树莓。仿佛那些馅饼皮是我自己亲手制作的，当一位食客为此夸赞我时，我太尴尬了，都无法承认那并非我自己制作的。如果母亲在场，她会觉得我很懒，就像她发现我的炊具边缘有油渍时一样。

"你得洗洗你的锅啊，格蕾丝，不然人们会觉得你没有野心。"

"不会的，妈妈。这跟野心无关。"我当时这样回应，后来我在想象中与过世的母亲谈论起自己全程参与制作的馅饼失败了的经历时，这句话还将一再重复。

不是那样的。我只是个做蛋糕的人。

我母亲从来没有烤过蛋糕。我童年时，家里的每一块蛋糕都是从西夫韦超市买的，没有黄油，甜得发腻。

美食蛋糕的世界对我来说是未知的烹饪领域，它成了我想掌握的技能。蛋糕是一种美味，能带来奇妙体验，与此同时,也是严肃的事情。我继续学做蛋糕,一如母亲养育我成为的那个好学生。甚至在烹饪学校结业后,我又参加了糖衣和装饰方面的专项讲习班。我坚持练习,直至能做出最柔滑的奶油乳酪、最浓郁的奶油夹心、最美味的裱花装饰。我坚持烘焙,直至做出朋友和同事们尝过的最美味的蛋糕。你瞧,妈妈。我是有野心的。

苹果馅饼

以前母亲经常一个月要烤几十个馅饼,每年要烤几百个,最后她烤过的馅饼多达几千个。她这样猛做馅饼,一定从她在某处品尝到细腻馅饼皮和酸甜馅料的时候就开始了,这两样对她的韩国味蕾来说都是完全陌生的。第一次品尝可能是在韩国的某个美军基地,那里的食物都是美式的:汉堡包、热狗和苹果馅饼。

母亲一度相信自己能够融入父亲的家乡,为此还开始了一项通过掌握美国烹饪方式来实现同化的计划。或许,她只是厌倦了邻居无休无止的询问。"你们国家有这个吗?""你们的文化中真的会吃狗肉吗?"或许她真的认为,作为妻子和母亲,她应该做父亲熟悉的食物,应该用不会让哥哥和我显得像外国人的食物来喂养我们。不管是出于什么原因,她都以救世主般的热情接受了美国的烹饪方式和文化。当然,她没有为了美国食物而放弃韩国食物,而是学着偷偷吃一些东西。

"如果美国人看到我们吃这个,会被吓坏的。"有一次母亲对我说，我们正大嚼着一整条烤鱿鱼干，一簇簇触角状的鱿鱼须耷拉在嘴边。我们边吃边笑，但几十年之后，我还在终身教职考核期的时候，一个学生敲响我办公室的门，撞见我正在吃鱿鱼干。我想起母亲的话，脸颊顿时通红。如果美国人看到我们吃这个……

她学会了区分私人饮食该怎么样，作为做饭者和吃饭者的公开形象又该怎么样。在公开形象中，她是个略有些格格不入的美国家庭主妇，会尝试女性杂志上的新食谱，从街对面的八旬未婚老妇那里寻求指导。后来，韩国出现了"劳军联合组织新娘学校"，那是一个针对美国军人的韩国女友及未婚妻举办的培训项目，旨在教会她们如何当一个好妻子——首先就是通过美式烹饪课程。母亲接受的做饭训练并不正式，而她沉浸在这个美国小镇，几乎没有犯错的余地。

不过她的确犯过错。举例来说，烤箱不是典型的韩国厨房用具，对我母亲那一代人来说，则更是完全陌生。因此，当她第一次尝试烘焙时，她把巧克力碎饼干的底部烤焦了，而且烤得坚硬无比。

"吃着有点硬。"父亲用臼齿嚼完一块后说道。

"什么这么硬？"她答道，她对饼干的质地不熟悉。面对父亲的批评，她的最终回应是不断尝试，直至做出好的口感。拿下曲奇饼干后，她转而开始尝试更具挑战性、更具典型特色的美国食物：苹果馅饼。

烘焙，对我母亲来说，是成为美国人的一种方式。烘焙是一种遗忘的方式。

黑莓馅饼

有些事让母亲作为我们家乡的移民版贝蒂妙厨*的形象变得更加复杂，其中最重要的一个事实是，她不满足于家庭生活。在她发疯之前，她一天中在外面工作的时间要超过她待在家里的时间。她在做饭和清扫上付出的全部努力——擦掉锅边的全部油污——都是受野心驱使。对一个只受过中学教育的女性来说，成功是一件难以把握的事，无法用传统方式来衡量。不能用完成学位或挣来的金钱衡量，而只能以她做的事能换来多少最高赞美来衡量。在作为食材采掘者的岁月里，她采摘、出售、冷冻、酿制和烘烤的野生黑莓数量惊人，令许多人都大为赞叹，其中就有许多"最"和"最好"一类的赞美。"这是我在一个地方见过的最多的浆果！""你的价格是各地最公道的！"

我没有意识到她的黑莓有多便宜，直至她跟我一同住在皇后区，有一次我在联合广场农贸市场给她买了半品脱人工栽培的黑莓。它们又大又丰满，半品脱售价四美元。我开始在脑海中计算，它们比她过去卖的野生黑莓贵多少。一夸脱有四颗，四夸脱等于一加仑。十六乘以四，相当于一加仑售价六十四美元。十五年前，她的售价是十三美元一加仑。我不知如何计算通货膨胀率，但我敢肯定，野生黑莓的质量比人工栽培的要好得多。真的没有可比性。我挑了看起来汁水最多的那一篮，递了四张一美元的钞票给收银员，希望母亲不要问花了多少钱。但当我回到家，将小塑料篮递给她时，

---

* 贝蒂妙厨（Betty Crocker），美国通用磨坊公司于1921年创办的烘焙品牌，其虚拟母亲形象的商标家喻户晓。

她只是看了一眼，然后哼了一声，那是她失望时总会发出的声音。"哼。籽太大。这些黑莓不好。"

母亲刚去世的那些日子，我沉浸在对她健康岁月的回忆中，那是在她说出"我感觉自己毫无价值"很久之前。我询问了所有认识她的人，对她最深的印象是什么。大家都明确地表示，是黑莓馅饼。

除了采摘黑莓，她最爱的消遣似乎就是烤黑莓馅饼。原因或许在于，相比于消遣，这项活动更多的是一种冲动，一种渴望，她想用自己的劳动和汗水制作一些她能宣称属于自己的东西，她能选择送人，而非被人从她手里拿走的东西。因此，许多个星期日的下午，她都卷着袖子，手臂浸在装满面粉和起酥油的大碗里，用手指将食用油和面粉拌匀，做成小珍珠般的面团。一天结束时，案台上会有几十个热乎乎的黑莓馅饼在凉，等待有人来切开它们的外皮。

回想起来，我发现黑莓才是她制作的馅饼中真正的明星——母亲将它们称作"野生小黑莓"，与其他黑莓区分开来。馅饼皮和黑莓的配比总是完美平衡，但对我当时不成熟的味蕾来说，馅料只是馅饼皮的调味品而已，我以为它们是可有可无的。有时候，我会问我能不能只吃褶皱的边缘，有一次她准允我吃掉了整个外皮，于是下一次我就自己动手了。一天，被焦糖黑莓汁在棕色酥皮中沸腾时散发的香味吸引，我走进厨房，吃掉了案台上的四五个新做的馅饼皮。母亲不在场，可能是在偷闲打盹儿，或者在后院照料玫瑰花。后来，她发现我的所作所为后，尖叫着说："格蕾丝！你毁了我的馅饼！我要送人的，现在弄得这么丑！所有工夫都白费了!"一开始她很愤怒,但也有那么一瞬间觉得很好笑,于是戏称我为"馅饼皮女孩"。

哥哥的妻子告诉我那个家族大秘密,是为了解释我母亲的精神疾病,仿佛她的过去本身就是答案,而非问题。

那一年,各种因缘际会打开了一个永远都无法再关闭的开关。我恶补了一切以性工作为主题的电影、小说、学术著作和文章,尤其是以亚洲,或者涉及军队和跨种族爱情为背景的那些。但是我消化的许多作品却让我感到恶心,因为大背景是缺失的,作品的框架总是将视角引向个体。我也开始对这种趋势变得异常敏感,即所有性别的人都开始随意和频繁地将"妓女"和"荡妇"这两个词用作贬义词,这种侮辱在流行文化的各个方面无所不在。这让我不禁开始思考:我母亲的价值感在多大程度上与那种污名捆绑在一起?过度的耻辱让她觉得自己无足轻重。

那时我明白了,为什么我的受教育问题对她来说如此重要。原因并不仅在于,只有如此,她才能实现成为学者的梦想,还在于她要确保,我永远都不必面对她曾经做过的选择。每当我表示对体力劳动感兴趣时,比如我第一次在餐厅后厨找到工作,她都会鞭策:"要用你的头脑工作,而不是你的身体!"虽然我很喜欢学校,但我会决定在研究生院待七年,主要是受那个飞逝的瞬间驱动,或许不到两秒的时间里,我听到了那句话:你母亲以前是妓女。

1998年,我进入纽约市立大学研究生中心学习,继续寻找是什么摧毁了我母亲的精神,以至于她会觉得自己毫无价值。"你母亲以前是妓女"和"我感觉自己毫无价值",我打算弄清这两句话之间可能存在的全部联系。

我研究了女性主义者的性别之战,它将商业性质的性行为置于辩论的中心。一开始,我更多地站在激进女性主义者那一边,认为卖淫和色情制品本质上就具有压迫性,不过,我对非商业性质的性行为的看法则轻松得多。一个自身就是性工作者的女同学介绍我认识了一群性工作者活动家,此后我的观点开始向性激进派靠拢。他们表示,性工作是一种选择,以后也应当继续维持。它是一种行动者独立选择的行为,甚至是授权行为。性产业中需要改变的是工作环境和尊重的缺失。我同情这些观点,也认同女性能够从性行为中找到力量,利用它来赢利或者谋生应该是合法行为。但之后我开始注意到,在赞颂拥有选择成为性工作者自由的人群中,最显著的声音来自白人女性,而且通常都受过高等教育。当然,如果你拥有一个高等学位,那么这个选择就并不那么令人担忧了。可那些因为自己所做的选择而被噤声的女性呢?

我一次又一次地重温菲律宾性工作者活动家阿杜尔·德莱昂的发言:"(美国女性主义者)把所有时间都花费在争论卖淫是否能成为一种自由选择上。我们第三世界国家的妇女真的厌烦他们的争吵了。我们对于卖淫的争论点是不同的。"[1]拥有"不做妓女的权利"更为迫切。[2]

讽刺的是,我的第一本书出版数年后,我收到一封电子邮件,批评我将军营里的韩国女人描绘成是"出于自愿选择"成为妓女的。来信人之所以会得出这个结论,是因为我没有直白地将她们描绘成"被迫害"的对象。我在回信中反驳,我永远不会使用那个词——"出于自愿选择"——因为在我书中所写的背景下,"选择"这个概念太过混乱。当性工作由国家资助去服务一支外国军队（世界最强大的军队）时，当两国间的关系极度不平等时，那么工作条件就已经扎根在被强迫的土壤之中。的确，许多为美军提供服务的性工作者没有被骗和被贩卖，但她们也不具备好的选择。

我曾经写过，不管一个人的选择面多么有限，都总有抵抗的可能性。或许有些女性已经接受了她们作为"坏女孩"的角色——对父权制思想中有关妻子与母亲的期望说一句"去你妈的"——或者有些女性抓住了接近美国的机会。20世纪60年代，在军营工作是韩国年轻女性最有可能找到的出路。即便是纯粹为了生存才接受的性工作，也是一种反抗权力结构的方式，如若不然，那种权力结构可能会让你去死。生存就是一种抵抗行为，但在帝国主义的秩序下，进行反抗与"出于自愿而当妓女"却并非一码事。"被迫和自愿"是一种错误的两分法。

虽然我已经花费数年去思考我母亲的处境，但系统拆解工作却始于我学习社会学方法课程的第一年，那门课要求我们每个星期都列出研究问题。我从未在作业中明确提及母亲，但她存在于我所写下的所有文字的潜台词里。

是什么结构、系统，以及地缘政治事件造就了这样的社会背景，让生活于其中的她竟然敢于违反她身处的社会的规范，进入性产业？入行后，又是什么样的微小行动慢慢侵蚀了她的自尊心？什么样的大额交易碾碎了她的神经？离开后，同样的事情是否再次发生，只不过换了时间和地点？

这些问题的答案根本说不清。

后来，在我花了十年时间调查之后，我的嫂子会说，她告诉我只是因为我"应该知道"。因为她告诉我是出于"女人对女人的顾惜"。不知为何，她希望我永远不要为此做任何事情，只把秘密锁在自己心中，再也不要提起。而当我把公开质问那句曾经萦绕在我心头的话当作毕生事业时，当我就此写下几百页的文章时，我的嫂子却修改了故事的情节："你母亲是个鸡尾酒招待。没有别的。"

但这不重要。她是鸡尾酒招待，还是妓女，还是介于两者之间的身份，这都不重要，因为那些话，在第一次说出口的时候，就已经改变了我。你母亲以前是妓女。那句话传达的新的信息太过震撼，将我过去的记忆都抹除了。它让我忘记了她是我妈妈的那些岁月，那个女人管我叫"馅饼皮女孩"，那个女人因黑莓馅饼而闻名。

混拌碎肉馅饼

母亲第一次自杀未遂后，搬回了父亲那里。据嫂子说，那是哥哥和父亲的主意，母亲默然接受了。那是个灾难性的计划。我的父母都没有照顾对方的能力，尽管我知道这个事实，因为我曾目睹过他们在一起时两人都无法正常生活的状态，但我的意见并不重要。我是小女儿，没有能力为母亲提供一个家，那他们为什么要听我的呢？

母亲回到父亲那边的根本原因是，父亲将设法阻止她再度自杀，但仅仅几个星期之后，她再次企图自杀。

她先是让父亲给她买一瓶葡萄酒。父亲虽然觉得这个要求很奇怪，因为她从不喝酒，但还是照做了。接着她爬上阁楼,躲进那个窄小的空间里,躲在最深的角落里,那里是她储存不会再使用的物品的地方,有布料、泡菜罐、采掘食材用的工具,都是她过去生活残留的痕迹。她将自己稳当地藏在谁都不会想到要看一眼的地方,用一杯葡萄酒将药片灌下肚,然后就等待着死亡的降临。(她后来承认,之所以喝酒,只是因为药剂的警告标签上提醒她不要跟酒混合在一起服用。)第二天,警察上门来调查我母亲失踪的情况,但并未找到她的踪迹,虽然他们检查过阁楼。但就在他们要下阁楼楼梯时,我母亲——已失去意识,奄奄一息——发出了一声长长的呻吟。警察转过身来,及时发现了她。

头两次自杀失败后,她发誓"再也不会那样了"。她说那句话时,声音里带着厌恶和坚定。"好,我永远都不会再那样了。"

与其说她是在向自己承诺要活下去,不如说是想避免再度失败,让自己免受进一步的羞辱。不管怎样,那在一定程度上让人放心了。

我们一家人最后一次一起过圣诞是在1997年,那时我父母依然住在一起,但已不再跟彼此说话。我们飞去了哥哥在北卡罗来纳州的家,我从纽约去,父母从西雅图去。他们在飞机上挨着坐了六个小时,却一言未发。我不知道其他乘客会不会觉得我父母是两个彼此陌生的人。母亲已经能非常娴熟地屏蔽父亲的声音,就像她也能屏蔽其他各类背景音,那样她才能听见自己幻听到的声音,她才能坐在他身边,甚至不表露出一丝认识他的迹象。

他们到了哥哥家后,父亲将他的行李拿去了客房,母亲却从包里拿出一个混拌碎肉馅饼，然后启动了烤箱。我很高兴得知母亲依然会为特殊场合烘烤食物。哥哥和我坐在餐桌旁，将叉子插进香喷喷的馅饼中，但他只咬了一口，就面露犹豫的神色。

"你往里面放肉了？"他问。

"怎么了？"母亲对他的疑问感到不解，"很好吃。"

他显然没有从字面意思理解这个馅饼的名字，也不了解混拌碎肉馅饼的烹饪历史，根据传统，这种馅饼就是由碎肉和水果混拌而成，后来才被更常见的只有水果的版本取代。这种馅饼不是我的最爱，但我还是吃了。比不上她的黑莓馅饼，但其中的香料和冬季水果吃着有圣诞节的味道。碎肉中和了葡萄干的甜度。一向喜欢吃水果拌肉馅的父亲可能会喜欢这种馅饼，但他没和我们一起坐在餐桌边，因为他在躲避母亲。

我事先提醒过嫂子，让父母都过来度假不太好，但她坚持要邀请，说只请一个而撇下另一个很残酷。父亲住客房，母亲住客厅，他们都没有任何想让两人之间堆积的冰山解冻的意愿。父母到的第二天，父亲开始抱怨自己便秘了，请我到药店给他买灌肠剂。"一定要买辉力的，"他说，"拼作F-L-E-E-T。"我尽职照做了，把灌肠剂递给他后，他脱掉裤子，在客厅地板上躺了下来，而我三岁的侄女正在那里看一部名叫《麦德兰》的动画片。

"爸爸？你这是干什么？"我压低声音说，"去浴室处理。"

"浴室里没有足够我躺下的空间。"

"那如果你不能及时赶到马桶那边怎么办？"

"哦，胡说！我赶得及。我都这样干过一百次了。"

这不能怪我，我这样想着，走开了。但我刚走进隔壁房间，就听到父亲在喊："格蕾丝！我没来得及！"他冲进浴室，在身后留下一股大便的臭味，熏得我想呕吐，我跑到外面，好吐到门廊那边去。我跑出来时，母亲和哥哥正在外面享受南方温暖的冬日。

"怎么了？"他们一齐问道。

"爸爸……刚刚拉屎了……你房子里到处都是。"我喘着气对哥哥说。

母亲挥了挥手。"哦，那个啊。他在家一直那样，都是我来清理。"

那件事毁了我们为平安夜晚餐所做的准备。母亲的混拌碎肉馅饼放在案台上，切了两块，只吃了一块。

那个混拌碎肉馅饼是我母亲烤过的最后一个馅饼。接下来的十一年里，也就是她人生剩余的时间里，她再也没有启动过烤箱。我不知道是不是那年圣诞节过得不如意，大家对她做的混拌碎肉馅饼缺乏热情，或者是她意识到，不管烤多少馅饼，不管烤得有多好，她都无法找回曾经从烤馅饼中获得的成就感。烘焙已经成了一个没有价值的追求。

从那一刻起，我开始认真地烘焙，仿佛要挽回母亲岌岌可危的遗产。多年来，我通过拼凑碎片信息，更能理解是什么让她有那种毫无价值感。她一定是被那些让她觉得自己的人生多么渺小的信息吞没了——她不再被当作一个人，而是一个物件。这些信息来自她周围的人，来自韩国社会，甚至可能来自她自己的家庭。她逃离韩国，却只发现美国社会也在贬低她的价值——这个灰色的国家，这个充满暴力的寄养家庭……在这片土地上，他们用泥土塞满了我的喉咙，而当我们学会吞咽后，他们又指责我们贪吃。[3]

第四部分

PART 4

世界始于餐桌旁。不管怎样,
我们必须吃才能活下去。

世界的礼物已备好,
放在餐桌上。自创世以来即如此,
并且将继续如此。
……
我们的梦与我们一起喝咖啡,
伸手拥抱我们的孩子。
我们在桌旁重新振作时,
它们同我们一起嘲笑那跌倒后可怜的自己。

这张桌子一直是雨中之屋,
烈日下的伞。

许多战争在这张餐桌旁开始并结束。
它是恐怖阴影中的藏身之处。
是悲壮胜利的欢庆之所。

我们在这张餐桌上分娩,
亦在这里为父母安排葬礼。

在这张餐桌旁,我们歌唱,以欢喜,以悲哀。
带着痛苦与悔恨祈祷。表达感激。

或许世界将在这张餐桌旁终结,
在我们欢笑和哭泣,咬下最后一口甜蜜之时。

——乔伊·哈乔[*],《或许世界将在这里终结》

---

[*] 乔伊·哈乔(Joy Harjo,1951—),美国桂冠诗人、作家、音乐家,主要作品有《什么月亮驱使我来到此地?》《来自世界中心的秘密》《在疯狂的爱和战争中》等。

11. 只盛一次，不算爱

华盛顿州奇黑利斯市，1980

母亲用手指捏起一个烫手的蘑菇，一口塞进嘴里。滚烫的温度似乎从来都不会钝化她的味蕾。她把手伸向炉壁，越过祖母格蕾丝的猪形陶瓷盐瓶，转而抓起那个大的玻璃盐瓶。她调了调味料，又尝了一个蘑菇，然后把锅从烧得发红的电线圈上端下来，把烤好的西冷牛排端出烤箱，用木铲将蒸好的白米饭打松。又一顿饭做好了，即将摆上餐桌，以外科手术般的精准标示着时间的流逝。时钟敲了六下，她的声音穿过我们那座平房。"晚饭准备好了！"和她召唤在野外游荡了一夜的猫咪时是一样的语气，就好像我们在几英里外，而不是在隔壁房间。

父亲、哥哥和我匆忙赶来，围坐在厨房角落贴墙摆放的白色长方形餐桌旁。桌子只有两条边是可以坐人的，所以我们不能面朝彼此而坐。我坐在靠近炉灶的一端；父亲坐在壁挂式电话下方的另一头，电话是与电器相配的芥末黄色；母亲坐在中间。哥哥坐在桌子的短边上，我们一家人形成一个L形。

母亲站在炉灶旁，将牛排盛在康宁牌的白色餐盘上，我们其他人则坐在橡木矮凳上。"只盛一次，不算爱。"她说着，将一大堆米饭和蘑菇盛在肉旁。换句话说：如果我只给你盛一份，那意味着我给你的爱不够。那是她在用餐时间的口头禅，是她阻止任何人抗议双份食物的方式。不言自明的规则是，我们要通过吃饭来报答。我看着自己的餐盘，想着我怎么可能吃掉那么多，不过我总有办法吃完。

一开始的几分钟里，我们谈的都是饭桌上的话题，父亲问哥哥和我这一天在学校做了什么，然后告诉母亲食物很美味。母亲不说谢谢，而是说"我知道"。剩下的时间里，我们都忙着吃东西，几乎不再说话。相反，进食的时候，伴随我们的是刀叉碰撞声和安装在餐桌上方的长条形荧光灯的嗡嗡声。快吃完时，母亲会打破沉默，起身端来更多米饭和蘑菇。"全部吃掉吧，剩菜不好。"如果有人拒绝，她会笑着给出固定的回答："只盛一次，不算爱。"

第二天晚上，这一幕又会重演，只不过她会用调过味的豆芽和蕨菜做石锅拌饭，第三晚是意大利面和肉丸配沙拉，再下一晚是科尼什鸡和烤根茎类蔬菜。有时如果父亲出海了，他的椅子会空着，到我十一岁时，哥哥就离家去上大学了。即便靠墙摆放的白色富美家餐桌旁只有母亲和我两个人用餐，我们依然会并排坐在一贯的位置上，她会喊"晚饭好了！"，哪怕我就站在十英尺外，而且她会催我多吃，再多吃。

在我还小，被母亲做的食物喂得饱饱的时候，我从没想过我们家用餐仪式的意义，也从未想过除了是母亲的母职义务之外，做饭还可能有任何其他意义。或许只有父亲完全理解母亲所做的一切。他知道这是一种象征性行为，表明她经历了多少磨难——他们两个经历了多少磨难。

虽然父亲年轻时的生活都是围绕着生产食物展开的，但他从未说起过去什么时候有人精心为他准备过食物。每次谈及早年有关食物的记忆，都是关于苦难的。"我如果对食物不屑一顾，就会挨鞭子。不管餐盘上盛的是什么，我们都必须吃。"

有一次，他给我讲了一个贫困家庭的故事，那家人的困境反映的正是大萧条时代的艰辛。"他们如此绝望……"他的声音绷得很紧，但他勉力说完了剩下的话。"他们不得不吃掉自己的狗。"他说完最后几个字，泪水夺眶而出。这么多年过去，他回想起那种饥饿的感觉，依然感到痛苦，我总是会想，故事中的那户人家是不是他自己家。

他航行至韩国，遇到母亲后，发现了一片新天地。母亲做的食物是联结父亲曾去过之地的纽带，是一根魔杖，让他能够既在这里又在那里，在他舒适的家中就能品尝异国风味。除了他最爱的美国食物，母亲也让他吃辛辣爽口的韩国食物。当他想回味果阿之旅时，他就给母亲一包香料和一份食谱。母亲做出了一道香喷喷的椰子腰果咖喱鸡，这道菜很快就进入了她不断丰富的食谱。她会尝试新的食谱，周末烹煮爽心美食，节假日制作丰盛的大餐。她总是把冰箱塞得满满当当。也许她烹煮的食物让父亲觉得自己是个有钱人。

对我母亲来说，这样的饮食方式代表的是一个充满可能性的世界。为他人提供食物使得她能够超越自己的出身。这是她生存的证明，是她对未来的希望。上大学后头几次回家，是我最能体会到母亲的食物代表爱的时刻，那时她已经为"美国大学的人"有没有为我提供充足营养担心了好几个月。从我看到父母两人都在西雅图-塔科马国际机场等我的那一刻起,亲情就开始喷涌而出。在打招呼和拥抱我之前,在问我航班如何或者我在学校怎么样之前,她的第一个问候是伸出一只手,递给我一个剥好皮的橘子。"给,吃吧,我做了糯米糕,"她说着,扬起另一只手中提的装有糯米糕的袋子,"你可以在车上吃。"

但很快——可能是在第三次或第四次回家之后——就没有了剥过皮的橘子,母亲也不来机场接我了。

"妈妈呢?"她第一次没来时,我问父亲。

父亲恼怒地发出一声长叹。"我不知道!你母亲做任何事,我要是还知道是为什么那真是活见鬼了。"

回到家中,我看见前院里的树桩,是母亲几个月前不知为何砍倒的老橡树的遗迹。我记得父亲在电话里向我抱怨过这事:她把所有树都砍了!她究竟在想什么?

在通往前门的步道两边,灌木丛稍显杂乱,地里钻出了杂草。我走进房子,穿过餐厅进入后面的客厅,发现她坐在米黄色的沙发上。她说了句你好,但没有起身,所以我抱住了仍坐在原位的她。

我看到食品储藏室里只剩下几罐落满灰尘的果酱,冰箱里几乎是空的。房子里可以说没有食物。

母亲一直只吃最简单的米饭和泡菜为生,可能再加一道蚝油菠菜,或者用大酱炖的青辣椒做配菜。"大酱是用大豆做的。那就是蛋白质啊,你看。"当我告诉她,我会担心她营养不良时,她说道。她偶尔会出门去吃汉堡王,犒赏自己一个带奶酪的双层皇堡,但她已经不再为父亲做饭了。父亲靠意大利面、罐头汤、蒸蔬菜和"上门福利餐"*过活，他既是该组织的司机，也接受一天结束时组织里剩下的饭食。

因为父母一直都吃得不好，我便去西夫韦超市买了许多杂货，包括我打算当晚烤的猪肉和土豆。我还没有学会怎么做，但我以前看母亲做过许多次，知道要如何给肉类调味和预热烤箱。我还会做沙拉：剁些卷心莴苣、番茄和黄瓜，浇一层瓶装沙拉酱。然后父母和我并排坐在厨房餐桌旁，吃我做的饭。

"味道很好。"父亲说的是猪肉。

"抱歉烤过头了。"我说。

吃饭的时候，父亲和我只说了几句话，母亲却一直没有出声，眼神一片空洞。我想听到她的声音，这种渴望越发放大了日光灯的嗡嗡声，以及我们三个咀嚼、吞咽和大口喝水帮助吞下肉干的声音。这顿无声的晚餐让我想起童年时的饭桌，但这顿饭的前后没有母亲"只盛一次，不算爱"的欢快埋怨。我意识到，她曾经多么喜欢将做饭作为一种交流方式，而此刻她的沉默让她看起来像个幽灵。尽管她就在眼前，我能听见她进食的声音，甚至能闻到她的衣服散发的白色香肩香水淡淡的丁香花香，但我依然觉得，她远在另一个我无法触及的世界。我终于发自内心地意识到，我曾经的那个母亲已经不在了。只盛一次，不算爱。一部分的我想说这句话，但我不曾赢得取代母亲成为家庭厨师的权利，我也无意争取。我希望那句话属于她，而且只属于她，如果我不说，那她或许还会回来。此外，我做的食物并不算成功，所

---

* 上门福利餐（Meals on Wheels），指由政府资助的为老人、病残人士提供的上门送餐服务。

以我只是清理了桌子,洗了碗碟。

"谢谢你,亲爱的。"母亲回到沙发上的老位子去了,父亲对我说道。那是我第一次为父母做饭,也是我将为母亲做的上千顿饭的第一顿。

从那以后,我每次回家看他们,都会在家里承担起做饭的职责,但母亲从未对我做的食物发表过任何意见。我不确定她的沉默是因为她想浇灭我对做饭的兴趣,还是因为她的头脑已变得太混乱,对食物毫不关心了。一开始为她做饭的尝试,总是会让我痛苦地想起她的不幸,这也让我开始怀疑,情况是否能够改变。

在她第二次自杀未遂之后的某一天,这时她已从新泽西搬回奇黑利斯,她开始去奥林匹亚看治疗师,那座小城位于奇黑利斯以北三十英里处,5号州际公路沿线。治疗师是全博士,也是一位从韩国移民来的女性,是十五年来我们家族以外第一个与母亲有过交谈的韩国成年人。"我觉得我真的能和她交谈,"母亲的声音里带着乐观色彩,"她不像是治疗师,更像是我的好朋友。"她的话让我热泪盈眶,多年来,我第一次敢于想象一个完全不同的未来。

但是,在她开始带父亲一同做伴侣咨询后,情况发生了改变。在治疗师办公室那个私密空间里,父亲重新感觉到自己是被倾听和观看的,于是开始渴望获得治疗师的关注。他开始在母亲不在的情况下与全博士见面,有时还是在办公室之外。

母亲放弃了治疗,可能是发现有情况就没再去了。我不确定父亲与全博士的关系是否涉及性,但他们的确发展出了

她是幸存者

私人关系。他定期与全博士见面,给她钱作为礼物,并且毫不掩饰他已被她吸引。事实上,父亲还厚着脸皮吹嘘过他们的友谊,有一次还让我把我发表的第一篇期刊文章寄给全博士,仿佛她是母亲的替身,母亲永远不可能有足够的文化水平来阅读我的文章。我对这个提议很反感。

"不可能!我不想跟她有任何关系!"

"好了,好了。你这是做什么?她是个好人。"父亲说。

"你跟我开玩笑吗?她是妈妈的治疗师!你怎么会觉得这样做是合适的?她跟你保持关系完全是不道德的。"

相比于愤怒、背叛和厌恶,我感到的更多是一种巨大的挫败。我从未跟母亲提及这段婚外情,但我敢肯定,那件事一定摧毁了她对精神健康专业人士的脆弱信任。这么多年过后,我们必须从头开始。再一次,她的精神健康轨迹将一直并且只会下坠。

嫂子依然是家里对母亲的处境影响最大的人,她是促成事情发生的人 —— 横跨国土的搬家,看心理治疗师 —— 也是信息仲裁人。我从来都不知道,那是她自己承担的角色,还是哥哥请她做代理人。不管怎样,只要有任何新进展,几乎总是她向我透露。

1997年年底,当时我在去看望父母的路上,她提醒我母亲的精神状况再度恶化。这次的新闻是家里一直有只老鼠在四处乱窜。"你爸爸说,她觉得那是个宠物。"我不知道该相信什么,因为父亲有喜欢添油加醋的倾向,时不时会犯糊涂,嫂子又习惯于夸大母亲的一些行为,因为她觉得我不把它们当回事。事实上,有些时候,我的确没有理会她的提醒，因为我害怕对精神分裂症患者的刻板印象——危险且难以预测——进行验证，我害怕自己的恐惧。

我忘了嫂子说的那只老鼠，直至有一天，我发现父亲在用吸尘器清扫沙发后面的位置。

"爸爸，你在做什么？"我担心他用力过猛。

"该死，都是你母亲！她有一只宠物老鼠，它住在沙发下面。她把各种垃圾都往后面扔，给老鼠吃。""垃圾"这个词他是咬牙切齿说出来的。他努力挪动家具的时候，也在一边叹气一边抱怨。我帮他挪动沙发，看见有老鼠屎，还有瓜子壳、面包屑和干苹果皮。老天哪，是真的，我心想。也许投喂老鼠与"怪异的妄想"有关，那是精神分裂症诊断标准中列出的症状之一，与"非怪异的妄想"不同，但并没有现实依据。那只老鼠对她有什么意义？她是不是就像那个相信他的"猫咪钻到冰箱后面，就进入了另一个宇宙"的男人？[1]

那天晚上，我对母亲说："所以，我听说你有一只宠物老鼠。"

"是吗？"她听起来很恼火，"你父亲有没有告诉你老鼠是从哪里来的？"

"呃，没有。"

"是他买给他的猫玩的。结果老鼠跑了，我一直在喂它。"

"你给它取名字了吗？"我问，试图辨别她是不是真的把它当宠物。

"嗯。我叫它 Bol-jwi。你知道是什么意思吗？它的意思是'聪明的老鼠'。聪明到能够摆脱那只猫……我小时候，母亲经常叫我 Bol-jwi。哎呀，我快窒息了。我想我母亲啊。"

她是幸存者

她的笑容很淡，眼神游移不定。

虽然我一开始同意嫂子的说法，认为老鼠是个糟糕的信号，但我又仔细考虑了母亲的处境。她是个隐居者，可能把宠物当作了陪伴，所以那只老鼠在她的沙发下避难后，她选择照顾它，而非将它送回父亲原本为它安排的残酷命运。和她一样，这个脆弱的小东西也是个幸存者。她认同它是因为，她还在哀悼我的外祖母，而外祖母以前经常唤她"老鼠"。这完全不是什么"怪异的妄想"。不过，那毕竟是一只放养的啮齿类动物，没有笼子的话，旁人的确无法认同我母亲的逻辑和同情心。笼子能清楚地划分理智与疯狂、害兽与宠物之间的界限，但母亲许多年来一直没有好转，无法离开房子。谁知道她会不会把它关进笼子里？或许有一只没有被关进笼子里的动物存在，能让她感受到一些小小的自由。更重要的是，我之所以会把老鼠事件看作她精神健康状况有所改善的标志，是因为这样一个事实：老鼠重新点燃了她喂养另一个生命的渴望。如果母亲心中仍有那种渴望，那她或许仍有一些斗志。

我回想起我们的家庭聚餐。那是父母二人都强制要求的团聚时间，但他们谁都没有把它当作对话的机会。我们座位安排的尴尬，反映了我们吃饭时很少对话的尴尬。我开始看到沉默中流淌的气流，它们全都流回母亲的早年生活，以及她不愿、不能谈论的那些事情。我想要拼出一篇连贯的叙事，但我又该如何表达她不能言说的事情？我只能紧紧抓住她能说的那些事。只盛一次，不算爱。她站在家里芥末黄色的炉灶前，为我们的餐盘盛满食物，这样的记忆中有某些东西激发了我进一步去了解的渴望。在我的意识表层下，沸腾的是关于母亲的某些尚不完善的故事,我需要将它们讲述出来。从前是谁在为她提供食物?现在又是谁在为她提供食物?如果食物是爱,那么即将挨饿的经历是如何剥夺了她的心灵与思想的?我已经见识过她的食品储藏室中食品匮乏,但了解依然不足,无法问出这些问题。我也不知道爱意的匮乏是怎样的感受。她有多少年不曾被人类的触摸所滋养?我和哥哥的拥抱是不是她一年到头能感受到他人体温的仅有的几分钟或几秒钟?我也可以向父亲提出同样的问题,但他会通过向镇上的几个年轻女人购买,来弥补他对情感的需求,他有时还会把她们带进我们的房子,而那时候,母亲就闭着眼睛坐在沙发上,将外界的现实屏蔽在外。她被迫想起自己想忘记的过去,想起她和我父亲也是以同样的方式相遇,父亲当时在韩国孤身一人,想付钱来购买女人的触碰。被迫想起这些,该是怎样的感觉?

母亲也在非常规的地方找到了陪伴,父亲的行为根据正常的社会标准来衡量可能会令人反感,但并不会被视作发疯。陪伴母亲的是一只野老鼠和一些只有她能听见的声音。

事情就这样——父亲付钱来换取陪伴,母亲则靠幻觉——持续了一年左右,直至1998年8月,父亲再度将母亲赶走。

哥哥又一次为母亲安排了航班,在新泽西离他家不远的地方为她找了另一个住处。这一次,情况会有所不同,因为以后就没有人希望她再返回奇黑利斯了。

劳动节的那个周末,我拿起电话,听到公寓下面的街道上,有一个钢鼓乐队在为布鲁克林的西印度群岛土著节做游行练习。在电话的那头,我听到的是父亲吃力的呼吸声,以及粗野的说话声。"你母亲什么时候出发?"他问道,听到我的回答后,又咆哮道:"我希望那架该死的飞机坠毁。"

这一次,母亲将住在一座三居室的房子里,而不是公寓,里面有一个带餐桌的厨房,全新的油毡地毯闪闪发亮。就大小及配套的厨房来说,那座房子在很大程度上是令人向往的。而我将是唯一一个在那里做过饭的人。

12. 奥吉

纽约与新泽西，1998

母亲于9月的第二个星期平安降落在新泽西州，搬进了她的新房，与我哥哥家只隔几个街区。这对我来说也是一段过渡期，因为我正处于博士阶段的第一学期。

母亲一直认为，我的学业能够拉开她的过往与现在的距离，淡化她的历史污点，但我越是追求学业，我的社会正义感就越是与我的家族历史交缠在一起。

1995年，我注册了哈佛大学为期一年的教育学硕士课程，起初是为了实现我母亲希望有个孩子上哈佛的终身愿望。虽然我发现那里有着精英主义的氛围，在种族问题上则有些倒退，但我很庆幸自己是和几个客座教授一起学习的，他们对于教育的激进观点促使我进一步公开质询自己的家族历史。我读了贝尔·胡克斯的《教学越界》，毕业后搬到纽约随她一起学习，以寻找一个知识分子共同体。在纽约市立大学以非注册学生的身份上了两年研究生课程后，我注册了研究生中心的社会学博士课程，研究方向很明确，即我母亲作为美军性工作者的过往。我甚至在入学申请中说明了这一计划。而一个奇特的巧合是，在我开始学习的同一时间，母亲也将搬回新泽西，成为我学术生活的真实暗影。

一开始，我觉得每个月去看她一次就够了。考虑到博士课程第一年的要求，往返近三小时的旅途让我备感疲惫。我当时还在布鲁克林塞普雷斯山一个社区中心担任全职启蒙教育主任。恺撒那年在做一个外百老汇戏剧巡演，周末偶尔回来，我都会陪他。

从我在布鲁克林的公寓到她在普林斯顿的房子，乘地铁需要四十分钟，坐新泽西捷运需要一个半小时，出火车站后步行需要四十分钟——全程我都要背一个装满学校作业的包，而且两只手各提一包杂货。她总是说我带了好多书，那些书都好厚，文字都好小。"哇，你读的书好多啊。我一辈子都读不了那么多书。"

在我第一次去母亲新房之后，第二次去之前的那段时间，父亲去世了。

1998年10月2日，星期五，我去上班，给自己的启蒙教育项目的老师们做的在职培训刚刚开始。那天早上早些时候，我接到一个电话，项目中有一对都是教师的姐妹，她们的父亲刚刚因为心脏病发作而去世。"我有个不幸的消息要宣布，"我告诉其他教师，"康斯坦丝和阿德里安娜今天不会来了，她们的父亲去世了。"我是哽咽着说出这句话的，因为我脑海里的声音指的是自己的父亲，而非她们的。我听见自己的声音同时说了两件事。她们的（我的）父亲去世了。

两天前的晚上，我梦见他躺在医院病床上，周身散发着柔和的光亮。但那身体却不是他的，而是我大学时代一位女友的。那年夏天，她死于霍奇金淋巴瘤。我坐在床边一张宛如银色果冻的晶莹剔透的金属椅上。房间里没有灯，但白色床单和他周围的光环照得通堂明亮，只见房间里没有墙，也没有地板和天花板。我们四周一片漆黑。我们飘浮在那个空间，手牵着手。从前女友身上散发出的光芒是一种无线电信号，将父亲的想法传递给了我：原谅我对你的残忍。这句话像冥想的钟声一般传入了我脑中。

当天及次日，身处梦境的感觉一直伴随着我，当我哽咽着说出"她们的（我的）父亲去世了"的时候，它依然在我脑海中萦绕。

讲习班进行了大约两小时后，一个紧急电话打断了我。我跑下楼梯进入自己的地下办公室，接通电话后，听见的是嫂子的声音。"我很抱歉，格蕾丝。你爸爸去世了。他是在睡梦中安详离世的……星期三夜间——"就在这时，地铁 J 线从我办公楼上方的高架轨道上轰隆驶过，淹没了她后面的话语。

"好的，谢谢你告诉我。"我说着挂断了电话。我站在那里，无法哭泣，无法感觉到任何情绪，更不用说孤单。我只是感到轻微的震惊。

我回到老师们所在的房间，说："讲习班剩余的内容取消。我父亲去世了。"喘息声和低语声在房间里回荡开来。"你也？"多么不可思议，两位父亲竟然在同一天去世。但事实上，我父亲并不是在那一天去世的，而是在 9 月 30 日夜间我梦到他的时候去世的。

窗外的富尔顿街一片喧嚣，汽车音响播放着刺耳的梅伦格舞曲，行人在用西班牙语交谈，还有地铁 J 线从上方轨道轰隆驶过,但这些声音都很低沉,仿佛是从水下听到的。

我回到东公园大道的两居公寓,坐在蒲团上,从二楼的窗户眺望大楼管理员将垃圾扔进垃圾箱的身影,不知道接下来该做什么。在我的成长岁月中,我已经习惯了父亲在生活中的缺席,以至于我要在几个月后才能完全理解他最终离世所带来的影响。因为心脏病、住院、总是伴随的轻微痛苦,他的死亡过程已经持续了几十年,而这几十年里,他一直在谈论和筹备自己的死亡。"这是为我去世准备的。"他以前经常说这句话。因为他的死亡已经笼罩了我整个一生,我对这件事的感受早已麻木,这种麻木也有可能源于我们多年的冲突和疏离、他对我母亲的忽视、我对社会不公的意识不断增强,以及他的存在象征着我母亲所不具备的权力这个事实。考虑到所有这一切,我应该表现出怎样的悲伤呢?

我记得自己是在接下来的周末又去看望了母亲,那是我在父亲去世后第一次和她说话。她罕见地展示了我多年不曾感受的母性温暖,伸出双臂抱住我,安慰失去了父亲的我。这是个什么世界啊?我希望自己能够接受她的抚慰,但我却推开了她的怀抱,因为我还没有准备好去悼念父亲。

两年之后,我才知道那个瞬间造成了多么可怕的误解,母亲幻听到的声音告诉她,我觉得她"脏"。

虽然我从高中起就知道母亲会幻听到声音,但第一次知道她给那些声音取名"奥吉"*还是听嫂子说的。它们是我们在奇黑利斯老家房子周围的那些树木催生的超凡生命体,谱

---

* 原文为"Oakie",词源为"橡树"(oak),可以理解为某种橡树精灵。

系始于前院那棵爬满常春藤的橡树。我怀疑母亲是不是为此才砍掉了那些树。我不知道她是想帮自己摆脱那些声音，还是想将那些声音从树木中释放出去。不管怎样，砍树并未让声音消失。随着时间的推移，我将了解到，在她清醒的每一分每一秒，那些声音都在与她交谈，引导着她做出所有决定。其中有些声音是哔哔作响的电子声，有些则像狗吠。虽然我嫂子总是将那些声音称为"那群奥吉"，但母亲却只用单数的"奥吉"——更喜欢用代词"它们"。它们是多重的，是组成一个整体的许多部分，是折磨与安慰的来源。

每次在新泽西和她一起过周末时，我都会做一顿大餐，分量多得足够留下大量剩菜，不过她却开始痛苦地抱怨。做饭是浪费时间。我靠自己的食物就能对付。但她拥有的却只是五样不值一提的食材：一袋米、两箱日清牌顶级方便面、一罐绅士牌混合坚果、一罐泡菜，以及一壶她用冷冻浓缩液调配的苹果汁。我越是劝她吃些别的东西，她就越是固执，我怀疑她有时是不是会把我留给她的食物丢掉。

我在纽约市立大学的研一学年快结束时，嫂子打电话来说，我母亲一连好几个星期都只吃方便面，我得更频繁地去看她。我一开始很沮丧。嫂子能明白为我母亲做饭本身就已经很费劲吗？我没有车，要去那里并为她购物也是一种挑战。如果他们希望我经常去看望母亲，那为什么不让母亲住得离我更近些呢？不过，我还是因为内疚而心软了。我慢慢增加了看望的频率，辞掉了社区中心的全职工作，直至后来每个周末都会去新泽西。

一定发生过什么我不知道的事情，比如哥哥告诉母亲，她必须接受我做的食物,他的声音压倒了其他声音。或者也可能是奥吉跟她讲了些道理:你不能浪费那些食物。

我在做匈牙利红椒鸡的那晚第一次向她问起了奥吉的事。我一直在研究一本名叫《好胃口》的国际烹饪书里的食谱,每顿饭对她来说都是一种新的美食体验,对我来说也经常如此。

"Pah-pree-kash。Pah-pree-kash。多好玩的名字啊。"她说,她既喜欢这道菜的名字发音,也喜欢它的味道。

"这是一道匈牙利菜。"我说。

"这算什么?你打算用我的名字开一家餐厅吗?君子(Koonja)厨房。"她笑着说,接下来她又吃了几口,依然维持着笑容。我非常高兴,她似乎很享受我们的世界美食之旅,尽管我是厨师,但她依然觉得厨房是她的。

晚餐过后,我放了一张奥祖马特里乐队的 CD。这是一个来自洛杉矶的拉丁乐队,恺撒和我刚刚发现这支乐队,最近一直在听。"我们跳舞吧!"我一时兴起,"我来教你跳萨尔萨舞!"我以为她会拒绝,但当我向她展示舞步时,她站起身来抓住了我的手。我们兴高采烈地随着康茄鼓和铜管乐的节奏舞动,在油毡地毯上转圈。

"再来一次吗,妈?"一曲终了,我问道。

"不了,还是打住吧。"她突然看起来很紧张,我在想她是不是后悔跳舞了,我是不是打乱了她"工作"的节奏,她把聆听那些声音的行为称为工作。她有一次告诉我,奥吉禁止她过多地活动。她还曾告诉我,我哪怕抬手指的方式不对,坏事就会发生。

我们坐回餐桌旁,聆听专辑里的其他曲目,嘻哈、流行和拉丁民谣风格融合在一起。最后一首歌结束后有短暂的停顿,接着一个儿童的声音说道:"奥祖马特里在房子里。"我母亲听到后跳了起来。"天哪!那个声音吓了我一跳!我以为是真的呢。"她眼里流露出恐惧,好不容易才恢复平静。我也吓坏了,担心音乐和舞蹈可能会引发什么骚动,但我也很好奇。她完全能区分唱片里的声音和自己脑海中的声音。对她来说,听到一个"真实的"声音意味着什么呢?一个声音如果不属于某个具体的人,那它还是真实的吗?奥吉是真实的吗?

"妈妈,你还能听到奥吉的声音吗?"我知道她能听见,但这是我所能想到的最无害的问题。

"能。有的时候。"

"它们此刻在对你说话吗?"

"嗯,其实,它们一直在对我说话。"

"我想让它们走开。"我说。我并不知道这种说法会不会冒犯到她和奥吉。

"我也是。我希望它们能离开我们家!"她的脸涨得通红,眼眶里蓄满了泪水。

我想知道她具体是什么意思、这和其他家人有什么关系,但她已经这么激动了,我便没有再问。虽然我很想知道母亲所经历的每一个细节,但我行动时总会很谨慎。

完成博士课程后,我开始阅读关于幻听的书籍,有时是作为我论文研究的一部分。根据伊万·莱乌达尔[*]和菲利

---

[*] 伊万·莱乌达尔(Ivan Leudar, 1949—),英国曼彻斯特大学心理学教授。

普·托马斯[*]论述语言幻觉文化意义的著作,当代精神病学将这些声音视作"知觉错误":在这种认知的某些版本中,这类经历反映的不过是真实与想象的混淆,因此是精神错觉危险的源头。[1]但事实上,幻听者并不会将幻听到的声音误会成他人在说话;他们会使用与非幻听者相同的方法来检验其真实性。[2]与流行的观点相反的是,在莱乌达尔和托马斯的研究中,那些声音一般不会"强迫"幻听者做违背他们意愿的事,而会用与"正常"人的寻常内心对话相同的方式来影响其行事。

我嫂子推荐我读过一本回忆录,讲的是一个男人能听到日常物品所发出的声音。他每次经过纽约公共图书馆时,门前的狮子雕塑都会大声咒骂和侮辱他,将他拖入最深刻的创伤之中。那本书中让我记忆最深刻的内容是,那个男人还谈到,人们有一种刻板印象,即精神分裂症患者有暴力倾向,但事实上,绝大多数患者都没有暴力倾向,绝大多数暴力犯罪事件都是没有精神分裂症的人所犯。幻听者更有可能是暴力行为的受害者,而非施予者。

虽然幻听者被那些声音中的暴力意象骚扰是常见现象,但这并不普遍。关于精神分裂症的跨文化研究已经证明,在美国,大家谈论暴力的可能性更大。美国的精神分裂症患者谈及"战争"时会说"它们要带我一起上战场",或者"他们幻听到的命他们自杀的声音"会问:"你为什么不结束自己的生命?"相比之下,印度的幻听者听到的声音会指示其做家务——做饭、打扫卫生、吃东西、洗澡,"去厨房准

---

[*] 菲利普·托马斯(Philip Thomas, 1949—),英国布拉德福德大学高级研究员。

备食物"。[3]

幻听网,一个自我倡权组织也表明,与声音互动能让幻听者更平静。幻听者受邀去关注那些声音,讲述它们说的话,记录下来,将之融入生活。简言之,要将生活方式从拒绝转为接受,通过这种改变,个人将开始扭转他们与往事的关系。[4]

成为母亲的厨师的过程让我放下了恐惧,能够问起她所听见的声音,让奥吉在餐桌旁拥有一个位置,仿佛改变了我们之间的关系。我在准备《好胃口》中最后一道菜时,母亲说:"下次你给我做些牛肉锅怎么样?"

那是一种辛辣的牛肉萝卜汤,汤汁清亮、鲜香,她在五英尺外大声教我如何制作。"多加些芝麻油。别不好意思用。现在放大蒜。多放。多放。好了,够了!"和她教我做的其他韩国菜一样,这道菜简单却美味,尝着有童年的味道。它成了我定期轮换的菜式之一,是母亲要求我做的第一道菜。"你每个星期给我做些凉拌豆芽。你知道,我总是想吃的。"

一般都是在她开始吃,胃口得到满足,开始在回忆中畅游时,我才会不时询问她的幻听情况。

"妈妈,你还能听到奥吉的声音吗?"

"能,不过它们已经不怎么打搅我了。"

母亲独自在那座房子里住了两年,之后哥哥和嫂子觉得,那里环境过于孤绝,而且对母亲来说负担太重。所以他们卖了那座房子,让她搬去了哥哥在纽约翠贝卡的单室公寓,母亲在他的沙发上睡了几个月。那是一间小而空荡的公寓，位于一栋豪华高层建筑中，是哥哥工作到太晚不能回新泽西时的临时住处。

现在去看她不用再花三个小时了，因此，我有时会在工作日哥哥在的时候突然登门。我可以在放学后从 34 街坐上市中心的 R 线地铁，十五分钟就能到她的门口。那几个月里，她吃得很好：哥哥下班后会买外带食品回去，周末我会去给她做饭。她拒绝食物的岁月似乎结束了。

她还对棒球产生了兴趣。哥哥经常会让体育节目播着做背景音，当时大都会队和洋基队正在地铁大战*中对决。

"这两支纽约的球队多长时间能在世界职业棒球大赛中对阵一次？"母亲自言自语道。"那场面可真了不得呢！"我很高兴她突然对外部世界产生了兴趣，这让我燃起了有一天她能重新走出家门的希望。

有一次，我梦想的场景差一点就发生了。我走进哥哥的公寓，打开购物袋，开始整理从韩亚龙超市购买的韩国杂货，她看着一包包的豆芽说："格蕾丝！我有个主意。我们出去购物吧！"

"购物！你是说你想出去？"

"是！你带我去那家韩国杂货店吧。"

我大吃一惊，对这个要求感到很高兴。几个月来，她第一次换掉了睡裤和浴袍，还化了妆，卷了头发。整个准备过程中，她一直在念叨要去买的各种东西。"炒面茶。哦，我等不及要尝尝炒面茶的味道了。"她一边说，一边回忆童年时喝过的用烤谷物冲的香甜饮品，说得几乎要流口水了。

---

* 地铁大战（Subway Series），纽约大都会队和洋基队的主场都在地铁站旁，观众乘坐地铁即可到达。

房间里洋溢着期待的氛围。但在离打开大门向外迈出一步只剩一拍的时候,她突然改变了主意。

"唉,算了吧。这样不好。"她说完,眼神变得空洞。

"哎呀,妈妈。我们去吧。会很好玩的。"

"我还是不去的好。"

"求你了,妈妈。让我带你出去吧。我保证不会有任何事的。"

"不,不去了。"她的笑容消失了,她又回到了沙发上的老位置。我无声地咒骂着奥吉。我虽然失望已极,但也觉察到,她心里的某些东西正在苏醒。她对韩国食物的渴望越来越强烈。

正是在哥哥那间位于翠贝卡的公寓里,母亲将对着一碗牛肉萝卜汤坦白心声。

我把汤浇在米饭里,放在沙发前的咖啡桌上。她挪动位置坐在地板上,我们面对面喝汤。饭后,我们闲聊了一小会儿,接着又陷入了熟悉的沉默。

"格蕾丝?"她的声音比平时高,带着一种我只在很小的时候感受过的温柔和脆弱,和她试图安慰我时用的是相同的语气。

"怎么?"我很紧张,感觉她即将告诉我坏消息。

"我现在意识到了,你爱我。"

"你为什么会这样说?你原以为我不爱你吗?"我受伤的同时,也觉得感动。

"我以前觉得你恨我。"

"你为什么会那样想?"

"因为你把我送进了监狱。"

"妈妈，"我吸了一口气，"我那样做只是因为，我以为那样能帮你。"我哭了起来。家里从没有一个人谈论过那晚发生的事，以及我为什么要采取如此极端的措施。随着时间的推移，报警事件的严重性逐渐淡去，变成了构成我母亲精神疾病发展过程的一系列戏剧性事件中的一件。

"还有啊，你父亲去世时，我想抱你，你却把我推开了，好像是嫌弃我脏。"她吐出那个字时表情很苦，仿佛在吐一块腐烂的水果。

"啊？不，我……我……是奥吉告诉你的吗？我是因为我无法承认自己难过。"

她抓住我的手，望着我的眼睛。"现在我意识到，是我误解了。你真的很爱我。"

此前我不认识任何别的家里有亲属患了精神分裂症的人，直至我开始公开写作和谈论这个话题，他们才开始成群结队地涌现——在讲座后找到我，查找我在学校的电子邮件，写信过来说"我也是同样的情况"。此外，我在研究生院的朋友们虽然没有与精神分裂症患者打交道的一手经验，却都给了我巨大的支持，尤其是浩秀。虽然她从未见过我母亲本人，却和她通过一次电话。"让我跟你母亲说句话。"有一次我在新泽西给她打电话时，她说道。

"妈妈，浩秀想跟你打个招呼。"母亲开始摇头抗拒，但我还是把电话举到了她耳边。浩秀个头虽小，存在感却很强，我听到她的声音从我的翻盖手机传到了房间里。她在和我母亲说韩语，而且用的是敬语。尊敬的母亲大人，您过得好吗？母亲用手捂住嘴，仿佛是不想让自己的声音逃逸出去。奥吉早就禁止她打电话了，也不许她跟家人以外的任何人说话，但当她听到浩秀在讲她们的母语时，她微笑起来，还点了头。浩秀的老家也在韩国的同一个地区，她甚至和我的家族讲一样的方言。尽管母亲没有回应，但她们的沉默却并不显得尴尬。浩秀早已知道，这将是一段单方面的对话。我很感谢格蕾丝和我做朋友。祝您身体健康，尊敬的母亲大人。听到那里，我母亲将手从嘴上拿开，示意我收回手机。

我可以把家里的任何事情都告诉浩秀，不会感到丝毫的羞耻。她对韩国生母的研究经常会与我对美国军营性工作的研究主题产生交集，所以她对塑造我母亲人生的社会力量高度敏感。"真有意思，"当我告诉她奥吉的事时，她说，"发音听起来像玉姬*，你知道吗？那是我父母那辈很流行的女孩名字。"

我在想，奥吉是不是一个双关语呢，它代表着另外那个失去的姐姐，或者一个失去的孩子，母亲曾经爱过却不忍谈论的人。我一直在想汤亭亭**那位在村子里投井自杀的姑母，在她不体面地死去之后，家人发誓永不再提起她。

虽然我永远都无法确定奥吉/玉姬在她的脑海中意味着什么，但在我心里，它是一个来自我家过往的幽灵，母亲搬来和我一同居住后，我很快就开始感觉到它们在我的日常生活中存在的痕迹。

---

* 玉姬（Ok-hee）和奥吉（Oakie）发音相似。
** 汤亭亭（Maxine Hong Kingston，1940— ），美国华裔作家。姑母投井自杀的故事出自《女勇士》的开篇《无名女人》。

13. 皇后区

纽约市杰克逊海茨，2001

恺撒的巡演开始之际，我母亲刚搬到新泽西，随后父亲去世了，我开始了博士课程。虽然我很希望在我经历人生最大的转变时，恺撒能陪在我身边，但他总是提醒我，他的缺席是为了我们的关系。"关注重要的事情，格蕾西。等我回来，我们就有能力买房了。"

巡演期间，他以一种我父母都会欣赏的方式过着节俭日子。午餐他会买一个一英尺长的赛百味三明治，吃一半，剩一半留作晚餐。那样一来，他就能把每日报酬的大部分，连同固定工资都攒进我们的储备金。其他和他一起巡演的演员都会在酒店酒吧里喝酒挥霍掉所有钱，不在的那三年，恺撒依然承担着我们每月七百美元房租的一半，而且回家后还带了四万美元。

2001年1月，我三十岁生日的几个星期之后，我们在皇后区买下了一套宽敞的三室两卫公寓（带一个院子！），告别了布鲁克林那间破旧的小出租屋。拥有豪华空间将改变游戏规则。我能举办派对、大型宴会，招待外地客人了。我甚至都能接待我母亲了。

最早留宿的客人是珍妮和她丈夫,她怀孕六个月时,两人一起从西雅图飞过来度产前蜜月。有一天,我带她一起去翠贝卡看我母亲。我们进门时,母亲似乎在打盹儿,被吓了一跳。她花了一分钟时间将床头收拾平整,然后才放松下来,恢复了旧日与珍妮在一起的熟悉状态。

"哦,珍妮。你要生宝宝了。快让我看看。"她的声音中仍有困意。珍妮走到沙发旁,母亲将一只手搭在她肚子上。"是个男孩。"

"你觉得是男孩吗?"珍妮问。

"是的。我会根据肚子的形状判断。"

她们聊起怀孕的事,以及珍妮即将到来的母亲身份,接着她问起我的公寓。"格蕾丝那儿还好吗?"

"对,真的很好!比她上一个住处大多了。"

虽然我已经告诉过母亲,按纽约的标准来看,房子算大了,但是珍妮的评价一定让她安心了。

"你自己来看啊,妈妈,"我说,"也许你可以跟我住上一阵子。"

于是一个月后,她真的来了。哥哥打电话告诉我,他最近的财务状况很紧张,只能放弃翠贝卡的公寓,母亲要来和我同住,我很激动。

"好,好!"我说。

"只在你那儿住几星期就行,等她的新住处装修完。"他指的是他们正在将家里车库上方的空间改造成公寓。

"好,没问题。我很乐意。她过来其实能让我更轻松。"

我拥有了自己的房子,加上已年满三十岁,这让我感到自己已足够成熟,有能力接受挑战,可以全天候照顾母亲。

我没想到的是，装修工作会不断拖延，预计的六个星期变成了七个月，也没想到，她随我住了几个星期之后，又会开始拒绝吃东西。

母亲过来的前一天，恺撒和我一起重新布置了我们的公寓，好为她腾出空间。母亲要搬来和我们同住，恺撒将失去他的音乐工作室，但他不曾表露丝毫的担心和不满。

"她可能会一直待在里面，所以你需要把用得着的东西全部拿出来。"我提醒他，与陌生人交流会让母亲极其不适。

"没问题，格蕾西。"他边说边笑着拿起一台康茄鼓，搬进我们的卧室。我松了口气，心里很感激他加州南部人的悠然个性，然后将旧棉布蒲团滚出来，放在铺有灰地毯的地板上。尽管恺撒和我已经同居多年，但他只在1999年见过我母亲一次，而且是他温柔地催促我介绍他们认识的。

"我有机会见见你妈妈吗？"他在一次巡演间歇问道，"我们都在一起五年了。"他的问题让我心生伤感，我想起时间过得真快，转眼就好几年了。我们在一起的五年中，有两年母亲住在新泽西，我从未带他一起去看望过母亲。我不知该说什么，但恺撒对我的沉默总是很有耐心，等待片刻后才说："你父亲去世前，我要是见过他就好了。"

"真的？"我问道，我感到好奇，他为什么会在这时候第一次表达见我家人的兴趣。我之前一直以为，他理解我想掩藏父母之间的不和、避免让他直面父亲与我之间的紧张关系、保护母亲免受陌生人恐惧症的影响的愿望。但他的问题让我下定了决心，是时候让他和母亲见一见了。母亲抗拒了一阵子，但最终接受了我的决定，我知道这给她造成了压力，心里很为此而愧疚。

就在他们初次见面的几个星期前，我去了母亲在新泽西的住处，监督工人修管道。门铃响起时，母亲慌乱地寻找藏身处，嘴里喃喃道："哦不，哦不。"管道工走进门来，看见我母亲蹲在沙发后，一只手抓着白色花缎沙发套，另一只手捂着脑袋。像个在玩捉迷藏的小孩一样，她似乎觉得，如果她看不见管道工，那管道工应该也看不见她。但她很快就发现，管道工就站在自己身旁，便说："哦，你好！"但她没有挪动身体，也没有抬头。

到了见恺撒的时候，她没有表现出平时的恐惧反应，甚至还与他握手打招呼，说了"欢迎"。恺撒站立时比她高十英寸，但她没有抬头。她没有直视过恺撒的眼睛，但的确朝他的方向望过几眼，她的视线仅仅扫过他的侧脸，或许看清了他红褐色的皮肤、黑色的短发及山羊胡。她拿出相册来，向恺撒展示家庭旧照，与他交谈了三十分钟都没有看他。虽然恺撒和我为了见她刚坐了三小时的车，但我知道再待下去可能会把她逼到极限，我不希望她的努力表现以失败告终。为了避免尴尬，该走了。我拥抱她告别，在她耳畔轻声说："你真的做得很好，妈妈。干得漂亮。"

我环顾恺撒和我还在为她布置的房间，知道没有一样东西合她的品味。但至少我能给她一个私密空间，让她拥有自己的浴室。甚至还有一扇门，能将公寓的后部与其他部分隔开，那样她就能在卧室和浴室之间自由活动，不被任何人看见。

第二天早上，我借恺撒的车把她从哥哥那边接了过来。是一辆有二十年车龄的雪佛兰引文二代，闻着有股霉味，浅灰蓝色的外漆稍有剥落。

她出门走进6月末的温暖微风中,那是她罕有的直视阳光的时刻之一。她没有停下来感受阳光洒在皮肤上的温暖,但她的眼神中有一种光彩,我认为那是在挑衅。我试着想象在那转瞬即逝的自由时刻她与奥吉的对话,不管它们是在为她走出门去而欢呼,还是在警告她,如果违反规则会让其他人面临极大的危险。一个错误举动就可能引发连锁灾难,因此她需要极度小心。她坐进了雪佛兰的副驾驶座,我摇下车窗,向皇后区开去。突然,她看了看自己身后,我担心有什么东西吓到了她,可随后她却笑了起来,眼睛恢复了神采。

"天哪,这是辆好车。"她说。

"是吗?"如果我见识过她说反话,那我会觉得她是在开玩笑,但我没有见过,所以很困惑,"我很惊讶,你怎么会这么想?"

"哎呀,不是。不是说真的好。但比我想象中要好。作为一辆旧车,不算坏了。"她说着,开始抚摸长座椅的乙烯基饰面。

下了皇后区高速路后,我们开进了杰克逊海茨的繁忙街道,这里有全天候营业的民族食物店,代表着亚洲和拉丁美洲的几十个国家。我拐进一家大型韩国杂货店的停车场,准备补充些主食存货。

"你想和我一起进去吗?"我熄了火问道。

"不,我在车上等。"

我的提问和她的回答之间隔着短暂的停顿,在那几秒的沉默中,我察觉到是时候劝服她了。距离我们上次差一点出门只隔几个月而已,我确信她内心有一部分依然是渴望购买韩国食品的。

"和我一起进去吧。你会喜欢的。"

"不,我还是留在车上的好。"

"你留在车上和进商店里有什么区别呢?反正都出来了。"

"不,不。"

"但是不管怎样,人们都能看到你啊。"我恳求道,挫败感此刻从我乐观语气的裂缝中溢了出来。

"我就待在车上。"她双手握拳,向下抵在坐垫上,仿佛要将自己扎根在蓝色乙烯基中。

"好的,行,"我叹了口气,"除了大米和泡菜,你还要我买些什么呢?"

"大豆、葱、辣椒粉、黄豆、炒面茶……也许再买些鲭鱼……不,还是别买了。会把你的厨房弄臭的。"

"没关系,妈。我不介意。"

"不,不,不用买。"她坚持道。

走进商店,一阵冷气送来了干红辣椒和大蒜的香味,唤醒了我的感官。这个超市至少有曼哈顿同类市场的三倍大,过道和市区的人行道一样宽,给人一种郊区超市的感觉。我将辣椒粉和烤谷物放进购物篮,然后退回农产品区,去寻找葱和豆芽。这时,有个东西吸引了我的目光。我看到一个韩文指示牌,上面写着"艾蒿"。

我看着那一捆捆蔬菜,想起母亲看到新泽西捷运东北走廊铁路沿线生长的野生艾蒿时垂涎欲滴的样子。我想,可能是时候为她生活在禁闭中的精神痛苦提供一份临时解药,满足她再度品尝野味的小小愿望了。我抓了两捆放进购物篮,却又开始怀疑,这是不是她渴望的那种蔬菜。并不完全符合她的描述，不过，我想买了也没什么坏处。

接着我走到卖鱼的柜台，为自己还能在她让我不要买鲭鱼后给她一个惊喜感到高兴。我鼓起勇气，用我最自信的语气说了一句韩语："请给我三个鱼。"

柜台旁的中年男人低沉地笑了一声。"三个？"他哼了一声，摇摇头拿起一条鱼。我用错了"三"后面的量词。"个（geh）"是用来计量绝大多数无生命物体的，动物的量词应该是"条、只（mari）"。

"三条。"他用那种对母语为外语的人说话时会用的响亮、缓慢的声音说道。

"对不起，我的韩语说得不好。请给我三条鲭鱼。"我向他道歉。

"还三个。"他在去除鱼的内脏时小声重复了一遍，样子有些嫌弃。

然后我赶在他剁掉鱼头之前插了一句："请把鱼头也给我。"

他抬头细看我的脸。我想他是不是很困惑，一个韩裔美国人能吃鱼头，却把韩语说得那么糟，又或者他看到我长了雀斑的皮肤和肤色的白皙度，是不是认出了我是"西方公主生的杂种"。他那个年纪的韩国人，也就是我母亲那一代，会那样称呼韩国女人和美国男人生的混血儿。我们无论是在法律层面，还是在公众舆论层面，都没有自称韩国人的正当性，所以我好奇这个为我服务的韩裔男人为何会指望我能说一口毫无瑕疵的韩语。又或者，他意识到我不是"纯种韩国人"后，对我韩语水平的看法有所改观。他会不会觉得，作为一个非韩国人，我的韩语也没那么糟？但我所了解到的韩国人如何看待我们这些混血儿的全部事实——我在研究中读到过他们对于混血儿及其母亲的系统性排斥,加上我童年早期在韩国时的模糊记忆——都在我的脑海中旋转。

一个画面浮现出来:我在釜山上幼儿园时,那个小女孩盯着我看,目光在我的脸和黄色漆皮搭扣平底鞋之间游移,接着她抓住鞋子上的一个蝴蝶结,想把它扯掉。我突然明白了她为什么要那么做。我是唯一没穿传统鞋子的小孩。我是厚颜无耻的西方人,和我母亲一样,就连四岁小孩都知道自己有权叫我守规矩,压制我这个人所代表的异国特质。我的注意力重新回到卖鱼的柜台,我在男人的脸上看到了和那个小女孩一样的憎恶目光。我抓起那袋鱼,冲去结账了。

回到车上后,我试图摆脱鱼贩投射到我身上的耻辱。母亲看到装满她熟悉的食品的纸袋,在座位上放松下来。我强颜欢笑地说:"晚餐吃鲭鱼!"

回到公寓后,恺撒来门口迎接。母亲打招呼时以几乎无法察觉的幅度点了点头,并且回避了恺撒的目光。恺撒明白要给她空间,所以当我带她参观我们的新公寓时,他注意保持着距离。公寓里有一个宽敞的长方形客厅,一面墙边摆着超大的紫色沙发,对面的墙上则嵌着一张宽大的L形储物长凳,上面放着两个蒲团坐垫。客厅可通往餐厅,里面现在放着一张乡村风格的六座餐桌,正是九个月前哥哥卖掉她的房子时她不得不舍弃的那张。她当时把餐具和我童年用过的钢琴都存在仓库里,等我有能力找到宽敞空间来存放。此刻,这些物品都陈放在我这个位于皇后区的合作公寓中的开放式客厅里。

"抬头看,妈妈,"我指着餐厅天花板上描绘的云彩说,

"前任房主是室内装潢师。"接着我领她走进连在一起的厨房，放下了杂货。"厨房看着有点过时，我们可能会翻新。"我说。

"有什么过时的？"她真的很不解，"没有任何问题啊。"虽然感觉到她不赞成我在厨房的装修上花钱，但我也松了口气，这里达到了她的标准。当然了，80年代的风格符合她的审美，因为她被冻结在了那个年代。80年代是她在厨房里花费时间的最后十年。

"看起来不是太现代，不过你是对的。没有任何问题。"我说着打开购物袋，拿出了那些蔬菜，"看，妈，这是艾蒿吗？"

她摇摇头。"这是茼蒿。茼蒿。不是艾蒿。"

我感到受了打击。我的韩语水平还不够，不知道艾蒿和茼蒿*之间的区别。这是我的语言能力背叛自己的另一个例子，一次购物之旅中的第二次。

"茼蒿也很好，"她的声音听起来很欢快，"我们晚上用来做沙拉。"如果说她刚刚有所失望，那她很快就恢复了，或许是因为茼蒿是她很多年没吃过的另一种蔬菜。我把鱼和蔬菜放进冰箱。"厨房里的东西你都随便用。我会做早餐和晚餐，但我出门后午饭你得自己做。别害羞，好吗？"她点点头，跟随我回到客厅，来到公寓后部。母亲和我路过时，恺撒从我们的卧室里探出头来，有那么短短的一瞬，她直视着他说："谢谢你让我在这里住。"我后来回想那一刻，感到很震惊，她感谢的是恺撒而不是我。我在想，这是不是因为

---

* 两者的韩语拉丁化拼写分别为"suk"和"sukat"，韩语拼写也近似，所以作者弄混了。

皇后区

265

她不需要感谢我，因为我是在尽孝，而恺撒实际上是个陌生人。

我们穿过我的办公室，进入后面的房间，那里现在是她的卧室，里面没放几件家具。我看着地上的棉质床垫，想起我们的韩国之旅，那时我们就睡在外祖母家地板上铺的薄垫上。"有任何我能做的，都请告诉我，只要能让你的卧室更舒适。"我说话间，她在床垫上坐了下来。她什么也没说，只是挥手示意我可以走了。

那天晚上，我按照母亲的指导，用冷水洗净鲭鱼，然后加入酱油、日式高汤、大蒜和一些水炖熟，又用醋、芝麻油、红辣椒粉和盐拌了茼蒿。我还做了些豆芽，撒上大量葱花，和泡菜一同放在碗里，用来配蔬菜吃。对韩国人的餐桌来说，这些拌菜只能算很少，但和母亲早已习惯的饮食相比，这已算得上是盛宴。我把热腾腾的白米饭堆在她的餐盘上，将鲭鱼摆在旁边，又舀了香辣的炖汤浇在饭上，就像她喜欢的那样。

"哎呀，那太多了！"我把餐盘放在她面前时，她假装抗议。她笑着叉起一块鱼放入口中，然后点头表示赞许。

恺撒和我们一起吃晚餐。她走出房间与我们坐在餐桌旁一起用餐只有两次，这是其中之一，第二次是她六十岁生日时。在她和我们同住的七个月里，加上这一次，她和恺撒只有过三次面对面的交流。

只过了两天，情况就已明了，母亲不打算走出她的房间，尽管她依然对食物怀有非同寻常的兴趣，而这让我很高兴。头天晚餐的鲭鱼一定激起了她品尝旧日最爱的渴望，因为她提出要做另一道我之前既没做过也没尝过的菜。

"格蕾丝!"她从房间里喊道,"我们来做些冷豆汤面吧!"那是一种带豆汤的面。我走进房间时,能感受到她的期待。

"好啊,"我说,"怎么做呢?"

"首先你要做豆浆。把黄豆放进锅里煮——几分钟就够了。然后把它们放进搅拌机打碎,过滤出豆汤。往里面加盐。大量的盐。有时你加的盐不够多。"

"好。"

"必须加盐,否则就不好吃了。"

"是,我一定加足量的盐。还有呢?"

"然后你把豆汤倒进碗里,加煮熟的面条、黄瓜丝、芝麻油。很简单。哦,还要加冰块。你看啊,这是一道夏天的菜。"

"你为什么不到厨房来,示范给我看呢?"

"嗐,做起来太简单了。你做吧。我就待在这里。"

我去了厨房,拿出煮豆子的锅和一台搅拌机,把水烧开。我把豆子放进沸水锅几分钟后,母亲从公寓后部喊道:"豆子千万别煮太久!几分钟就够了!"我在想她是不是在计时,想象我在厨房里的每一步动作,那样她就能远距离指导了。

"好!"我喊着回应,同时关了火。我将豆子连水一起倒进搅拌机,打了很长时间。之后将混合液过滤,加盐,每加一撮就尝一下。汤汁的丰富和浓郁程度令人震惊。我之前一直用豆浆泡麦片,做冰沙。我怎么就没能早些发现,新鲜豆浆的口感竟然好这么多,而且做起来是如此容易?

我把这道面食盛进两个装意大利面的大碗里,和勺子、叉子一起放在一个大托盘上。韩国人习惯的餐具是勺子和筷子,但在适应美国生活的过程中,我的家人总是用勺子和叉子来吃汤面。我将托盘端进母亲的房间,放在床垫旁的地板上。她俯身吸了一口碗里的坚果香气,然后拿起一把勺子,拨了拨碗里一个亮晶晶的冰块,然后尝了一勺豆汤。我们两个都在专心地出声吃着冷汤,最后除了半融化的冰块和少许挂在碗壁上的芝麻粒外,碗里什么也不剩。

"哇哦,太好吃了。"我说,这么少的材料,只用盐和芝麻油调味,就能做出如此美味的食物,我感到震惊。甚至完全没放大蒜和葱花,而这两样材料,我在母亲教我的几乎每一道韩国菜中都会放很多。这正是黄豆真正的尊贵之处。"我小时候你怎么从来没做过这个?"我问。

"哈?我不知道。我猜是因为我直到今天才想吃它。"

我又做了一些豆浆,这次加了几撮糖和一瓶盖的香草精,准备接下来几个繁忙的工作日用作早餐。豆浆泡麦片的浓郁口感让我想起外祖母以前泡炸玉米片时总爱用一半鲜奶油一半牛奶,对绝大多数韩国长者来说,奶制品都是一种奢侈和新奇的东西。

几天后,我准备出门去研究生中心之前,匆忙为母亲做了一碗用甜豆浆泡的麦片。我那时在给一群刚出狱的女性上一门有关社会理论和监禁的研讨课,那天是我们第一次见面。我一心只想着确保带好上课所需的每一样东西:教学大纲、米歇尔·福柯的《规训与惩罚》的节选本复印件,那本书将是第一份阅读作业。虽然不是第一次给大学班级上课,但毕竟是我第一次教授理论课程,我担心自己对这门理论的了解是否足够去教学,是否能让那些由于非暴力犯罪而被关了半辈子的女性产生共鸣。有什么内容是我必须教她们的?我享受过世上的每一种自由,但我提醒自己,我对于监禁这一主题的兴趣,源于我照顾母亲的经历,而只要境遇稍有不同,我母亲也有可能被送进"矫正机构"。

她有两个孩子,他们为她提供住所和食物,她永远都不会生活在铁窗之内,但话说回来,并非所有铁窗都是物理意义上的。她搬来和我同住时,已是她在精神监狱服刑的第八年。墙壁和狱警都是隐形的,但规则却非常真实。奥吉为她划定了明确的界限:她被允许去哪里,她能如何打发时间,她能和谁说话,她能吃什么东西。有的时候,她不被允许吃好的食物,而是被强制吃糟糕的食物,她被下达了"恶心的命令"。[1] 我想,那就是在我第一次去上研讨课的那天早上发生的事情。

所有资料都装进了书包,一如往常,一切准备停当,于是我给自己倒了一碗约吉和平牌的杧果百香果口味的麦片,加了些豆浆。我舀了一勺塞进嘴里,立刻就吐了出来。豆浆已经变得又酸又涩。我将碗扔进水槽,把麦片吐了出来,然后冲进母亲的房间。电视是开着的,纽约一台正在播放当天的本地新闻概要,随后是天气预报。母亲屈膝坐在床垫中央,头垂着,没有看电视。

"妈妈,豆浆坏了!"我低头看一眼门边的托盘,发现碗里已经空了,我的心开始狂跳,"不,请不要告诉我你都吃了。"

她没有回答,眼睛一直盯着地板上的一个地方。

"不敢相信你竟然吃了!"我开始大喊,"你为什么不告诉我饿了？你要生病的！"

她依然没理会我。我感觉恐慌的火焰已开始吞噬自己，马上就要哭了。我给了母亲坏了的食物，而她都吃。也许我保存豆浆的方式不对。也许这种食物根本就不能储存，只能即食。因为我是第一次接触新鲜豆浆，所以不知道它会这么快变质。母亲挥手示意我出去，她一次头也没有抬，也没有说一句话。我把她用过的碗拿进厨房，开始清洗水槽中的餐具。当我拎起装满湿软麦片的滤网时，腐烂的鱼腥味从下水管里钻了出来，打在我脸上，让我想吐。自从几天前的晚上我做了鲭鱼以后，这股味道就一直残留未散，鱼油覆盖了下水管内壁。现在我知道她说会弄臭厨房是什么意思了。或许是刚给她吃了腐坏食物的沮丧感让我的感官变得更加敏锐，或者甚至引发了嗅觉上的幻觉，但那股腥臭味扑面而来。我抓起一块海绵，挤了些彗星牌洗洁精，然后疯狂刷洗起来，直至气味消退，不过无法让它完全消失。

那天晚上，我梦到了鲭鱼。水槽里有一堆蓝银相间的鲭鱼，死去的鱼眼在月光下闪烁，那光芒透过餐厅窗户照进了厨房。鱼贩子给了我多少条？"二十条？三十条？至少有二十或三十条。远远多于我要求的三条。"我是想说"三"但说成了"三十"吗？是我说的韩语错到离谱，最后买到的鱼是原本想要的十倍？那个鱼贩这次怎么没纠正我？在我的梦里，我只能想到一个解决方法：我拿出所有的煮锅和煎锅开始做饭，给我认识的所有人打电话，恳求他们过来帮我吃鲭鱼。很快，我的公寓就被鱼和人淹没了。鲭鱼在水槽里繁殖的速度超过了我能烹煮和上菜的速度，我已经没有人可邀请了，所以开始催促客人吃第二条、第三条。我一次又一次地重新添盘。吃，吃，不然就浪费了。鲭鱼对你有好处。拜托，我不能把鱼浪费了。

接下来的几天里，腐烂的鱼腥味和变质的豆浆口感跟着我到处走，沾染了我吃的每一口食物。虽然麦片事件后母亲似乎没有出现身体不适，但事态却开始走下坡路，我担心无法回归正轨。我怀疑是奥吉让她吃那碗麦片的，或者这件事是朝鲜战争的某种残影，饥饿感战胜了生病的风险。我还发现她一直会直接从冰箱里拿出剩下的鲭鱼吃，哪怕容器上面已经结了一层凝固的油脂，她也懒得加热。我一想到这个，胃里就一阵翻腾。

还有其他迹象表明，她已经重回到作为战争幸存者时的拾荒心态。有一天，我从学校回来，听到她从厨房疾步跑进走廊的脚步声。

"是我，妈妈！"我喊道。

我走进黑暗的厨房，发现案台上有一瓶小木屋牌糖浆，平时放在水槽下方的垃圾桶也被拿了出来。"这里发生了什么？"我问。

她慢慢退回厨房，站在门口说："我在吃一片面包。最后一块涂了些糖浆。你知道，最后一块还是好的。你没必要扔掉。"

"我把它扔了吗？你不会是从垃圾桶里翻出来的吧？"

"没有，我只是在对着垃圾桶吃，免得面包屑掉得到处都是。"

"妈妈，你可以用盘子接着，你知道的。而且还有别的东西可以涂在面包上。涂糖浆听着可不好吃。"

"可以的,我喜欢吃。"

我没有纠结那件事,因为我不想争论,但我怀疑她说面包不是从垃圾桶里翻出来的是在撒谎,或者她是不是早就预料到我要把面包扔掉。不管怎样,那面包已经不再新鲜,而且我母亲吃东西的样子像是饿坏了。我开始变得一丝不苟,确保每一口食物在变质之前都能被吃完,但凡往垃圾桶里丢了任何食物残渣都会立刻倒掉。这些技巧起了作用,她没再吃不新鲜和腐烂的食物,但她依然会吃冷掉的剩菜、凝固的油脂等。

"9·11"事件发生之后,她又开始断食了。有些夜晚,我对她拒绝进食的行为感到如此沮丧,忍不住大发脾气,冲她大喊大叫。还有些时候,我会倒在地上哭泣,恳求她吃东西,直至她终于吃下几口。

恺撒隔着一段距离观察着这一切。有一次,我吼叫过后向他道歉。"对不起,你一定压力很大。"

"是你压力大才对,"他说,"毕竟只有你一个人能见到她。"

14. 清点幽灵

新泽西州普林斯顿市，2002

母亲从我的皇后区公寓搬进哥哥家车库楼上的奶奶公寓两个月后，被送进了普林斯顿之家，那是一家高档私人精神病院，原因是她拒绝进食。我既为她将要得到治疗而感到庆幸，又因为帮她获得治疗的人不是我而有些嫉妒。

救护车到达时，我们都在她身边。那是一个寒冷的2月夜晚，她穿着拖鞋，沉重缓慢地走到门外，袍子外面只套着一件薄外套。她一直低着头，眼睛盯着地面。接着她用低沉的声音含混地说了一句什么。

"你说什么？"一位护理人员问道。

"我想和我的孩子们一起去。"她重复道。这一次她的声音足以让人听见，但音量还是那样小，像是一个用尽全力才没有哭出来的小女孩。那是极少数她能够表达自己需要某人的场合之一。

"我很抱歉，我们不能带他们去。"那名男性护理人员说道。

母亲看起来吓坏了，哥哥和我试着安抚她，她在那里一动也不动地站了一两分钟，然后爬上了救护车的车厢。看到她如此害怕和脆弱,被陌生人护送着离开,我感到心痛。

她在那家医院住了一星期,每隔一两个晚上我都会开着恺撒的车去看她。只过了两天,我就注意到她的情绪和举止有了明显的差别。

我走到访客登记台前,接待员笑着迎接我。"你是君子的女儿吗?"他问,"她一直念叨你呢。"

"是吗?"

"对啊,她真的为你感到骄傲。"

真的吗?三十一年来,我从未听到她明确表达过这种想法。

他将我送到娱乐室,母亲坐在一张桌子旁,正和周围的一群住院者一起穿项链,看起来兴奋不已。人们似乎对她说的每一个字都非常关注。

"妈妈?"我试探着走近,那似乎是她几十年来最得意的时刻,我不想打断。

"你是君子的女儿!"一个住院者大声说,"哦,我们爱你的妈妈。"

母亲脸上浮现出一个邪魅的微笑。这些年来,她一直害怕见人,现在却成了舞会上的美女?他们是一直在给她吃新药吗?上次护士提到只给她吃过泻药。不管是什么药,我童年那个魅力四射的母亲暂时回来了,我看到她激动万分。

她将我领进她的房间,这样我们就能一边喝着用带有锡纸盖的塑料杯盛装的苹果汁一边私下里交谈。我问起这里的情况,她立即说起她室友的故事,是一个六十多岁的女人,儿子和丈夫都在一场车祸中丧生了。"她来这里是因为太过悲伤。"母亲说,她的声音柔软中带着怜悯。我被她的同情心打动,很感激她能有机会去聆听他人关于失去与艰辛的故事。

医生实际上已经开始对她开展新的药物治疗了。这一次她吃的是一种副作用较小的"新一代"抗精神病药物,连同一种抗抑郁药,但我知道这不仅仅是药物的作用;时间还太短,药物不可能发挥这么大的作用。这得益于她与别人的相处,被人提醒她是可以被爱的。当然,在这样一家出色的机构接受集体治疗,这肯定从某种程度上承认了我母亲的经历,而这些经历此前是从未被承认过的。我试着想象她如何介绍自己,如何向他人讲述她为什么来这里。我来这里是因为奥吉给我布置了太多工作,我有点心力交瘁。我犯过错,死了人。我想象着,无论她说什么,都会得到慎重对待,而不会被贬低为精神病人的胡言乱语。

我们从自动售货机里买了金枪鱼三明治来吃,聊了一会儿,然后我带着歉意说得回纽约了。"明天是我论文开题答辩的日子。"我好奇她会不会问我的论文写的是什么内容,但她没有。像往常一样,她知道我正在攻读博士学位就已经足够,要求她了解细节就太过了。

"不过我后天还会来。"

"哦,别担心我。"

"不,妈妈。我会再来。"

"不,不。不用的。"

"妈妈——"

"哦,好的。"

我的答辩时间定在上午十点,虽然我很准时,但头一晚到家太晚,感觉疲惫不堪,计划有些乱。我走进纽约市立大学研究生中心那个没有窗户的狭小研讨室,准备在社会学系教师面前答辩。我的导师帕特丽夏已经就位,我径直走向她身旁的座位。

"你好,亲爱的。你怎么样?"她的声音充满魅力,让人平静。

"嗯,我一整个星期都在精神病院,如果这能给你一点说明的话。"我试图让气氛轻松下来,但同时也承认,我的心思没放在论文上,我感觉相当脆弱。我的掌心在出汗,手不住地在桌子下面往裤子上擦。我在这里的社会学系一直不轻松——我的兴趣更偏向于文化研究,而许多教授则坚持经验主义社会学的主流观念。不过,帕特丽夏却支持那些对创意社会学和非正统研究方法感兴趣的学生,那才是研究许多看似无解问题所要求的。因为这个,这次答辩既关乎她,也关乎我的论文。

"我的论文将分析'洋公主'这一人物形象,这个词的字面意思是'西方公主',但更为普遍的翻译是'美国佬的妓女',她们是一直困扰着韩国侨民的幽灵。"这是开题报告的第一句话。我提出的一些方法是解释梦境、实验性写作和行为分析,即无意识的方法,通过它们来让无法言说的创伤可以被听见,让萦绕不散的幽灵可以被看见。

教师们评估我的开题报告时,沉默中有些紧张,最后打破沉默的是系主任,一个中年白人男性,也是定性社会学方向的学生们口中的"定量狂人"*之一。"不知为何,我认为你使用'幽灵'这个词并不只是为了扮可爱。我觉得你是认

---

* 原文为"quantoid",指纯粹依靠定量研究的学者。

真的。"

接着另一位白人教授突然爆发:"你没有进行任何采访!作为一个研究者,采访研究对象是你的责任!"她说完,转身对帕特丽夏大吼,"你怎么能让她这么干?"

"等等,等等。"第三位教授插话打断,他是答辩组唯一的黑人成员,曾指导过我关于性工作文献研究的口试。他转身对刚刚发言的教授说:"我来给你解释一下。我如果要写杰迈玛阿姨*的品牌形象,我也不会去采访杰迈玛阿姨。"

我长长地松了口气,知道房间里至少还有一个人理解了我的意图,但他的意见并没有改变谈话的基调。答辩组继续就我的开题报告你吼我叫的,还经常用第三人称来谈论我,仿佛我根本不在现场。每当有人猛烈抨击我的开题报告,或者警告帕特丽夏我即将面临"职业自杀"时,我就在座椅上缩得更低,声音也越来越小,直至我感觉自己已完全消失。

稍后,我将会看到,大多数攻击都是针对帕特丽夏的,因为她鼓励我就什么才"算得上"社会学去做实验性研究。另一位教授会拿起一个盘子,将一支铅笔放在边缘,以此来向我解释社会学系的政治。"如果这是社会学这个学科,"他指的是盘子,"那么这支铅笔就是帕特丽夏。他们不希望她的学生进一步突破学科边界。"

散会后,系主任给帕特丽夏发了一封电子邮件:"我认为你的学生精神状态不稳定,无法获得博士学位。"帕特丽夏和我笑了起来,多么荒谬啊,"幽灵"这个词——一个在亚裔美国人的研究中司空见惯且被视为理所当然的词——竟然

---

* 杰迈玛阿姨(Aunt Jemima),美国老字号品牌,因为采用黑人女仆形象为商标形象而深入人心,但也因此被视为有种族歧视之嫌,后重新取名。

给一个老派社会学家敲响了警钟,我同时也感到羞愧,感觉受到了残酷的对待。我已经花费了这么多的人生岁月来思考这个社会对疯狂的误解,及其对女性发声的抑止,这个白人男教授却表示,我不应该待在学术界,而应该和我母亲一起被关进疯人院。

帕特丽夏和我坐在她的办公室里,继续回顾答辩过程,她对其他社会学家嗤之以鼻。"他们认为你应该清点幽灵。"她说,仿佛跨越代际的困扰能通过那样一种方式得到量化。而下一秒,她表达了自己的后悔。"我知道是我鼓励你做的这一切,但不知为何,我本来以为你不会听我的。"她说着双手抱起头,弄乱了又硬又黑的头发。

"我很高兴自己听了你的话!"我强辩道,提醒我们俩,是她使得边缘地带成了最适合我居住的领域,"我不想当一个传统的社会学家,我甚至不想成为一名学者。"

我的职业理想早已偏向成为一名糕点师,帕特丽夏有时会发愁:"哦,格蕾丝,我们会因为蛋糕而失去你吗?"她知道驱动我进入研究生院学习的,并非我对于社会学的热爱,而是一种深刻到我永远都不可能探底的代际创伤。她一直是我的指导教授,见证了我为养活母亲、面对过去而挣扎的时刻——所有这一切都与我的博士学业联系在一起。

我曾滔滔不绝地向帕特丽夏哀叹过我母亲的陌生环境恐惧症,那些日子里,母亲躲在我的小公寓中,将自己裹成一团,在床垫上摇晃身体。这些年来,她一直在以这样或那样的方式做着这些,但在每天都要见证她的病情的情况下,我再次被击垮了,几乎到了机能失调的地步。有几次我在学校感觉自己处在精神崩溃的边缘,无法思考任何事情,只能想着母亲被困在那个小房间里的样子。然后有一天,帕特丽夏向我传递了一份精神分析式的严厉关爱。

"格蕾丝,或许是你把她关在了房间里。"

"你说什么?"我以为她是在指责我夸大了母亲的病情,把母亲描述成了一个闭门不出的人。或者她也可能是在暗示更糟糕的事。

"是你把她关在了房间里。"

我听见那些语句并非出自帕特丽夏之口,而是源于我刺耳的自我怀疑和批评之声,许多年来,我一直在提醒自己,十五岁时我为了帮母亲寻得帮助而制造的那起灾祸。

而现在,她被困在那个房间里,是因为我当时失败了。

答辩结束的第二天,我开着雪佛兰去精神病院接母亲出院。一群人围着她,等着和她告别。一个男人伸手想拥抱她,而她抽开了身。"哦,不,不,不。"她边说边后退,但她每退一步,男人就跟进一步,双手几乎要够到她的肩膀了。他们就这样挪动着脚步,穿过了房间,直至她来到前台都没让他碰到自己。接着她小声在男接待员耳边说了句什么,弄得他都涨红了脸。"我们会想你的,君子。"我们出门时,他说道。

回到自己的公寓后,她坐在奶油色的沙发上,盯着空中发呆。我感到惊讶,几分钟前,她还一直在普林斯顿之家安抚众人的情绪,现在她又回到了无所事事的孤独生活。

"妈妈,你知道,我看得出来,那样的社交生活真的对你有好处。你觉得找个白班上上如何?"

"哈!不要。"她嗤了一声,冲我摆摆手。

"好吧……那你想让我给你弄些珠饰用品,你继续做首饰吗?"

"不,不。不用了。"

我开始感到挫败,她固执地拒绝做任何事情,只想坐在沙发上,仿佛我刚刚目睹的所有进展都不曾实际发生。我重燃希望,结果却仍和往常一样。不过,也有地方变得不同了。她的情绪变好了,话变多了。可能是新药或者积极的社交活动促成的。或者也可能是我变了。可能是因为我终于能把她放出那个房间了。

"你明白你有精神疾病吗,妈妈?明白你是精神分裂症患者吗?"

"明白。不过,"她朝空中竖起食指,做了一个傲慢的手势,"我不是一般的精神病人。"

精神病医生可能会说,她的那句声明正是她患有妄想症的进一步证据,但我选择相信,这个迹象表明,她的自尊心在提高。普林斯顿之家的每个人都能看到我小时候看见的景象——她是非同一般的,是人群中最有魅力的。

虽然社会学系的少数教师仍然认为我的工作"完全没有现实的经验基础"——就和精神病医生谈论妄想症的方式差不多——但我还是在2003年开始撰写论文,那时母亲已经教会了我大概十五道韩国菜。我每次去看她,空气中都弥漫着大蒜和食物发酵的刺激气味,将韩国带进了房间。食物的口感和气味有时会促使她给我讲一些以前没讲过的年轻往事。"你知道,我父亲是我认识的人中烤牛肉做得最好吃的,"她有一次告诉我,"他经常拿筷子直接从火上夹起来喂给我吃。我是他最宠爱的孩子,因为我是老幺,你知道。"

和母亲一起吃过的饭,以及她讲述的往事细节,为我的研究和写作增添了色彩,不过在我的生活中,这两件事之间的界限往往是模糊的。

我四五岁的时候,有个"幽灵—孩子"偶尔会来奇黑利斯看我。在清朗的月夜,它会出现在后院的山茶花丛旁,召唤我的身体从卧室的窗户飘出去。我知道它不会伤害我,但我害怕它的样子。它的皮肤上长着一层白色绒毛,额头正中有个小洞。年纪稍大一些后,我开始怀疑这个"幽灵—孩子"是不是一个伪装成活人的精灵,或者只是我的大脑开的玩笑。随着时间的推移,它慢慢消失在我的潜意识深处,直至我开始研究朝鲜战争中平民的经历。我在阅读幸存者讲述的悲惨大屠杀故事(目睹亲人被杀害,之后却必须找到腐烂的遗体下葬)的时候,又看到美军备忘录中所展现的冷酷理性("扫射平民难民政策"是"清理道路的绝佳办法"[1]),那个孩子的形象猛地闪回了。我怀疑它是不是一个随我们一同跨越了太平洋的幽灵,可能是母亲的某个亲人,或者某个她在路边看到的死人或垂死之人。那一刻,它不寻常的身体外观不再是个谜。突然间,我脑海中的它变成了一个头部中弹的孩子,它腐烂的肉体表面已经开始长出霉菌,这个形象可能直接出自我的研究文献。

重新想象那个"幽灵—孩子"的时候,我又想到,流行文化是如何将那些能看到并听到他人所不能的孩子描绘为极具感知力、有第六感的,但拥有相同能力的成年人却会被简单粗暴地定义为发疯。

有一次,我们一起吃晚饭时,我直接问起母亲对战争的记忆。她回答了,但她说话时眼神空洞。"我记得我们翻山越岭,看见了朝鲜士兵。是女孩,女兵。我感到很可怕。我从没想象过女孩拿枪。"她似乎为此而深感不安,但那不可能是她目睹过的最可怕场面。那件事之所以会在她脑海中如此突出,或许正是因为其他事情过于痛苦,她无法记住。

海外韩国人的文化作品中经常出现军营性工作者的形象,为了描写相关内容的章节,我读了诺拉·玉子·凯勒的小说《狐狸女孩》。故事背景设定在20世纪60年代的韩国,围绕着少女玄珍和苏琪展开,她们生活在美帝国战争的阴影之中。年纪较大的苏琪介绍玄珍为美国军队卖淫,并教她学会解离。如果有必要,你可以做任何事……这很容易。容易是因为,你做得越多,你就越是知道,那不是真正的你。真正的你飞走了。[2] 苏琪就是萦绕在玄珍梦中的幽灵,是她脑海中的声音,是她创伤的印记。母亲也有一个苏琪吗?它的名字是玉姬吗?

《狐狸女孩》中有一个场景我一直无法忘记,三个混血儿一起唱着一首从美国大兵那里听来的歌。歌词孩子们只听得懂几个词,其中有一个就是"妓女",因为他们"知道谁的母亲是妓女"。[3]

> 我看见路边的一个妓女。
> 立马知道她像蛤蟆一样死透了。
> 她从肚子到头的皮肤都被剥掉了。
> 但我干了她,我干了她,哪怕她都死透了。[4]

凯勒的书虽然是虚构的,但和我在学术研究中发现的情况并无不同,这就让那首歌显得更加可怕。尽管我已竭尽所能,但还是无法屏蔽这些孩子的声音,他们无忧无虑地唱着谋杀与强奸的故事,而故事中的女人可能就是他们自己的母亲。

为了研究日美两种军队性劳动体系之间的连续性,我也读过日本军队征召的前"慰安妇"的故事,她们讲述的内容也同样令人不安。在一份证词中,一位名叫玉善(Okpun)的女性讲述了她在十二虚岁(按美国方式算是十一岁)时被绑架送往台湾"慰安所"的经历。

工作日的晚上,我们会被强迫唱歌、跳舞、拉小提琴……如果拉得不好,我们就会被打……歌曲的内容讲述的是慰安所的生活,是这样唱的:"我的身体像一个夏天被遗忘的烂南瓜。"[5]

我感到震撼,我发现军歌中反复出现的一个主题是描绘女性腐烂的身体,这些女性的功用就是为帝国士兵提供娱乐。一天晚上,在写作讲述军营暴力的一章时,我躺到母亲的沙发上想睡一觉,但研究中看到的那些骇人影像让我无法入眠。尹具美(Yun kumi)躺在破旧公寓的地板上,一个顾客将她杀害后又亵渎了她的尸体。一位军营工作者称,她目睹过美国大兵将一具女尸扔进垃圾桶并纵火焚烧的场景,闻到了头发烧焦、血肉闷燃的气味。

母亲的公寓里一片漆黑,只有天花板上的烟雾探测器亮着小小的红灯。那光芒似乎越来越亮,红光在烧灼我的眼睛。

我终于睡着了,梦见自己被困在一个黑暗的房间里,正在寻找一扇门。我看不见自己的脸,痛苦地喊叫着:"有人吗？谁能把我从这里弄出去！"我一开始并不知道自己在哪里，后来才反应过来，那是一家妓院，我知道我的身体将留在那里，直至我的思绪逃逸很久之后，直至外面再没有人记得我。

她的皮肤都被剥掉了……

声音也钻进了我的脑袋。

如果有必要，你可以做任何事……

它们给我的指示是：把血肉装回那副身体。

那副早已腐烂得面目全非的身体。

15. 芝士汉堡季

新泽西州普林斯顿市，2002—2008

仿佛制裁被解除了一般，母亲完全恢复了食欲。她的身体不再是皮包骨，看上去又健康了，眼睛也有了神采。

离开普林斯顿之家标志着她晚年生活中最好的时光开始了。也正是在这一时期，我在忙着写论文，她和我童年的那位母亲相像，吃饭时是那么专注，吃得鼻子都渗出了汗珠。

我之前也瞥见过第一位母亲的影子，也许我真真切切地认识到她依然在那里，通过吃对的饮食准备好复活的时刻，是她六十岁生日那天，当时她还和我一起住在皇后区。

那时她刚搬来约一星期，但她已经形成了待在自己的房间，蜷缩在自己的小世界里的习惯。在她生日的前一天，她摇晃自己的身体时，我走了过去。

"妈妈？"

"嗯？"她没有抬头，应了一声。

"我准备做排骨为你庆生。"我说。

小世界开始展开，她抬起头来。"那一定要多放大蒜。"

"我还打算烤一些鸡肉。"

"我好多年没吃过了……你为什么要讨这个麻烦？别做

那些了吧。"

"妈妈,是你的生日啊。"

"又不是什么大事。"

"是你的六十大寿。"对韩国人来说,六十岁是最应该庆祝的年纪,因为年满六十就意味着抵达了一个里程碑,走完了中国农历干支纪年的一甲子。"也会有芝士汉堡。"

自几年前门牙脱落后,她就一直避免微笑,但这一次她控制不住了。她坐直了身体,捂上嘴巴遮住了牙齿的豁口。"芝士汉堡吗?这个听起来不错!"

当那一刻到来时,我把大餐桌布置好,方便三人用餐,然后摆上一盘盘排骨、烤鸡、土豆沙拉、泡菜、凉拌豆芽、拌菠菜、芝士汉堡、番茄和洋葱片、小生菜、烤玉米、无籽西瓜,还有一个四层的柠檬蛋糕。

"该为你办生日派对了!"我站在她的房门口说。

"我就在这里吃吧。"

"不行。我都摆好桌子了。快出来。"

我以为会拉扯一番,但并没有,她站起身,沿着走廊向餐厅走去。到了和恺撒面对面的地方,她停下脚步对他说:"毕竟是我的生日。"接着她走到桌边,打量着满桌的食物,鼓掌叫道:"好丰盛啊!好多好吃的!"我们三个一起饱餐了一顿,她每一样食物都很享受。

看到她吃完后脸上的表情,我感到很欣慰,她用牙齿咬着玉米棒,吮吸排骨上残留的肉丝。

"你喜欢这些吃的吗?"我问。

"嗯。我一直在寻思今年会不会有个生日派对呢。"她又露出灿烂的笑容说,"哦天哪!那个芝士汉堡真好吃!"

养育我长大的那个母亲还活着。

等我终于学会了倾听母亲的渴望时，她便不再让我猜她想要什么了。她会经常要求我给她做她好多年没吃过的韩国菜，比如酱牛肉（酱油炖牛肉和青辣椒）、糯米糕（一种红豆馅的甜米糕）。这些食物的风味将我带回童年，回到了第一位母亲的怀抱。

虽然我用了很多年才完全理解这些食物的意义，不过鲜明太鱼锅这道菜却让我明白，给她做吃的能帮助她缓缓将过去放下。

这是一道我从来没有尝过甚至没听说过的菜，但我按母亲的提示做了出来。用芝麻油炒萝卜，直到萝卜开始变软。别舍不得放芝麻油。放大蒜，很多大蒜。也别舍不得放大蒜。她的食谱就像她用来对抗被贬抑的历史的咒语。加鱼、高汤、葱、韩式酱油、辣椒粉。小火煮开，搭配米饭食用。

我们围着玻璃咖啡桌席地而坐，吃着香气扑鼻的炖鱼，我也思索起各种味道之间的平衡——辛辣、烟熏、刺鼻、香甜。

"我有四十年没吃过这个了。"她的声音温柔而美妙。

"哇哦！这太好吃了！我小时候你怎么从没做过？"

"我猜是因为我到今天才非常想吃。"当我问起我们以前为什么从没吃过某道菜时，她总会这样回答。如今是什么激起了她的渴望？

"味道和你以前做的一样吗？"

"我从没做过。"她出声地喝着蒜味肉汤说。

"真的吗？那你是怎么知道做法的？"

"我记得我母亲就是这么做的。"

我不敢相信,她凭四十年前看别人如何制作的记忆,就成功指导我做出了这样一道美味的菜肴。她整个一生中,鲜明太鱼锅是别人为她做过的最抚慰心灵的爽心美食。这么多年来,这道菜的食谱——记忆中她母亲亲手制作的场景——一直沉睡在她的舌头上。尝到它一定有一种归家的感觉。

这次唤醒她的记忆的经历让我感到无限感动,以至于鲜明太鱼锅成了家庭宝藏,我不想太过频繁地做,不想削弱它的重要程度。我只在她特别要求的时候做。有一次她提出要求后,我听嫂子说她一整个星期都在想着这道菜。"你给你妈妈做那道炖鱼了?"嫂子问我,"她一直念叨呢,她真的很期待。"

我们的韩国晚餐变成了她平淡生活的灯塔。从我走出门的那一刻起,下一顿饭的倒计时就将开启。

那个星期一,当我回到研究生中心后,浩秀和她的女朋友问我,周末给我母亲做了什么菜。她们听到我们晚餐吃了什么总是会很开心,不过这一次,我告诉她们做了鲜明太鱼锅时,她们立刻尖叫起来,笑得都直不起腰来。

"什么事这么好笑?"我问。

"我们这一代没人做那道菜!"浩秀笑得喘不上气。

看望母亲就像在上烹饪历史课,遇见 20 世纪 50 和 60 年代的韩国。在她人生最后那些年里,我们一起吃过的每一样食物一定都让她回想起自己的青春,不过,在我的老派韩国菜单中,芝士汉堡是唯一的美国食物。

在我童年时期，尽管已经见识过许多形形色色的食物，但她最喜欢的始终是芝士汉堡：三分熟，加番茄和切达奶酪。每年，华盛顿州的雨季结束，天气变得干燥以后，她都会点燃炭火烤炉，往上面丢些小馅饼，宣告"芝士汉堡季"的开始。

在东北部地区，芝士汉堡季的时间是不一样的。我们在4月的某个时间开始，只要天气足够暖和，我就会用她放在阳台上的韦伯牌十四英寸木炭烤炉做饭。虽然我无论如何都无法把她带出去，但至少她会让我拉开窗帘，这样她就可以坐在沙发上监督。有时她等春天等得不耐烦了，就会让我直接开启汉堡季："你知道，你可以用平底锅做。虽然不如烤肉好吃，但味道也不赖。"

一开始，我以为芝士汉堡是对我童年的某种回溯，是对她在美国的生活残存的留恋，不过后来我想起，她第一次吃这种食物也是在韩国。

她对芝士汉堡的喜爱可以一直追溯到美军占领韩国时期。作为美国海军基地的一名酒吧女招待，她能接触到大多数韩国人梦寐以求的美国豪华食物，这算为美国士兵服务带来的一种附加福利。

我父亲以前经常讲这样一个故事，说他爱上母亲是因为她对芝士汉堡的热爱。他带她去过基地的一家美国餐厅约会（这是我听他说过的唯一一次）。

母亲早就离开了学校，从未正式学习过英语，但她是个喜欢不断学习的女人。她将自己的口语与其他讲英语的韩国人做了比较，确定自己没有口音。的确，她的许多英语发音都是正确无误的。被绝大多数韩国人发成 j 的 z 都难不倒

芝士汉堡季

她。她发长音 a 和辅音结尾的单词也没什么困难,只有以 r 和 l 字母组合结尾的单词是例外,如果这两个字母后面还有另外一个辅音,那就尤其困难。但尽管如此,她认为自己讲英语没有口音这个事实还是让她声音敞亮,充满确凿无疑的自信。

我父亲看着桌子对面的这位年轻美女,疑心她是否可能爱上他那样的老男人。"菜单上的任何东西都可以点,"他说,"任何东西都可以。"我父亲很节俭,但他相信有些事值得花钱。那家餐厅比母亲之前去过的其他餐厅都高级。她不禁喜笑颜开,脸上有了深深的酒窝。她非常高兴。侍者上前来为他们点了菜。母亲来回摆动着双脚,在座位上轻轻地摇动。"请给我一个芝士汉堡。"她清晰地吐出每一个字,脸上的笑容也随之变得灿烂。她双手合十,对我父亲说:"哦,天哪! 芝士汉堡是全世盖*我最爱的食物!"

故事讲到这个时候,我父亲总会眼含热泪,他的讲述往往也会在这里结束。但如果能控制自己的情绪,他会在结尾添一句"你母亲是我见过的最可爱的人"。

在此之前,母亲第一次品尝到的美国食物,可能和其他韩国人一样,都是从美军食堂门外的垃圾桶里捡来的。战争结束之后,美军基地立马就成了饥肠辘辘的韩国人投奔的地方,他们希望能从那里买到成袋的剩饭,而里面往往混有各种不可食用的垃圾。我了解到这一点是在参与"过去尚存"(Still Present Pasts)项目研究之时,这是一个朝鲜战争幸存者口述历史项目,许多幸存者都谈及,人们从美军的垃圾中

---

* 正如前文所说,世界(world)一词是 rl 字母组合加辅音字母 d 结尾,属于作者母亲很难发音的单词。

她是幸存者

寻找食物是非常普遍的事。他们的故事让我了解到了母亲对芝士汉堡的渴望中不为人知的一面。我试着去想象她第一次在皱巴巴的餐巾纸和烟头下面找到一个吃了一半的芝士汉堡时的情景，她营养不良，精神恍惚，以为那是她有生以来吃过的至为美味的食物。

芝士汉堡是生存与从属关系的复杂象征，是在韩国人挨饿之时，美国人可以丢弃的奢侈品。对我母亲来说，它也象征着美国所能提供的全部希望与可能性。美帝国主义在她的潜意识中似乎变得无所不在，通过她对食物的渴望表现其存在。与此同时，从食物中获得的快乐也让她那饱受军国主义压迫的心灵释放了少许压力。芝士汉堡刚好代表症状与治疗两个方面。

在为她做饭的那些年里，我经历了自身的精神去殖民化过程。我们分享的食物滋养了我，让我得以完成研究生院那些需要耗费大量情感的工作。她养育了我。饭后，我躺在沙发上，她会给我按摩双脚和小腿。"你的腿一定很累。"她说我从火车站过来要走很久。第二天返回之前，她总会鼓励我睡上十分钟。"没事的。去睡吧。我给你看着时间。"

直到我通过了论文答辩，将论文修订成书稿之后，我们才就我的研究展开过一次交谈，尽管我并没有打算这样做。我嫂子说漏了嘴，对此我终究是想要感谢她的。我就是没办法自己说出口。

我上楼后发现母亲坐在沙发上的老位置，她面露紧张。

"一切都好吗？"我问。

"你在写一本书？"现在她知道了，我没别的选择，只能在她所能承受的范围内告诉她实情。

"是的……我很早就想和你谈一谈……灵感可以说来自你,你的生活。"我尽可能简洁地阐释论文的内容,但是当我说到"慰安妇"这个词时,她打断了我。

"啊,那是个坏词。"她说着移开了视线。

"我知道它被使用的方式不好,"我说,"但我想通过书写它来改变其含义。我希望它不再是个耻辱的词。那个女人,对我来说,是位英雄。"我的声音开始颤抖,"妈妈……我希望你不要再为自己曾做过的任何事情感到羞耻。你没有任何让我觉得羞耻的地方。"

她没有看我,但我想我在她的唇边看到了一抹淡淡的微笑。

"如果你不希望我出版,那我就不出版。"我又说。她停顿了几秒钟,在那段沉默中,我接受了自己的作品可能永远无法问世的可能。

"我希望你能出版。"她说。

从那以后,几乎每次我去看她,她都会问起那本书的进展,有时还会一再说她希望我的书能出版。

也是在那一年,她给了我一个惊喜,送了我一件圣诞礼物,那是她闭门不出的十四年里,除了钱以外给我的唯一一件礼物。她打开我送她的礼物——是一块磨刀石和一把钳子,两样都是她要求的,还有一些润肤霜——她的脸上闪出喜悦的神采。"我也给你准备了礼物!"

"啊,什么?"

她匆忙走到衣柜那里,拿出一个金属色泽的红色礼品袋,满面笑容地递给我。里面有一升橄榄油、几款不同类型的糖果和饼干,还有两双毛茸茸的彩色袜子——任何人送我这份礼物我都会很高兴,但如果是母亲送的,我会欣喜若狂。

"天哪!你从哪儿弄的这些东西?"

"我一直在给你攒!"

她花了好几个月时间,将哥哥、嫂子带给她的东西藏起来,好给我一些比支票更私密的礼物。她一如既往地充满创意、足智多谋。

她已经变身为一位全新的母亲——再一次回到当下,同时也对过去敞开心扉,第一次能够与我谈论韩国。

整整六年时间,她一直很喜欢我们共享的餐食,喜欢她教我制作的食物。一点一点地、一餐一餐地,她追溯着自己的记忆遗产。这是最了不起的礼物。

母亲去世后,我循环往复地回忆着我们在一起的最后时刻。我痴迷于回忆事情发生的正确顺序、关于天气的微小细节、她说话的声音。

"给我些惊喜。"在我们准备那晚的菜单时,她这样说道,仿佛悬念能为她一星期的生活增添一些激情,而或许也正是她对于激情的渴望,告诉了我她需要一顿能让她精神振奋的餐食。

空气很冷,但闻着隐约有花朵结苞的气息。即将换季了,我突然想到,这可能是我们接下来几个月里最后一次吃鲜明太鱼锅的机会了。

我一走进一楼大门,就听到她像往常那般在楼上喊:"教

芝士汉堡季

授来了吗?"

"你好啊,教授的妈妈!"我也回应道。

"我们今晚吃什么?"我上楼走向她的公寓,她问道。

"鲜明太鱼锅。"

"听着很棒。"

晚餐时,她点头对我做的炖鱼表示了赞许,但她的状态似乎有些不对劲。她的短发油腻腻的,一侧贴着脑袋,像是几天都没下床,精神头也很低迷。

"你生病了吗,妈?"我问。

"前几天有些腹泻。我的胃也一直有点不舒服。没什么大不了的。"我并不担心,因为肠胃不适不是什么大问题,当然也不会危及生命。况且,她在吃辛辣的炖鱼时并未表现出任何不适。

饭后,我们说起终身教职考核期的工作太繁重,它正在吞噬我的全部自由时间。"接下来的两个周末,我都得工作,妈。我真的很抱歉。我要到3月22日才能再来。那之前你没问题吧?"

她噘着嘴唇点了点头。"没问题。你去做你必须做的事。"

我们谈论了所有日常话题——教职、重归单身后的约会情况、哥哥和家人来访的事、下次的菜单——接着她问起夏令时。

"今年什么时候开始改夏令时?"

"下周末。"

"啊!为什么这么早!"她似乎很不安,还皱起了眉头。

"现在都是3月改,不过我不记得原因了。"

"为什么非得这么早就改啊?为什么非得这么早就改

啊?"她小声念叨这句话的样子让我觉得她是在对奥吉说话,不过,起初我并未多想。在她患精神分裂症的这些年里,她一直很关注时间。

那次看望她的时间比往常要短,因为我没有留下过夜,我们能共度的几个小时不知不觉就过完了。我去史坦顿岛学院所需的时间和去新泽西她的住处一样长,都是两小时四十分钟,那个星期日我需要休息和备课。

我开始收拾回纽约的行李时,她拦住了我。"你不必现在就走,对吗?"我之前从没想过她会有黏着我不放的时候,所以她留我这件事本身就让我无法拒绝。

"我可以搭下一班火车。"我说着从包里掏出时刻表,研究起了列车时间,"嗯,可以搭七点五十四分的那班。"

那天晚些时候,我在步行前往火车站的途中,会给我最好的朋友打电话,告诉他我内心的不祥预感。

"我就是突然感觉到,她的时间不会太多了,我希望能多花些时间陪她。"我的声音在颤抖。

"我知道你忙得不可开交,不过等这个学期结束,你可以多去看她。"

"是……是,但我现在就想多陪陪她。"

我们唯一能指望的只有现在,可既然我知道这一点,当晚为什么不转身留下过夜?接下来的几个星期里,我会用这个问题折磨自己,然后告诉自己,即便我留下了也于事无补,希望以此来打消自己那个想象。与永远相比,多陪一夜又有什么意义?

事实是,我留下来多陪了她六十七分钟。

"舒舒服服地坐下来,把你的腿伸直。"我一坐下来,她就说道。

我们两个都在沙发上伸直了身体,从相对的两头看着彼此。她将橙色花毯盖在我们的腿上,这是她70年代从韩国带回来的毯子。在毯子下面,她握住我的右脚,用拇指轻轻按揉。那条毯子,还有她触摸的感觉,让我想起小时候被绑在她背上的情景,我的脸贴在她肩胛骨之间的位置。那让我想起我们去俄勒冈探望外祖母和表兄时,我们一起睡在加热过的地垫上的所有情景。一股强烈的,几乎不堪承受的渴望吞没了我,我想再一次躺在她身边,接着我意识到,我渴望发生的那件事已经在发生了。

除了时不时地说上几句话之外,那六十七分钟的大部分时间里,我们都静静地躺在沙发上。盖着毛茸茸的韩国毯子,在彼此的体温中放松下来。能听到外祖父的时钟发出的嘀嗒声,还有我们呼吸的起伏声。一起存在于当下。我们继续像那样躺着,直至时钟敲响七点,宣告我们在一起的时间结束了。

"我想我现在得走了。"我说着向前倾斜过去,用双臂抱住她,"三星期后我再来看你。"她点点头,挥手示意我可以走了。

我准备出发时,突然感到一股剧烈的悔恨。我已经说了再见,下了两级台阶,却有某种东西迫使我转过了身。

"妈妈,你想想看,等下次我来看你时,就是春天了。"我说,"到时候就是芝士汉堡季了。"

尾注

序言

1. 在这本书中,我会使用"发疯"(mad,形容词)和"疯狂"(madness,名词)这两个词来指代那些不符合精神病学教条的人的行为,教条认为,幻听总是,而且只是一种"疾病""紊乱"或"功能障碍",但我也会使用"精神分裂症患者"和"精神分裂症"这两个术语。
2. Esme Weijun Wang, *The Collected Schizophrenias* (Minneapolis, MN: Graywolf Press, 2019), 50.
3. Maggie Nelson, *The Argonauts* (Minneapolis, MN: Graywolf Press, 2015), 114.

1. 战争的味道

1. Charles J. Hanley, Choe Sang-Hun, and Martha Mendoza, *The Bridge at No Gun Ri:A Hidden Nightmare from the Korean War* (New York: Henry Holt and Company, 2001), 127.
2. Chong Suk Dickman, "Thank You," in *I Remember Korea: Veterans Tell Their Stories of the Korean War, 1950–53*, ed. Linda Granfield (New York: Clarion Books, 2003), 75–76.
3. Kyla Wazana Tompkins, *Racial Indigestion: Eating Bodies in the 19th Century* (New York: NYU Press, 2012), 4.

2. 美国梦

1. BBC News, "Korea Reunion: Mother and Son Reunite after 67

Years" (video), August 20, 2018, https://www.bbc.com/news/av/world-asia-45249821/korea-reunion-mother-and-son-reunite-after-67-years.
2. Arissa H. Oh, *To Save the Children of Korea: The Cold War Origins of International Adoption* (Stanford, CA: University of Stanford Press, 2015), 27.
3. Oh, *To Save the Children*, 121.
4. 这段引文源自 20 世纪 60 年代一位曾在军营从事性服务的母亲的口述历史，采访者为首尔阳光姐妹中心（Sunlit Sisters Center in Seoul），译者为金浩秀（Hosu Kim）。

3. 友好城市

1. 这是 20 世纪 80 年代，我青少年时期记忆最深刻的两则广告。
2. Sarah Kershaw, "Highway's Message Board Now without a Messenger," *New York Times*, November 28, 2004, http://www.nytimes.com/2004/11/28/us/highways-message-board-now-without-a-messenger.html?_r=0.
3. T. M. Luhrmann and Jocelyn Morrow, eds., *Our Most Troubling Madness: Case Studies in Schizophrenia across Cultures* (Oakland: University of California Press, 2016), 21.
4. Adam Pearson, "Forget Friendly–Chehalis Happy Being the Rose City," *Daily Chronicle*, May 11, 2010, http://www.chronline.com/news/forget-friendly-chehalis-happy-being-the-rose-city/article_9874fcc4-5d20-11df-a354-001cc4c03286.html.
5. "The Ku Klux Klan Was Strong in Lewis County," *Daily Chronicle*, August 13, 2008, http://www.chronline.com/editorial/the-ku-klux-klan-was-strong-in-lewis-county/article_9a3f2a84-a35a-557e-b23f-6e3641e2e722.html; Brittany Voie, "Voice of Voie: Lewis County No Stranger to Far Right, Supremacist Groups," *Daily Chronicle*, August 18, 2017, https://www.chronline.com/opinion/voice-of-voie-lewis-county-no-stranger-to-extreme-right/article_5bda9aa4-8490-11e7-81da-97c03aeb6b52.html.

4. 妈妈

1. 一个从前的妓女表示："我对自己的人生思考得越多，就越觉得，像我这样的女性是我的国家与美国人结盟做出的最大牺牲。"Choe

Sang-Hun, "Ex-Prostitutes Say South Korea and U.S. Enabled Sex Trade Near Bases," *New York Times*, January 7, 2009, https://www.nytimes.com/2009/01/08/world/asia/08korea.html.
2. James L.Watson and Melissa L. Caldwell, eds., *The Cultural Politics of Food and Eating:A Reader* (Malden, MA: Blackwell Publishing, 2005), 1.
3. Anne Allison, *Permitted and Prohibited Desires: Mothers, Comics, and Censorship in Japan* (Boulder, CO: Westview Press, 1996).

5. 思念泡菜

1. Ji-Yeon Yuh, *Beyond the Shadow of Camptown: Korean Military Brides in America* (New York: NYU Press, 2004), 127.
2. Yuh, *Beyond the Shadow*, 128.
3. Yuh, *Beyond the Shadow*, 130.
4. Yuh, *Beyond the Shadow*, 127.
5. Yuh, *Beyond the Shadow*, 128–29.
6. Yuh, *Beyond the Shadow*, 129.
7. 这段文字摘自影像资料片段,其中有韩国战争孤儿吃巧克力、口香糖等美国零食的场景,文字源于20世纪60年代国际社会公益服务处发给美国领养父母的小册子。Deann Borshay Liem, "Practical Hints about Your Foreign Child" (video), 2005, http://www.stillpresentpasts.org/practical-hints-about-your-foreign-child.html.

7. 精神分裂发生学

1. T. M. Luhrmann and Jocelyn Morrow, eds., *Our Most Troubling Madness: Case Studies in Schizophrenia across Cultures* (Oakland: University of California Press, 2016), 197.
2. "Talkin' John Birch Paranoid Blues," Bob Dylan, recorded October 26, 1963.
3. "Talkin' John Birch Paranoid Blues," Bob Dylan, recorded October 26, 1963.
4. Lisa Miller, "Listening to Estrogen," *The Cut*, December 21, 2018. https://www.thecut.com/2018/12/is-estrogen-the-key-to-understanding-womens-mental-health.html.
5. 在加纳的一项研究发现,在患有精神分裂症的女性中,有三分之一是在停经后首次患病,其他患者似乎是由婚姻压力所致。Luhrmann and

Morrow, *Our Most Troubling Madness*, 8.
6. Ann Olson, *Illuminating Schizophrenia:Insights into the Uncommon Mind* (Newark, NJ: Newark Educational & Psychological Publications, 2013), 15.
7. *Diagnostic and Statistical Manual of Mental Disorders: DSM-III* (Washington, DC: American Psychiatric Association, 1980), 188–89.
8. Luhrmann and Morrow, *Our Most Troubling Madness*, 2.
9. Luhrmann and Morrow, *Our Most Troubling Madness*, 3.
10. Olson, *Illuminating Schizophrenia*, 20.
11. Miller, "Listening to Estrogen."
12. Miller, "Listening to Estrogen."
13. "Schizophrenia Onset: When Do Symptoms Usually Start?" WebMD, accessed January 22, 2020, https://www.webmd.com/schizophrenia/schizophrenia-onset-symptoms#1. 全国精神病联盟的网站也指出，"四十岁以上的人……诊断出精神分裂症是罕见的"。然而，数据显示，首次确诊的患者有近20%都在四十岁以上。"Schizophrenia," National Alliance on Mental Illness, accessed August 31, 2019, https://www.nami.org/learn-more/mental-health-conditions/schizophrenia.
14. John M.Glionna, "A Complex Feeling Tugs at Koreans," *Los Angeles Times*, January 5, 2011, http://articles.latimes.com/2011/jan/05/world/la-fg-south-korea-han-20110105.
15. Sandra So Hee Chi Kim, "Korean *Han* and the Postcolonial Afterlives of 'The Beauty of Sorrow,'" *Korean Studies*, 41 (2017): 256.
16. Deanna Pan, "Timeline: Deinstitutionalization and Its Consequences," *Mother Jones*, April 29, 2013, https://www.motherjones.com/politics/2013/04/timeline-mental-health-america/.
17. Allen Frances, "World's Best—and Worst—Places to Be Mentally Ill," *Psychiatric Times*, December 29, 2015, https://www.psychiatrictimes.com/worlds-best-and-worst-places-be-mentally-ill.
18. Benjamin Weiser, "A 'Bright Light,' Dimmed in the Shadow of Homelessness," *New York Times*, March 3, 2018, https://www.nytimes.com/2018/03/03/nyregion/nyc-homeless-nakesha-mental-illness.html.
19. "Rampant Sexual Abuse at the Green Hill School in Chehalis," Pfau Cochran Vertetis Amala Attorneys at Law (website), accessed September 6, 2018, https://pcva.law/case_investigation/rampant-sexual-abuse-at-the-green-hill-school-in-chehalis/.
20. Natalie Johnson, "Lawsuit Alleges 'Culture' of Sexual Abuse by Female Staff at Green Hill School," *Daily Chronicle*, March 8, 2018, http://www.chronline.com/crime/lawsuit-alleges-culture-of-sexual-abuse-by-female-

staff-at/article_f56fe2d4-226d-11e8-9157-3f71631484e5.html.
21. Olivia Messer, "Staffers Raped Teen Boys at Juvenile Detention Center, Lawsuit Claims," *Daily Beast*, March 8, 2018, https://www.thedailybeast.com/staffers-raped-teens-at-juvenile-detention-center-lawsuit-claims.
22. "Rampant Sexual Abuse," Pfau Cochran Vertetis Amala Attorneys at Law.
23. Johnson, "Lawsuit Alleges 'Culture' of Sexual Abuse."
24. Rebecca Pilar Buckwalter-Poza, "Teen Who Says He Was Raped by Juvenile Detention Center Staff Fights Back through the Civil System," *Daily Kos*, March 12, 2018, https://www.dailykos.com/stories/2018/3/12/1748449/-Teen-who-says-he-was-raped-by-juvenile-detention-center-staff-fights-back-through-the-civil-system.
25. Andy Campbell, "Culture of Sexual Misconduct Alleged at Green Hill School," *Daily Chronicle*, July 16, 2009, http://www.chronline.com/news/culture-of-sexual-misconduct-alleged-at-green-hill-school/article_42b8b61d-1acc-5e6d-b369-c15a7f40a03c.html.
26. Campbell, "Culture of Sexual Misconduct."

8. 布朗大学

1. Peter Applebome, "Duke's Followers Lean to Buchanan," *New York Times*, March 8, 1992, https://www.nytimes.com/1992/03/08/us/the-1992-campaign-far-right-duke-s-followers-lean-to-buchanan.html
2. Michael Ross, "Duke Ends Presidential Bid, Blames Hostile GOP," *Los Angeles Times*, April 23, 1992, http://articles.latimes.com/1992-04-23/news/mn-1312_1_duke-s-campaign.
3. Trevor Griffey, "KKK Super Rallies in Washington State: 1923–24," Seattle Civil Rights & Labor History Project (website), http://depts.washington.edu/civilr/kkk_rallies.htm.

9. 1月7日

1. Ralph Ellison, *The Collected Essays of Ralph Ellison*, ed. John F. Callahan (New York: Modern Library, 2003), 148.
2. Michael Rembis, "The New Asylums: Madness and Mass Incarceration in the Neoliberal Era," *Disability Incarcerated: Imprisonment and Disabili-*

ty in the United States and Canada, eds. Liat Ben-Moshe, Chris Chapman, and Allison C. Carey (New York: Palgrave-Macmillan, 2014), 139.
3. Jonathan M. Metzl, *The Protest Psychosis: How Schizophrenia Became a Black Disease* (Boston: Beacon Press, 2010), xiv.
4. Metzl, *Protest Psychosis*, xiv.
5. David A. Karp and Lara B. Birk, "Listening to Voices: Patient Experience and the Meanings of Mental Illness," *Handbook of the Sociology of Mental Health*, eds. Carol Aneshensel and Jo Phelan (New York: Springer), 28.
6. Choe Sang-Hun, "Ex-Prostitutes Say South Korea and U.S. Enabled Sex Trade Near Bases," *New York Times*, January 7, 2009, https://www.nytimes.com/2009/01/08/world/asia/08korea.html.
7. Choe Sang-Hun, "South Korea Illegally Held Prostitutes Who Catered to GIs, Court Says," *New York Times*, January 20, 2017, https://www.nytimes.com/2017/01/20/world/asia/south-korea-court-comfort-women.html.
8. Richard Warner, *Recovery from Schizophrenia: Psychiatry and Political Economy*, third edition (New York: Brunner-Routledge, 1997), 148.
9. Warner, *Recovery from Schizophrenia*, 169.
10. T. M. Luhrmann and Jocelyn Morrow, eds., *Our Most Troubling Madness: Case Studies in Schizophrenia across Cultures* (Oakland: University of California Press, 2016), 25.

10. 馅饼皮女孩

1. Saundra Pollock Sturdevant and Brenda Stoltzfus, *Let the Good Times Roll: Prostitution and the U. S. Military in Asia* (New York: The New Press, 1992), 300.
2. Sturdevant and Stoltzfus, *Let the Good Times Roll*, 302.
3. Franny Choi, "Choi Jeong Min," Poetry Foundation (website), accessed December 17, 2018, https://www.poetryfoundation.org/poetrymagazine/poems/58784/choi-jeong-min.

11. 只盛一次，不算爱

1. Ann Olson, *Illuminating Schizophrenia: Insights into the Uncommon Mind* (Newark, NJ: Newark Educational & Psychological Publications, 2013), 27.

12. 奥吉

1. Ivan Leudar and Philip Thomas, *Voices of Reason, Voices of Insanity: Studies of Verbal Hallucinations* (London: Routledge, 2000), 3.
2. Leudar and Thomas, *Voices of Reason*, 3.
3. T. M. Luhrmann, "The Violence in Our Heads," *New York Times*, September 19, 2013, https://www.nytimes.com/2013/09/20/opinion/luhrmann-the-violence-in-our-heads.html.
4. Lisa Blackman, *Hearing Voices: Embodiment and Experience* (London: Free Association Books, 2001), 189.

13. 皇后区

1. T. M. Luhrmann, "The Violence in Our Heads," *New York Times*, September 19, 2013, https://www.nytimes.com/2013/09/20/opinion/luhrmann-the-violence-in-our-heads.html.

14. 清点幽灵

1. Colonel Turner C. Rogers, "Memo: Policy on Strafing Civilian Refugees," July 25, 1950, declassified June 6, 2000, US National Archives, College Park, MD.
2. Nora Okja Keller, *Fox Girl* (New York: Penguin, 2002), 131.
3. Keller, *Fox Girl*, 81.
4. Keller, *Fox Girl*, 81.
5. Yi Okpun, "Taken at Twelve," *True Stories of the Korean Comfort Women*, ed. Keith Howard (London: Cassell, 1996), 100–101.

版权信息

"美国梦"和"友好城市"。这两章的部分内容最早见于《消失的法案：一部移民史》["Disappearing Acts: An Immigrant History" in *Cultural Studies Critical Methodologies* 18, no. 5 (2018): 307–13]。

"思念泡菜"。本章的一个版本最早发表在 *Gastronomica: The Journal of Food and Culture* 12, no. 2 (2012): 53–58。

"蘑菇女士"。本章的一个版本最早发表在 *Gastronomica: The Journal of Critical Food Studies* 15, no. 1 (2015): 77–84。

"馅饼皮女孩"。本章的一个版本最早发表在 *PMS poemmemoirstory*, no. 15 (2016): 87–96。

"奥吉"。本章的部分内容最早见于"美国电影"["American Movies" in *WSQ* 47, nos.1–2 (2019): 83–88]。

"芝士汉堡季"。本章的部分内容最早发表在 *East Asian Mothering: Politics and Practices*, eds. Patti Duncan and Gina Wong (Bradford, Ontario: Demeter Press, 2014), 53–58。

致谢

我是从 2008 年开始断断续续写作这本书的,当时我正处于哀悼母亲突然早逝的阶段,其间也有过数次推倒重写的经历。写作既是治疗,也是悼念,到了某个时刻,它开始呈现出一本书的形状。原本由悲伤驱动的无意识思考,之所以能够转变为回忆录,完全是因为一路走来有许多人和机构在支持着我。

我想感谢哥谭作家工作坊(Gotham Writers' Workshop)、萨克特街作家工作坊(Sackett Street Writers' Workshop)和美国亚裔作家工作坊(Asian American Writers' Workshop),尤其要感谢玛丽·卡特尔(Marie Carter)、斯塔丽娜·卡察托利安(Starina Catchatoorian)、比尔·程(Bill Cheng)、柯特妮·梅斯(Courtney Mace)、卢克·马龙(Luke Malone)、普丽莎·雷希卡尔(Pritha RaySircar)、布什拉·雷曼(Bushra Rehman)、库伦·托马斯(Cullen Thomas)、迈克尔·蒂雷尔(Michael Tirrell)和阿利松·伍德(Alisson Wood)。感谢我的朋友和同事简·哈雷(Jean Halley)、罗斯·金(Rose Kim)、杰西·金迪格(Jessie Kindig)和克里斯汀·拉格

（Christine Rague），感谢他们非常慷慨地付出了时间和精力，为多个章节提供了反馈。感谢你们阅读我的文字，帮助我将它们编排成一个更完整的故事。

在这本书所记录的旅程中一直陪伴我的人们——桑德拉·巴普蒂斯塔（Sandra Baptista）、艾普尔·伯恩斯（April Burns）、雅克塔·布斯迪翁（Jaquetta Bustion）、帕特丽夏·克拉夫（Patricia Clough）、拉斐尔·德拉德萨（Rafael de la Dehesa）、珍妮·哈默（Jenny Hammer）和金浩秀（Hosu Kim）——感谢你们成为我的家人。感谢我的伴侣帕特里克·鲍尔（Patrick Bower），在我写作这本书的漫长的十二年岁月里，他一直陪在我身边，谢谢你阅读我写的每一个字，谢谢你对我的信任。你使我成为一个更好的作家和一个更坚强的人。感谢我的孩子菲利克斯（Felix）和伊莎贝拉（Isabella），感谢你们的爱与耐心。

感谢女性主义者出版社（Feminist Press）为边缘的声音提供了空间，出版多元的女性主义作品。能与这样优秀的公司合作，实乃我的荣幸。我想特别感谢我的编辑劳伦·罗斯玛丽·胡克（Lauren Rosemary Hook），她对我的手稿所做的工作周到而缜密，为其注入了活力与怜悯，使其变得清晰明澈。金智秀（Jisu Kim）、尼克·惠特尼（Nick Whitney）和出版团队的其他成员对我的作品都表现出了无限的热情，消除了我对这个故事所持有的所有怀疑。

我还要感谢纽约市立大学史坦顿岛学院和纽约市立大学专业职员大会为我提供的最宝贵的时间资源。

最重要的是，我要感谢我母亲，是她教会了我打破常规思维的价值。